ANTOINE ET LES FILS DE L'ORAGE

Roman

Christian BÉTOURNÉ

Au soir de sa vie, Antoine, dans le noir total d'une fin de nuit d'hiver, enfoncé jusqu'aux yeux sous sa couette, Antoine n'avait pas grand moral. Ah, cette couette, elle en avait vu ! Des rêves, et des cauchemars surtout.

Le vieil homme en avait connu de toutes les couleurs. Il avait vécu bien des misères, des petites et des grandes, et quelques moments de joie aussi. En juin, un peu comme ces alpinistes qui dans le temps pouvaient encore espérer atteindre le sommet de l'Everest, il se hisserait jusqu'à ses quatre-vingt-seize ans, un âge que l'on dit respectable, mais qui ne l'est pas plus qu'un autre. Encore une de ces formules toutes faites, une sentence stupide, dénuée de sens, du prêt à dire que les bipèdes adorent ! Comme si dire pour ne surtout rien dire, était pour les dix milliards d'humains à l'étroit sur la Terre en détresse, le comble du bonheur, l'Alpha et l'Omega ! En ce 15 janvier 2042, au cœur de la nuit, le vieil Antoine ressassait.

Que lui restait-il de sa vie finissante ? C'était la première fois qu'il jetait un regard sur son passé. La peur au ventre, toujours, pas le temps de se souvenir. Trop de catastrophes. Depuis les années 2000, et surtout depuis 2015 ou deux mille (?), Antoine ne savait plus trop, sauf que le climat n'avait cessé de se dégrader. Tous les orages désormais étaient meurtriers. En plus de la foudre assassine, il pleuvait des bombes de glace qui cassaient et tuaient, constructions, humains et animaux, sans distinction. On avait dû blinder les toitures et bien d'autres choses encore. Les inondations, violentes et dévastatrices, emportaient tout sur leur passage. L'été démarrait brutalement, d'abord fin mai, les premières années, puis fin avril, et maintenant, dès la mi-mars, le soleil cramait la vie ! Jusque fin octobre, la Terre flambait et se désertifiait. L'eau manquait. Ça sentait mauvais, ça puait la fin des hommes.

Mais en cette nuit du 15 janvier 2042, tout était calme. Un quinze janvier glacial, sinistre comme ce maudit jour de la mort d'Éméric, son ami, emporté par un Charcot sans espoir. Ce souvenir lui remonta du fond de son âge, cruellement, comme ça sans qu'il l'ait vu venir. La bouille ronde de son pote, son sourire et ce regard tendre et taquin à la fois, son visage, net et précis, le regardait. Il pleura en silence et s'essuya les yeux au mouchoir de la nuit.

Puis l'aventure des Fils de l'Orage, allez savoir pourquoi, lui colonisa les neurones. L'avait-il vécue, l'avait-il rêvée ?

Bof, quelle importance ! Mais c'était quand même une drôle de souvenance. Et tout ça parce qu'il avait été invité — par la grâce d'une sorte de Wild Card généreusement offerte par les organisateurs —, convié donc au salon des Littératures Européennes de Cognac. Le bide de sa vie ce 16 novembre 2019 ! La foudre, au retour du salon, sur la place François 1er, ne l'avait pas loupé. Fulguré l'Antoine ! Mais sain et sauf, et le début d'une saleté d'aventure. Oui, ce fut une sacrée galère, brûlante et pleine d'embardées, que cette rencontre avec les Fils de l'Orage. Certes, il en réchappa grâce à sa Nani, sa minouchette depuis longtemps disparue, mais quelle équipée ! Après la tristesse et les pleurs, le fou rire lui tordit le ventre et lui remit les larmes aux yeux. Antoine rigola nerveusement un bon moment, un de ces rires tendus, électriques, qui fatiguent. Il finit par se rendormir.

Et cette odyssée, baroque jusque dans ses moindres détails, enténébra son sommeil.

CHAPITRE 1

Samedi 16 novembre 2019, vers 18 heures. L’orage grognait depuis un moment. Dans la salle, ça tonnait sourdement, le brouhaha des visiteurs couvrait les grondements. Vautré sur sa table, face à quelques exemplaires de son roman, une histoire d’étoile, Antoine s’ennuyait ferme. Les gens passaient devant lui, regards baissés, sans s’arrêter. Pour un premier salon littéraire, un premier roman publié par un petit éditeur sans envergure et peu fiable, ça n’avait rien d’encourageant. Antoine s’amusait pourtant à l’idée d’être de l’autre côté de la table, assis derrière son livre, plutôt qu’en face, debout, comme un visiteur indécis. Le sourire un peu forcé, il se montrait engageant. Un mot en passant messieurs-dames, s’il vous plaît ? Un bonjour sobre, voire un hochement de tête accompagné d’un rictus lui aurait suffi. Il aurait expliqué, présenté son travail, il n’était pas là pour vendre, mais simplement pour parler, échanger, se sentir vivant, à sa place, modeste, mais légitime.

À sa droite, un auteur bien connu et ses piles de bouquins. Les gens s'arrêtaient, conversaient, l'écrivain détaillait, répondait aimablement. À la gauche d'Antoine, une table recouverte de livres, la totale d'Amélie Nothomb. Ça partait comme des petits pains. Déprimant ! Entre les deux, il étouffait. Le temps s'étirait comme une pâte molle dans laquelle il s'engluait et qui lui paralysait les sens. Jusqu'à ce qu'il n'entende plus rien, sauf un bruissement confus, chitineux, dégoûtant, comme si une armée d'insectes affamés lui dévorait lentement la conscience. C'est alors qu'il comprit. Il s'emmerdait ferme, un désœuvrement déprimant, une tristesse à mourir, accompagné d'un vague à l'âme anesthésiant. Antoine s'ébroua, s'efforça de mettre des mots sur ce qu'il ressentait.

— Je m'emmerde comme un rat mort.

Ce fut ce qui lui vint en premier à l'esprit. Il s'accrocha à l'expression et pour sortir de ce marasme en chercha d'autres.

— Je suis triste comme une âme en peine.

Bof, trop banal.

— Je me fais chier comme une croûte derrière sa malle.

Ah, c'était déjà mieux. Il poussa plus encore.

— Je m'ennuie comme un roi sans divertissement.

Non, trop littéraire ça !

— J'en ai ras la glotte.

Trop populaire.

— Comme un chien dans un cimetière.

Celle-là, pas mal.

— Comme un chat chez une végane.

Là, ah oui, bien dans l'air du temps, c'est vendeur. Une formule à faire bander un éditeur !

— Un hardeur chez les bonnes sœurs.

Non, non ! Un coup à se taper des emmerdes avec la bien-pensance triomphante.

— Comme un cube sur un billard.

Pff, non plus. Le lecteur ne comprendra pas, le surréalisme est mort. Il opta pour le chat chez la végane. Très bien, je la garde celle-là. Antoine se surprit à ricaner. Autour de lui, le ballet des admirateurs continuait. L'auteur à sa droite signait à tire-larigot, à sa gauche, Nothomb réalisait son carton habituel.

« Broum, broum, broum, broummm ! »

Un orage ? Personne ne broncha. Accaparés par les conversations, les gens, engoncés dans leurs egos, n'entendaient rien.

— Marre, vraiment marre, si même les grondements de l'orage n'y arrivent pas, autant partir, me tirer, foutre le camp, me calter, me carapater, prendre la poudre d'escampette vite fait !

Antoine hésitait encore. Partir ou foutre le camp ? S'éclipser discrètement, muré dans sa douleur ? Sortir bruyamment, reculer sa chaise d'un coup de cul, afficher la mine outragée du génie méconnu ? Arrêter au passage quelqu'un de l'organisation, remercier d'un air hypocrite, complimenter comme le contrefont en battant des ailes tous ces enculés mondains de province ? Le panache ou la lâcheté ordinaire ? Le truc, genre grand esclandre sonore avec force gestes démonstratifs lui aurait plu. Lui seul aurait su qu'il s'amusait en fait, que son courroux, comme écrivaient les tragédiens poussiéreux du 17e siècle, était joué, complètement bidon. Personne n'en saurait rien, les gens prendraient ça au premier degré, s'offusqueraient, il deviendrait persona non grata dans sa ville. À son passage, désormais, on le toiserait drôlement. Certains le dévisageraient d'un air vaguement réprobateur, d'autres, plutôt des femmes, lui enverraient de petits sourires ambigus, les plus nombreux éviteraient de croiser son regard. Antoine ne manquait pas d'imagination…

Antoine sortait du salon le parapluie à la main, quand : « broum, broum, broum, broummm ! », quatre coups de tonnerre à nouveau. Même rythme, trois éclairs brefs, suivis d'un long zigzag violet, lézardèrent le ciel ténébreux. Beethoven à la baguette sans doute ? Cette pensée saugrenue lui traversa l'esprit et lui remit les idées en place. Le courant d'air glacial qui s'engouffrait dans le couloir le réveilla tout à fait. Dehors, c'était le déluge, ça tombait dru, un rideau compact, mouvant, peu engageant. Antoine s'approcha au plus près, la pluie, après le tonnerre et la violente averse, décrut un peu. Dans la rue du 14 Juillet, l'air jaune orangé moirait l'eau céleste de reflets roses électriques. Quelques silhouettes noires aux dos courbés pataugeaient dans les flaques en cherchant désespérément un refuge. Les encoignures des portes n'en pouvaient plus, bondées de bipèdes trempés qui s'agglutinaient en masses informes. On se serait cru en Transylvanie un soir de terreur. De là à ce que Nosferatu aux crocs pointus surgisse du fond de la rue ? Antoine frissonna de froid et de peur à la fois. Au-dessus de la Poste, le ciel vibrait, clair, paisible. À l'autre bout de la rue, sur la place François 1er, c'était noir d'enfer. Les nuages lourds, prêts à crever, frôlaient les toits. Les cieux guerroyaient. Un peu comme sur terre, des forces antagonistes se défiaient. Le vent se leva, la meute affamée des cumulonimbus congestus recula sous la rafale, le ciel limpide reprit du terrain.

La pluie cessa soudain. Prudent, Antoine ne bougea pas. Rien ne le pressait en fait. Nani la chatoune, bien à l'abri chez lui, très certainement effrayée par le vacarme, avait dû se planquer sous une couette. Dans peu de temps, il la retrouverait. Une onde d'amour pur l'inonda en le rassérénant. Sa petite boule de tendresse, sa Ninette, elle l'accueillerait en se frottant contre ses chevilles. Puis elle foncerait comme une flèche de fourrure tigrée, sauterait sur le fauteuil de son bureau en lui laissant une maigre place puis se plaquerait contre son dos. Il entendait déjà son ronronnement étrange, rauque, sifflant, doux comme un B 52 au décollage. La pauvre petite câline. Il se promit d'en parler au véto. Très vite, ça l'inquiétait. Il se décida enfin, ouvrit son pépin et remonta la rue vers la place François 1er. Sa voiture était garée non loin. Il longea l'agora cognaçaise sur la droite vers l'avenue Victor Hugo. Le parking derrière le restaurant le Sahara Tent se trouvait à deux pas.

Antoine jeta un coup d'œil sur sa gauche. Imperturbable, François 1er, ruisselant sur son cheval, défiait la tourmente. Quel guerrier ce François ! Il n'eut pas le temps d'avancer un pied de plus. Un terrible éclair rouge frappa la pointe de son parapluie. En une fraction de seconde, cent millions de volts le traversèrent avant de s'enfoncer dans le sol. Puis le tonnerre assourdissant fit trembler le dallage de la place « royale ». Antoine n'eut même pas l'esprit d'avoir peur. Ça sentait certes le roussi, son manteau fumait, le parapluie faisait triste figure, mais il tenait toujours bien serrée la poignée de bois du pébroque. Antoine, sidéré sur pied, ne sut jamais combien de temps il resta ainsi, immobile, aveugle, sans pouvoir bouger. Une bonne minute sans doute ? Mais avec ce temps détestable, la place s'était vidée, personne ne s'était aperçu de rien. Le roi François lui-même n'avait pas cillé. C'est qu'il en avait connu d'autres du côté de Marignan « le glorieux et triomphant César subjugateur des Helvétiens » comme le claironna sa mère Louise de Savoie. Et que dire de Pavie, dix ans plus tard ? Mais il plut à Dieu qu'il ne vécût heureusement pas le supplice de la foudre ! Encore que la fistule, placée entre roustons et troufignon, qui le fit souffrir pendant dix-sept ans et finit par l'emporter en 1547, ne fût pas non plus une partie de plaisir. C'est très exactement — allez donc savoir pourquoi — ce qui occupa l'esprit d'Antoine pendant les minutes de son abasourdissement. La vue lui revint au moment où François remontait sur le cheval qu'il n'avait pas quitté. Les voies de l'orage demeurent impénétrables ! Certes, le grand monarque, qui faillit être empereur, lui confia ses secrets, mais la mémoire d'Antoine, tourneboulée par la fulguration, n'en garda, hélas, pas le souvenir.

La place, il eut du mal à la reconnaître, les couleurs avaient changé. Le roi avait viré au rouge brique, son cheval bavait une écume noire, le feuillage or des arbres aux quarante écus avait tourné au bleu cobalt, le pavement avait verdi, les façades luisaient d'un jaune gourmand. Outre ces quelques bizarreries, Antoine s'en sortait indemne. Il se pencha, inspecta ses vêtements, ça moussait un peu, il se demanda ce qu'il avait bien pu se passer. Il leva les yeux. La toile de son pépin, malgré la pluie, restait sèche. L'eau ruisselait en l'enveloppant dans une bulle liquide. Le manche pointait tout droit. Après une telle secousse, mais quelque peu décoiffé par la fureur des cieux, il constata que tout allait pour le mieux dans le meilleur des mondes postapocalyptiques possibles.

L'orage. Bref cet orage, quelques secondes qui changeraient sa vie. À peine dix minutes s'étaient écoulées, les nuages s'étaient effilochés. De l'eau, des éclairs, le tonnerre, la foudre. Rien d'extraordinaire en somme. La nuit finissait de déployer un Soulages sur la ville. Elle en changeait chaque soir. À chaque sorgue, une œuvre différente. Cette nuit-là, c'était un tableau fluide, mouvant, piqueté d'étoiles vives, qu'elle offrait aux regards des humains. Mais les hommes s'en tamponnaient grave le coquillard. A contrario, Antoine réagissait aux atmosphères nocturnes. La terre se toilettait, il aimait à l'écouter reprendre sa respiration. « Gaïa est une bonne mère », dit-il tout haut. Depuis la foudre, il n'avait pas bougé. L'agora silencieuse paraissait hors du temps. Pas une voiture, pas un quidam depuis l'incident. En entendant sa parole résonner dans ce vide inhabituel, Antoine paniqua. Son timbre de voix sonnait rauque, éraillé, métallique comme une ferraille rouillée. Il ne s'entendait plus de l'intérieur, c'était une voix extérieure, inconnue, comme si la voix d'un autre avait chassé la sienne. Mais non, c'était bien lui pourtant qui venait de faire cette déclaration d'amour à sa bonne vieille planète maltraitée par ces imbéciles de bipèdes cupides ! N'empêche que ! Il se sentait bizarre. Indemne, mais quand même différent. Ces couleurs étranges, sa voix intérieure, son chant intime qui s'était fait la malle. Pas normal tout ça. Antoine osa quelques pas. Rien, il marchait comme l'instant d'avant, ni gène ni douleur. Sa voiture démarra au quart de tour. Sur France Inter, à gros volume, « La Grange » de ZZ Top lui redonna du pep. Il se trouvait à quelques centaines de mètres de chez lui, trois minutes à peine, pourtant il décampa sur les chapeaux de roue. Ses pneus crissèrent à la sortie du parking. Sa voiture tangua, il eut du mal à garder le contrôle. Antoine se regardait conduire comme un vrai dingue, mais sans pouvoir s'en empêcher. Il se sentait double, deux en un, le nouveau et l'ancien. Et c'était le nouvel Antoine qui dirigeait la manœuvre, l'ancien avait perdu le pouvoir. Il essaya bien de le remettre en selle. Sans succès.

Bien des bipèdes, à l'exception peut-être de quelques psychopathes confirmés, auraient été effrayés par un bouleversement aussi brutal. Antoine, non. Lui, enfin l'ancien en lui, s'en fichait, une seule chose l'intéressait, qu'allait-il en faire, ou plutôt comment en ferait-il le sujet du prochain Goncourt ? Pendant qu'il se marrait à cette idée, sa bagnole freina violemment et s'immobilisa à deux centimètres de la porte de son garage. Bizarre quand même, il sauta d'un bond de la voiture, ça faisait des années qu'il s'extirpait plus qu'il ne giclait de sa machine ! Les douleurs nomades, elles aussi, qui lui pourrissaient la vie depuis quelques années déjà, avaient déserté.

CHAPITRE 2

Nani l'attendait. Cette finaude savait toujours à l'avance qu'il arrivait. Antoine avança vers elle, mais elle recula d'un mètre en ouvrant une gueule muette, tous poils hérissés. Antoine ne l'avait jamais vue comme ça, terrorisée. Sa fourrure avait doublé de volume. Accroupie sur ses pattes, prête à bondir, elle crachait. Les pupilles dilatées, les oreilles aplaties vers l'arrière. Une petite tigresse sur le point d'attaquer. Comme il avait coutume de faire, il lui parla niaisement, lui susurra des mots d'amour à voix de velours. La mimi ne se laissa pas séduire. Plus il avançait vers elle, plus elle reculait en feulant.

Putain, mais c'est qu'elle a peur de moi cette andouille !

Cette constatation le navra. Des larmes lui mouillèrent les yeux. Il tendit la main vers la chatte. Elle lui balança un coup de patte rasoir qu'il esquiva de justesse. Il passa quand même la porte, elle céda, crachant encore, les yeux exorbités. Si ce n'était la couleur des murs qui avait changé, il se trouvait bien dans sa maison. La porte refermée, Nani toujours sur ses gardes, Antoine vit son reflet dans le grand miroir de l'entrée. C'était bien lui, oui, mais avec un teint rouge cœur de bœuf, les cheveux en bataille, nettement plus longs qu'hier, lui sembla-t-il, sinon ? À s'observer plus attentivement, il remarqua que ses iris bleu clair avaient foncé, couleur encre de haute mer, leurs sclérotiques jaunes, étoilées de veinules indigo, lui donnaient un air féroce.

Un fou ! J'ai l'air d'un vrai taré de frappadingue !

Plutôt que de l'abattre, ce constat l'amusa. Les nerfs en pelote, tendu comme un étalon devant une jument, il rit de bon cœur.

Histoire de se calmer, il s'installa devant son écran et ouvrit le tapuscrit sur lequel il travaillait depuis quelques mois. Il croyait, ou plutôt espérait que son agitation et les sentiments bizarroïdes qui l'avaient envahi décupleraient son imagination. Quatre-vingt-dix-huit pages, sans interlignes en police Times New Roman 12, le regardaient. Mais rien, il resta sec, vide, amorphe, mais toujours surexcité. Pas un pet d'inspiration. Pas une image, pas une scène n'éclairèrent son esprit.

Tous les exégètes distingués, tous les phraseurs de salon, les universitaires qui glosent à longueur de bouquins ou de plateaux télé sur la divine inspiration de l'écrivain, l'agaçaient grave trop ! Chez lui, petit écrivaillon du fin fond de la province, c'était beaucoup moins mystico-romantique. Antoine se vivait au service de ces mystérieux fantômes : les personnages. Lorsqu'ils se glissaient en silence dans ses veines et ses nerfs, ils prenaient la main sur son esprit. Antoine ne savait jamais quand ça arriverait. Tout ce qu'il constatait, c'est qu'il perdait le contrôle.

« C'est comme une envie de déféquer après plusieurs jours de constipation. Tu cours vers les chiottes, tu ne décides rien, faut absolument te vider pour laisser la place », avait-il coutume d'affirmer, un brin agressif.

Bien sûr, cette « image » est un chouia outrée, c'est qu'Antoine apprécie la provoc et les comparaisons fortes, un peu scatos. Les silences choqués qui suivent à chaque fois l'enchantent. Faut dire que dans sa jeunesse, il avait adoré Bataille, Nin, Miller, Céline, Artaud, Ducasse, Bukowski, and some others girls and guys. Des malotrus, amateurs de poils, d'alcools forts et de partouzes érotico-littéraires, à coups de substantifs odorants et d'adjectifs consentants. De toute façon, il avait beau envoyer ses « œuvres » tous azimuts, la réponse, invariablement la même, revenait. En résumé : « niet » !

Ce soir-là, il luttait, poussait de toutes ses forces. Impossible d'expulser le bouchon. Le bouchon, ce sont les premiers mots, la première phrase. Après quoi, ça coulait tout seul pendant un temps indéterminé, jusqu'à ce que les personnages se barrent sans prévenir. Sans un bruit, un signe, ni même un merci. C'est qu'ils vivent leur vie ces enfoirés de fantômes ! Après leur disparition, aussi subite qu'incompréhensible, l'angoisse s'installait. À chaque fois. Un jour, trois jours, une semaine, puis ils repointaient le nez de leurs adorables museaux sales. Le temps de la digestion sans doute ? Enfin, c'est ce qu'il aimait à croire. Cahin-caha, sous le joug de ses tortionnaires qui le tenaient soumis à leurs désirs incohérents, les dictateurs invisibles le mordaient à la gorge, et lui, de peur qu'ils s'évanouissent, courait à toute allure d'un bout à l'autre de son écran. Et tout ça pour peau de balle. Comme des boomerangs, ses tapuscrits/manuscrits, lancés aussi loin et fort que possible dans toutes les directions, lui revenaient invariablement en pleine poire.

Fataliste, Antoine quitta son bureau en soupirant. Il ne reconnut pas le son des cloches qui carillonnaient les vingt heures. L'église était située à deux cents mètres de chez lui, mais ce soir les cloches chantaient un air étouffé, mat et distant. Peut-être deux secondes après la volée, elles sonnèrent à nouveau, mais sous l'os de son crâne. Cette fois, les cloches tonitruèrent, elles entamèrent un concert assourdissant, cuivré, étincelant, tintamarresque, comme si, à cheval sur le joug, il avait eu l'oreille collée à leurs panses de bronze. Antoine sauta sur place en se bouchant les esgourdes. Nani traversa l'entrée comme une folle et grimpa se réfugier à l'étage. La tempête frontale-temporale-occipitale qui lui ravageait la cervelle baissa lentement en intensité, jusqu'à se taire. Il rouvrit les yeux et s'étudia de nouveau dans le miroir du vestibule.

— Ah, mieux, c'est quand même mieux !

Son teint avait pâli, il ne dégageait plus cette foutue lueur phosphorescente de homard au court-bouillon. Sa carnation avait repris sa couleur naturelle, vieil ivoire parsemé de quelques anémones de cimetière couleur automne finissant. Et surtout, oui surtout, il constata avec plaisir que ses yeux retrouvaient petit à petit ce charme délicat, désarçonnant, qui faisait fuir les femmes.

Nani l'interrompit en sautant souplement du bureau, s'approcha prudemment et se frotta contre ses babouches. Un mélange d'amour et d'appel au casse-dalle. Lui aussi constata qu'une grosse faim le tenaillait. Il se concocta une modeste salade composée, agrémentée d'un cul de jambon blanc, d'un quignon de pain et d'une tranchette de camembert. Pour éteindre l'incendie qui continuait à lui cramer les tripes, il se déboucha un petit rouge de bonne famille. Nani s'impatientait, tournait en dessinant un quatre-vingt-huit entre ses jambes. Antoine lui prépara un bol de croquettes et un autre, pour la gourmandise et par pur amour, de petites boulettes de steak haché, une viande de qualité. La chatte sautait, ouvrait la gueule, voulait miauler, mais n'y parvenait pas.

Il avait recueilli cette petite misère, voilà deux mois environ. Une jeune minette, sauvée de la maltraitance, qui traînait toutes les nuits et par tous les temps dans les rues. Un soir qu'il se promenait au ras de la vieille ville, place Beaulieu, elle s'était approchée en cherchant la caresse. Des puces plein la fourrure, maigrichonne, la pauvrette miaulait, mais pas un son ne sortait de sa gorge. Antoine se renseigna, il apprit qu'elle en avait vu de toutes les couleurs et ça le décida. C'est ainsi que Nani atterrit chez lui et prospéra. À force de soins, de patience et de subterfuges, la confiance revenue, la minouchette rasséréné, à son rythme, redevenait chatte. Elle transforma très vite Antoine en esclave. Un esclave ravi de l'être.

Après son repas, Antoine, épuisé par cette étrange journée, se laissa tomber sur son divan. Aussitôt, Nani s'étendit à son côté. La télé ronronnait, Antoine sombra dans un demi-sommeil agité.

— Je suis ton autre et tu es mon hôte.

En face de lui, debout, les bras croisés, son double lui faisait face. Pas de doute, c'était bien lui, au poil près. Pourtant complètement différent. Déjà, l'accoutrement : chemise à jabot, redingote grise et bottines vernies, mais ce qui surtout le frappa, c'est que son « double » avait exactement les cheveux en pétard, la sclérotique jaune étoilée de veinules écarlates, les yeux bleus des profondeurs marines, enfin la tête de fou que son miroir lui avait renvoyée voilà peu ! Antoine comprit qu'il rêvait quand il s'aperçut qu'il n'était plus dans son salon. Le décor familier avait disparu. La scène étrange qu'il vivait baignait dans un halo jaune vif, la silhouette de son « double », entourée d'une courte aura bleu électrique, crépitait. Un bruit dissonant, aigu, désagréable. Il chercha Nani de la main et ne la trouva pas.

— Je me présente, je suis toi, Gontran Louhins de Lakheu, tu as beaucoup de choses à apprendre. Souviens-toi, la foudre. Elle t'a ouvert la conscience, ton chakra coronal est actif, et foutrement ! Désormais, par mon intermédiaire tu seras éduqué, car je suis ce que tu es devenu, même si tu as cru un instant avoir retrouvé ton état de pré-fulguré. Tu devrais être mort, je t'ai sauvé, moi, celui qui te guide depuis toujours. Tout ton baratin sur l'inspiration, ta prétendue perte de contrôle, tes personnages qui s'emparent de ton esprit pour guider tes doigts sur le clavier, c'est du pipeau. Mon pauvre Antoine, innocent que tu es, ce qui t'arrive est la chance de ta vie !

Antoine, perplexe, écoutait celui qui prétendait être lui. Il n'en croyait ni ses yeux ni ses oreilles. D'où pouvait bien surgir cet être qui lui racontait cette histoire abracadabrante ? L'autre lui souriait, un sourire inquiétant, ses iris bleu foncé, lumineux, ne le lâchaient pas. Il voulut rétorquer, mais aucun son articulé ne sortit de sa bouche, ses pensées étaient claires, ordonnées, les questions se pressaient sous son crâne, mais sa gorge, ses cordes vocales, refusaient de lui obéir. Gontran poursuivit :

— Je n'ai pas fini, j'ai encore beaucoup de choses à te dire. Tu parleras quand je t'y autoriserai. Essaie donc de bouger ton bras droit.

Antoine voulut lever le bras, il n'y parvint pas. Gontran fit un geste, sa main balaya l'espace. Derrière lui un paysage urbain apparut. L'image n'était pas vraiment nette, les contours tremblaient. Il reconnut une ville. Laquelle ? Une phrase lui échappa :

Jamais mis les pieds dans cette ville.

Tiens, il parlait à nouveau, le son assourdi de sa voix l'étonna.

— Évidemment, il s'agit de Limoges, l'ancienne, celle du 12e, en 1172, le jour du couronnement de Richard Cœur de Lion, duc d'Aquitaine. Mais quel ignare tu fais !

D'un autre large geste du bras, Gontran effaça la scène, une autre vue de la ville succéda à la précédente.

— Limoges en 1771, l'année de naissance de la première manufacture de porcelaine.

Puis il afficha une autre image figée de la ville.

— Limoges en 1842. Ton aïeul, David Haviland, s'installe à Limoges. C'est le début d'un empire. Ses créations sublimeront bientôt les plus belles tables du monde. Limoges est ton berceau, petit écrivaillon ! Et toi et moi sommes les descendants de ce bâtard de Haviland. Gontran se mit à rire, un rire gras, sardonique et grinçant.

— Mon petit Antoine, comme toi j'ai reçu le baptême de la foudre. Ce don du ciel m'a libéré des liens ordinaires, je veux dire des entraves humaines. C'était un printemps de l'année 1865, j'avais vingt ans, c'était juillet flamboyant, sous une chaleur torride. Je venais de culbuter une donzelle sur une meule de paille, à l'abri d'une grange dans la campagne limougeaude. Tout comme David Haviland avait sauté ma pauvre mère innocente. À la hussarde ! Vite fait, je remontai mon pantalon et laissai la pauvresse en pleurs, sur le dos, les pattes écartées. Pas de « Metoo » à l'époque, hahahahaaa ! Ma mère, enceinte jusqu'au menton, avait fui la ville vingt ans plus tôt, pour se réfugier chez une vieille parente dans un bled paumé, à l'abri du qu'en-dira-t-on. C'est qu'en ce temps-là, les filles-mères, ça morflait sec ! Donc, je quittai la grange, le ciel d'azur pur, le temps de mes galipettes, avait viré au noir encre de Chine. L'atmosphère orangée, saturée d'électricité statique, me serra la gorge. De grosses gouttes de pluie chaude, lourdes comme des remords, commençaient à tomber. En moins d'une minute, je me retrouvai trempé jusqu'à la moelle. Puis la foudre me traversa, du sommet du crâne à la plante des pieds. Comme toi ce soir. Hahahahaaa.

Antoine, toujours muet, ne pouvait qu'écouter.

— Passionnant, ça pourrait faire un bouquin cette histoire.

Il ne pensait qu'à ça en toute occasion, choper le réel, les conversations, s'approprier la vie, nourrir son imagination, se rassasier, passer tout ça à la moulinette pour en faire trois cents pages. Antoine l'écrivaillon n'était qu'un voleur, un suceur de vie, un vampire, un insatisfait chronique. Gontran apparaissait comme une source riche, passionnante, même si son rire surjoué, façon Comédia Del Arte, l'insupportait. Antoine réfléchit. Ce type est un imposteur, un mytho de première bourre, il se fout de ma poire avec son histoire insensée. C'est qui, c'est quoi, un fantôme, un dingue qui se la joue Highlander ?

Gontran s'esclaffa de plus belle.

— Te fatigue pas, j'entends tout ce que tu penses. Highlander, merci, c'est flatteur. Mais tu te goures mon pauvre petit Antoine, t'es vraiment une fin de lignée, un raté, un dégénéré au sens littéral. Haaaaahaaaaahaaaa, j'me marre. Alors que moi qui suis toi, en plusse-plusse, je reste, même mort, un sacré putain de beau bâtard. Mais, ne t'en fais pas, la foudre t'a grave requinqué. Un sac d'hormones à vie, un surhomme que te v'là, mon Antoine, t'es devenu un demi-dieu, tu vas vite t'en apercevoir.

Et Gontran, de rire encore, de plus en plus fort !

— Non, mais, t'imagines, tu es libre, ton corps aussi qui n'a plus besoin de s'éreinter à fabriquer dopamine, « Sérotonine », pour écrire des bouquins à la con. Je suis Monsieur Gontran Louhins de Lakheu ! Mon nom, réfléchis. Tu piges ? C'est ton pseudo désormais. Avec ça, tu vas connaître la gloire littéraire mon petit frérot, et l'autre, à l'autre bout de la queue de l'oiseau, n'a qu'à bien se tenir, il va trouver à qui parler.

Antoine ne pigeait rien à ce discours, toutes les grosses allusions de Gontran lui échappaient. Le bec, la queue ? Ce type est complètement chtarbé, je vois que ça, il a dû s'échapper d'un HP.

— Mais non ! T'inquiète, ça va venir. Petit à petit tu vas te redécouvrir. Les siècles ne comptent plus. Le passé, le présent, le futur, tout t'appartient, tu peux te balader dans les strates du temps à ta guise. Comme moi. Tu vois bien ? Même mort, au sens humain de la mort, je continue à voyager. Et je t'ai à l'œil, mon petit vivant !

HAAAAAhaaaaaahaaa !

Jusqu'à aujourd'hui, je te guidais tout doux, dans l'ombre. Tu n'étais capable ni de me voir ni de supporter mes révélations. Mais la foudre, sainte foudre, t'en a mis une bonne secousse. Et te voilà tout neuf, décortiqué comme une châtaigne d'automne, un vrai toi-moi. Enfin ! Car nous sommes indissociablement liés, par le sang bien sûr, mais surtout par la foudre. Nous sommes tous deux, des Fils de l'Orage !

Antoine, élevé au lait du cartésianisme, voulut en avoir le cœur net. L'air de rien, les sourcils froncés par une concentration plus feinte que réelle, il se rapprocha doucement de Gontran. Qui laissa faire. Soudain, il tendit le bras, sa main toucha celle de Gontran et il se retrouva projeté, les cheveux fumants, deux mètres en arrière.

— Tu as raison frérot, ose. Et réfléchis aussi. Depuis le temps que je me balade, tu penses bien que j'ai de l'avance, que je suis plus développé, plus chargé en énergie que toi. Pourquoi crois-tu que l'orage a éclaté au-dessus de Cognac ? Et la foudre ? Sur ta tronche ? Pourquoi la tienne, et pas sur le François de bronze patiné qui fait le beau sur son bidet ? Haaahaaahaaaaa !

Benêt que tu es, c'est que l'orage est devenu ma maison, mon royaume. La foudre, je te l'ai envoyée, pour qu'enfin tu puisses me voir, me rejoindre. Je te le répète, nous sommes deux en un. Heuuuu, non, un en deux en vérité !

Assis sur les fesses, le corps douloureux, mais sain et sauf, Antoine écoutait en se massant le bras. Louhins de Lakeu, mais oui, bien sûr « loin de la queue », à l'autre bout du bec. Ce Gontran fait de l'humour, un humour bien lourd quand même.

— Où est le bec ? Loin de la queue, ben oui, que tu es niais, mon pauvre Antoine. Il a quand même fallu que tu te manges une bonne décharge pour comprendre. Haaaaahaaaha !

CHAPITRE 3

Sur l'écran de la télé, un type, coincé dans une voiture accidentée, braillait. Antoine sursauta et remonta à la surface du monde. Autrement dit, il se réveilla en sursaut. Il se souvenait avec précision de son rêve. Ce type étrange, son « autre », souriait encore derrière ses paupières mi-closes, un rictus diabolique, et que dire de ce feu rougeoyant dans ses iris bleu abyssal, ce bleu des profondeurs, étonnant, qui l'avait subjugué jusqu'à la terreur. Ce Gontran Louhins machin et ses histoires de bec et de queue. Un drôle d'oiseau, ce type. Antoine respira profondément. Ouf, c'était fini. Jamais il n'avait connu un tel rêve. Putain ! Limoges, la porcelaine et tout ça, c'est fou ! « Je suis ton autre », cette phrase sibylline ne le quittait pas.

Nani s'étira, sauta du canapé et se frotta contre ses babouches. Elle avait faim. Dehors c'était la nuit. La pauvrette, je suis au-dessous de tout. Oublier ma minouche, c'est pas possible, cet orage m'a chamboulé. Pourtant je me sens bien, j'ai une pêche d'enfer !

— Haaaahaaaahaaaaa !

Antoine sursauta. Ce rire ! Mais d'où venait-il ? De l'étage ! Il grimpa les escaliers quatre à quatre, explora toutes les chambres, les toilettes, la salle de bain. Rien, nada, que dal, personne. Non, ce n'était plus un rêve, ce rire avait explosé dans la maison, quelque part, avec une force qui ne laissait pas de doute. Il était là, tapi dans un coin. Antoine y croyait dur comme fer. Il chercha sa chatte du regard. Le bac à croquettes qu'il venait de remplir, elle n'y avait pas touché. La petite, effrayée, avait dû se cacher. Et va donc essayer de retrouver une Nani planquée, toi. Antoine l'appela, ce qui est idiot, un chat ne répond jamais. Il fouilla partout, un bon moment, jusqu'à remarquer dans le dressing une porte coulissante entrebâillée. La minette était là, réfugiée, presque invisible derrière une pile de pulls. Les oreilles rabattues, les yeux affolés, elle le regardait en crachant, prête à bondir. Antoine l'ignora, ne fit aucun geste, et préféra s'éloigner pour lui laisser le temps de se calmer.

Tout en mangeant distraitement ses carottes râpées et son bout de fromage, Antoine réfléchissait. Alors, à en croire le Gontran, il descendrait vaguement d'un porcelainier. Un ponte du kaolin, un certain Haviland, un quaker. Des rigolos ces quakers ! Un bâtard de cul serré, oui, mais avec l'empilement, l'affadissement, les mélanges, génération après génération, il ne devait plus rester grand-chose de ce sinistre sang protestant dans ses veines. M'étonne pas que je n'y arrive pas, un bâtard, descendant lointain d'un bourgeois coincé, un étranger de surcroît, ça ne peut pas réussir. Je dois avoir le cerveau comme le sang, dilué ! Non, c'est pas possible, je sais d'où je viens, mes parents, mes grands-parents, jamais entendu parler de Limoges et de la porcelaine. Tout en se creusant les méninges, Antoine picolait sans s'en apercevoir. Quand il voulut se verser un dernier verre, la bouteille de Morgon était vide, il avait l'esprit troublé et la bouche un peu collante. Merde, j'ai encore soif ! Il se traîna péniblement jusqu'au cellier, crocha une bouteille de Moulin à Vent 2015, une année riche, dont il fit difficilement ploper le bouchon. En moins d'un quart d'heure, il la vida. Effondré sur sa table de cuisine, il s'endormit en ronflant comme un vieux diesel. Nani, d'un bond léger, sauta sur la table, la débarrassa des reliefs du repas en trois coups de langue, et s'allongea en ronronnant contre le visage d'Antoine. Qui éternua. Deux fois.

— HAAAHAAHAAAA !

Le rire claqua une nouvelle fois dans la maison. Personne ne l'entendit, sauf Nani qui courut se cacher en crachant.

Antoine se réveilla vers trois heures du matin. La bouche cartonnée, le cou douloureux, les muscles froissés et le dos raide. Sous son crâne, le bourdon de l'église Saint-Léger y allait de bon cœur. Le Morgon et le Moulin à Vent avaient fait leur effet. Il ouvrit péniblement les yeux. Sur la table, Nani l'avait rejoint, elle roupillait comme une innocente. Elle avait posé une patte sur sa main. Il la retira doucement sans la réveiller. La maison était noire comme un vieux four froid. Dehors, la pluie cinglait le sol.

Sous ses doigts le clavier de sa bécane cliquetait, sur l'écran les mots s'affichaient à toute vitesse. Mathilde et Xéresse, les deux héroïnes de son bouquin en cours d'écriture, lui racontaient leurs aventures. Chaudes les aventures à ce point du récit. Les deux drôlesses énamourées, à quelques jours d'intervalle, se faisaient culbuter par deux gandins sans envergure. L'une dans un petit bois, l'autre dans une mansarde. Xéresse par un coquelet de campagne prétentieux et maladroit, Mathilde par un employé de bureau, grand admirateur d'Heinrich Heine, qui se prenait pour un poète. Antoine s'arrêta et releva la tête vers l'écran pour se relire. En gros plan, le visage de Gontran le regardait d'un air amusé.

— C'est bon, te fatigue pas, c'est parfait, continue, je te dicte la suite.

Antoine se releva d'un bond, son fauteuil à roulettes heurta le mur de son bureau. Ça recommençait ! Son rêve se transformait en cauchemar éveillé. Sagement, il garda le silence et se rassit. L'autre, « son autre », le dévisageait. Un éclair violet traversa l'écran en illuminant le bureau.

— N'oublie pas petit, nous sommes les Fils de l'Orage. Enfin, surtout moi. HAAAAhaaaaaahaaa !

Sous la douleur qui le brûla jusqu'aux entrailles, Antoine se recroquevilla en hurlant. C'était comme si du napalm coulait dans ses veines tandis qu'une multitude de pinces chauffées à blanc lui écrasaient les os. Il voulut hurler, pas un son ne sortit de sa bouche grande ouverte. Antoine crut mourir, mais son tourment cessa d'un coup. Il reprit son souffle. Rien, plus rien, pas même la moindre séquelle. Au contraire, il allait très bien, bourré d'énergie et l'envie de rire.

— T'as compris moustique ? Sinon j'ai de quoi t'en remettre quelques bonnes secousses. Et plus fortes encore. Le patron c'est encore moi ! Crétinos, tu n'es que celui à venir, le prochain de la lignée des bâtards, mon héritier, et rien de plus. Tant que je n'aurai pas fini de te former, tu ne chevaucheras pas les terribles nuages déchaînés. Quant à les dompter, les obliger à ton service, alors là, mou comme tu es, indécis, avec ton charisme d'huître morte, c'est pas gagné !

Antoine se trouvait pris au piège, sous le contrôle total de cette créature. Qu'il réponde ou pas n'y changerait rien, l'enfoiré électrique lisait dans ses pensées. L'avenir s'annonçait sombre. Il pensa à mourir.

— Pas question de t'échapper, tu dois accomplir ton destin. Les forces du ciel t'ont choisi, c'est ainsi. Inutile de chercher aide et refuge dans quelque religion que ce soit. Dieu n'existe pas, les orages me l'ont dit. La Nature est la Nature et c'est tout. Les hommes doivent la respecter, composer avec elle et vivre en harmonie. Faute de quoi, la Nature les balaiera. Sans état d'âme, elle n'a pas d'âme la Nature, elle est, c'est tout, et se contrefiche bien de toutes les fumeuses divagations humaines. Vois comme le destin s'offre à toi. Travaille d'arrache-pied, obéis, tu ne le regretteras pas !

Pour éviter de penser, Antoine concentrait son esprit sur des images douces, un champ fleuri ondulant sous une brise de printemps, un torrent d'eau pure dévalant la montagne et d'autres scènes calmes et bucoliques. Cela marcha un moment, mais contrairement à ce que proclament les marchands de méditation, le mental gagne toujours la partie. Le fameux « lâcher prise », pas plus que la volonté, rien ne peut empêcher le flot incessant des pensées de reprendre son cours fatal. Gontran réapparut sur l'écran, son rire sardonique retentit de plus belle.

— Comment ? Tu cherches un moyen de m'échapper ? Tu penses à partir à l'autre bout du monde, à te réfugier chez les moines du mont Athos, et même à te bouffer vingt boites de bonnes saloperies de médocs qui tuent à coup sûr ? Décidément, tu ne comprends rien. T'es cuit, tu fais ce que je te dis. Point barre. Tu as vu, pour cette fois ça passe, je ne t'ai pas, comme tout à l'heure, administré la foudre. Maintenant, fais gaffe, tu n'as plus le droit à l'erreur. Désormais, l'heure est au travail mon petit père, au travail !

CHAPITRE 4

Antoine baissa la tête et ne sut que répondre. Que faire, sinon se réfugier sous la couette ? En espérant s'endormir au plus vite pour ne plus penser et risquer l'électrocution. Pioncer, il savait qu'il devait se mettre à l'abri en s'endormant le plus vite possible. Il fonça vers son cellier, ouvrit une de ses caves à la volée, pêcha une bouteille de bordeaux, un grand qu'il conservait précieusement depuis près de vingt ans, puis une Romanée saint vivant d'un âge tout aussi respectable. D'un tour de poignet, qu'il avait expérimenté, il déboucha les deux flacons, les posa sur sa table de nuit, s'allongea et se mit à biberonner comme un bon. Nani l'avait suivi, et, pour la première fois depuis qu'il l'avait recueillie, s'était installée sur le bout du lit. En moins d'un quart d'heure, sans prendre le temps de déguster, il siffla les deux bouteilles. Il ronflait comme une gueuze avant que sa tête ne touchât l'oreiller. Antoine connut les ivresses du noir absolu dix heures durant. Rien ne troubla son sommeil, Gontran ne se radina pas pour lui tenir la chandelle. Pourtant, sans qu'il en ait conscience, son esprit pédalait dur. À cinq heures du matin, l'église du Sacré-Cœur sonna cinq fois, c'est du moins ce qui réveilla Antoine, du moins le crut-il, car les églises de Cognac ne sonnent pas les heures de nuit. Mais peu importe, les yeux mi-clos, la conscience à demi éteinte, il se dirigea vers la cuisine, entrouvrit le micro-ondes, y fourra la tête jusqu'aux épaules, et referma la porte le plus possible. Et se mit à insulter vertement Gontran, puis attendit la décharge. Une, deux, trois, cinq minutes passèrent. Assise à ses pieds, Nani attendait un petit rab de croquettes. Rien ! Pourtant il l'avait furieusement appâté, allant jusqu'à le traiter de gougnafier, de fot-en-cul, de pignouf, de tête de pipe, d'empaffé mondain, de puterelle, d'orchidoclaste, et même de nodocéphale. Une bordée d'insultes, anciennes certes, mais qu'un natif du 19e siècle aurait dû comprendre. Antoine, le souffle court, parfaitement réveillé maintenant, mais quelque peu oppressé, tint encore un bon quart d'heure. En vain. Gontran resta muet. Eurêka ! La solution c'était donc ça, s'isoler le ciboulot pour que le cinglé ne puisse pas capter ses pensées. Foutre de Zeus l'enragé ! Il avait sa solution, mais pas facile à mettre en œuvre. Il ne se voyait pas déambuler dans les rues de sa ville avec un micro-ondes enfoncé sur la tête !

Alors, il se plongea dans les méandres d'Internet, à la recherche d'une solution acceptable. Allongée sur le cuir de son bureau, là aussi c'était une première, détendue comme seule une chatte heureuse sait l'être, Nani le fixait de ses yeux couleur d'huître humide. Un regard interrogatif, perplexe et navré tout à la fois. Antoine plissa les yeux, elle ferma à demi les siens. Ils s'aimaient et se le disaient à la façon subtile des félidés. Antoine en eut les larmes aux yeux. Que c'était doux et bon cette affection réciproque, vraie et sans arrière-pensée. Nani frotta sa petite tête de tigrette contre le dos de sa main et lui lécha les doigts. La minouche percevait le trouble de son bipède et lui donnait tout le réconfort qu'elle pouvait. Puis elle posa sa tête contre sa main et se mit à ronronner comme une tourterelle amoureuse.

Ses recherches ne donnèrent pas grand-chose. Se prémunir contre les perceurs de crâne, les cambrioleurs de la pensée, ben ça n'existait pas, la science ne s'était jamais penchée sur ce problème. Internet ne lui servit à rien. Nani se releva, fit le gros dos, s'étira, le fixa un instant, plissa les yeux, puis posa sa jolie petite tête contre la sienne. Un long moment. Son attitude, un peu étrange, jamais elle ne s'était collée à lui ainsi — elle était plutôt du genre tendresse intense, mais furtive — l'étonna. Elle lui disait quelque chose, certainement. Sur l'instant il ne comprit pas. La chatte le regarda à nouveau avec intensité et reprit son manège. Elle resta immobile, ronronnant, appuyée sur son front, près d'un quart d'heure. Antoine concentra son esprit sur elle. Sa chaleur l'engourdissait tandis qu'il s'efforçait de ne pas se laisser distraire par des pensées parasites. En vain. Ben oui, les bipèdes, en matière de communication animale, sont d'une nullité crasse. La chatte finit par sauter du bureau en ondulant de la croupe. Assise sur le carrelage du vestibule, tournée vers lui, Nani, les yeux vrillés aux siens, attendait. Une attitude étrange, d'ordinaire quand elle le quittait comme ça, sans crier gare, elle filait vers sa gamelle pour satisfaire une petite faim.

Gontran, les naseaux fumants, écumant et hurlant, envahit son écran.

— Alors crétinos, toujours en train d'écrire les histoires minables de tes deux petites héroïnes ? Et les petites baises de ces deux salopes de bouseuses, ça avance ?

Tout cela, craché entre deux rires sardoniques.

— Et tu crois que ça va intéresser un éditeur, ton roman merdique ! Mais que tu es niais mon pauvre. Regarde un peu autour de toi. Le monde a changé. Les éditeurs se foutent pas mal du talent. Ils ne prennent presque plus jamais de risques. Une seule chose les intéresse, le profit maximum à court terme. Bon sang, ça crève les yeux. L'ère des Gaston Gallimard est révolue.

Tu vois bien ce qui marche bordel : le roman nombriliste. L'imagination a passé de mode. C'est ça, et seulement ça qui se vend. Prends un pseudo, putain ! Par exemple « Cerise Pichard » autrice. Voilà, ça, c'est déjà un bon départ. Trouve-toi un sujet « sociétal », haaaahaaahhhhhaaa, vendeur, un truc à la mords-moi-le-nœud, bien glauque. Tiens par exemple, ton héroïne, c'est-à-dire toi, l'autrice à peine déguisée, souffre le martyre depuis des années. Ben oui, cette pauvre fille s'est faite violée par son père, son tonton, le meilleur ami de sa famille, ou qui tu voudras, un séminariste, un curé pédophile, un cardinal cacochyme, quand elle était enfant. Le fin du fin, ce serait que tu te sois fait démonter la rondelle par un mec célèbre, adulé par tes contemporains. Alors la, ce serait le jackpot ! Tu vas voir petit crétinos, comment les éditeurs vont s'arracher ton histoire. Tu peux aussi, à force de volonté, avoir vaincu cinq cancers à la fois, et si tu as été violée avant, pendant et après, c'est encore mieux. Haaaahhhhaaaha ! Le titre aussi, important le titre. Le mieux, c'est le titre phrase, heuuuu… par exemple : « La nuit, je pleure en silence sous ma couette effilochée », ou « J'ai terrassé mon cancer en élevant des marmottes au Tibet ».

Antoine, le visage crispé et les mains sur les oreilles, essayait d'atténuer les gueulements de Gontran.

— Ton style, putain ton style ! Simplifie, sujet-verbe-complément, c'est bien suffisant. Évite les longueurs, les descriptions, les gens s'en branlent, ils veulent de la littérature MacDo. Ah oui, j'oubliais, tes adjectifs, tes images, tes métaphores filées-machin et tout le toutim, évite, bannis, oublie. Simple, sois simple, tu écris pour des gens qui lâchent l'affaire dès qu'elle passe les deux lignes. Vis, écris moderne, l'Université Universelle, c'est Facebook et Twitter et autres merdouzes. J'te connais tu sais, tu aimes ta langue, ses richesses, sa beauté. Tu te régales avec les mots, tu te les suces jusqu'à l'extase, comme les enfants les bonbons. Là aussi, tu te fourres le doigt dans l'encrier. Le vrai style, moderne et tout, le seul qui marche, c'est justement de ne pas en avoir crétinos !

Du coin de l'œil, Antoine apercevait Nani qui ne bronchait pas et ne semblait pas, elle pourtant si peureuse, particulièrement terrorisée par les braillements de Gontran. Au lieu de ça, elle se léchait et faisait méticuleusement sa toilette. Gontran éructait de plus belle, Antoine commençait à craquer, l'atmosphère du bureau devenait de plus en plus électrique, les murs grésillaient, des flammèches violettes couraient un peu partout sur le plancher. Ses tympans étaient proches d'éclater, quand Nani, d'un bond gracieux, sauta sur le bureau et regarda le Gontran droit dans les yeux. Quelque chose claqua quelque part, l'écran de l'ordi s'éteignit un instant, le visage de Gontran disparut, comme ça, d'un seul coup, en plein milieu d'une phrase.

Nani tourna le museau vers Antoine. Il crut lire de l'amusement dans son regard. Il chassa cette idée saugrenue. Cette manie qu'il avait de prêter à cette jolie minette des sentiments humains ! L'anthropomorphisme finira par tuer les hommes et l'humanité entière, avec son nombrilisme imbécile, son arrogance et son indécrottable narcissisme. Il se jura de ne plus s'y laisser prendre. Ça ne sera pas facile avec tous les empilements de croyances de merde, de sous-morale débile, d'habitudes stériles et de « bien comme il faut » à la con, la couche était épaisse, dure, collée à sa tronche comme une chambre à air déglinguée recouverte de rustines purulentes. Cet orage et cette foudre sèche lui avaient au moins décrassé les méninges en le mettant face à ses médiocrités. Antoine pleura. Le choc émotionnel était bien plus rude, plus douloureux, que l'éclair qui l'avait cisaillé. Nani s'approcha, lui refila deux coups de langue sur le front. Antoine la détailla à nouveau. Ses iris, couleur vert-marron mer du nord, brillèrent d'un éclat particulier qu'il ne sut déchiffrer, puis elle sauta et sortit de la pièce.

Au même instant l'écran de sa bécane fulgura, Gontran reprenait sa diatribe à l'exact endroit où il l'avait laissée. Assise sur le seuil du bureau, Nani, telle Bastet au Louvre, ne bougea pas d'un poil. C'est marrant se dit Antoine, elle n'a plus peur, elle se fout complètement de cet abruti d'ectoplasme hurleur.

Gontran, sur l'écran, recommença à ricaner. Haha… Nani bondit sur le plateau du bureau, l'écran s'éteignit, le rire du dingue lui resta dans la gorge. Médusé, Antoine examinait la chatte d'un autre œil. Se pourrait-il que ? La minette posa doucement son front contre le sien, ce qui instantanément l'apaisa. Il laissa revenir le flot incohérent de ses pensées. Le silence persista. Alors, il insulta son « autre » à grandes brassées d'insanités, il poussa le vulgaire aussi loin qu'il le pût, jusqu'aux pires atrocités sexuelles. Niente, nada, plus de Gontran. Nani fit sa boule sur le cuir du bureau et s'endormit en bourdonnant sa musique. Ce serait elle, la chatoune, le bouclier qui le protégerait de l'énervé ? Et non pas le four à micro-ondes ou quelque autre parade technologique ? Oui, je m'en souviens bien, elle était à mes pieds pendant que j'étouffais à moitié, la tête dans le four. Ces évidences venaient de lui sauter aux yeux. Pas dans la pièce, l'autre gueule. Elle entre, il la ferme aussitôt. Synchrones, elle et lui étaient synchrones, et la minette avait tout fait pour qu'il comprenne. Une phrase de Shakespeare le traversa : « Je suis aussi vigilant qu'un chat qui vole de la crème ». Antoine rigola tout seul. Oui c'était tout à fait ça qu'il lui faudrait désormais ne pas oublier. Garder Nani près de lui, en toutes circonstances. Comment y parvenir ? Tout le problème était là. Un chat n'est pas un chien. C'est la liberté incarnée, il n'en fait qu'à sa tête. Mettre Nani en laisse ? Pas la peine d'y penser. C'est alors qu'il se souvint d'une pub vue sur le net pendant qu'il faisait ses recherches. Un « sac à chat », en tissu souple, mais solide, imperméable, spacieux, insensible aux griffes, avec une ouverture circulaire sur le devant, bordée de fausse fourrure, pour que le félin soit à l'aise et puisse regarder le monde sans avoir envie de s'échapper. Pour une fois, Antoine remercia la communauté des algorithmes et cria sa joie. Nani, surprise, lui mordilla la main.

Par sécurité et par habitude, par croyance dans la science aussi, il acheta de grandes plaques d'aluminium épais dont il barda les murs et le plafond de son bureau. Par prudence, il en superposa plusieurs couches. Le sac à chat était top, vert fluo, discret. La féline y sauta d'elle-même et passa son cou dans l'ouverture aménagée. Bien à l'aise, allongée à l'intérieur de cette nouvelle maison souple et matelassée, recouverte d'herbe à chats en sachets cousus sur les parois, elle ronronna d'emblée. Un sac à minouche conçu par un malin, fin connaisseur des quadrupèdes à moustaches qui aiment le confort, détestent les contraintes en général, et qu'il faut savoir feinter en finesse. Et là, c'était parfaitement réussi. Antoine fit quelques essais dans la maison, la Nani, toute en ronrons modulés, des ronrons de bien être, ne bougea pas d'un poil. Le plus étrange, c'est que cette minette, d'un tempérament plutôt changeant voire caractériel par moments sans qu'il pût en trouver la raison, elle qui passait le plus clair de son temps, cachée dans un placard, à l'écart des bipèdes de la maison, avait jeté son dévolu sur lui, au point de ne plus le lâcher, de jour comme de nuit. Depuis l'orage, elle s'installait sur son bureau, grattait à la porte quand il s'isolait dans les toilettes, le suivait dans la salle de bain et dormait la nuit au bout du lit. Le plus étonnant dans l'histoire, c'est qu'elle le regardait en clignant des yeux à tout bout de champ, avant de venir se frotter contre lui en chantant sa musique, une modulation particulière, grave et profonde, un vrai ronflement d'amour. Le lendemain, Antoine projeta de sortir et se promener avec Nani en bandoulière, mais quand il voulut la fourrer dans le sac qu'elle avait semblé apprécier la veille, elle cracha, recula, se fit presque menaçante, au point qu'il renonça. Jamais plus — il tenta à plusieurs reprises la manœuvre — elle n'accepta de s'installer dans ce foutu sac ! Les chats savent changer d'avis, il en fut désormais convaincu. C'était comme si elle voulait, en toutes occasions, garder sa liberté de mouvement. Antoine, sur le moment, n'y comprit rien.

Quelques jours passèrent ainsi sans que Gontran se manifeste. À trifouiller sur la toile des heures durant — faute d'inspiration son roman en cours d'écriture se morfondait sur une clé USB — il découvrit la carte du monde des orages en temps réel. Une aubaine et une drôle de surprise. Sur terre, ça pétait de tous les côtés, en moyenne cinq mille orages par jour, entre un million cinq cent mille et deux millions par an ! Et ces jours-ci sur la France, aucun orage n'était signalé. En bon cartésien, Antoine en déduisit que le Gontran devait bien se recharger régulièrement. De cette nécessité découlait le fait qu'il ne pouvait trop s'éloigner de sa source d'énergie. Il en conclut que la saloperie de zombi n'était qu'un pauvre esclave. Pour se manifester comme il l'avait fait, il était forcé d'attendre que la foudre veuille bien fulgurer dans le coin. Loin de son casse-croute, il dépérissait sans doute très vite comme une vulgaire batterie. Mais fallait-il que l'orage soit proche pour que Gontran vienne l'emmerder, sans crainte de vider ses accus, ou pouvait-il se brancher sur un orage plus lointain ? Si cela était, quelle distance ne devait-il pas dépasser sous peine de se décharger comme une vieille pile pourrie ? Pour être certain de ne pas se faire choper, Antoine prit l'habitude de consulter la carte des orages tous les matins. Décembre approchait. En hiver les orages se font plus rares. Le temps passa, sans plus d'incidents. À la fin, on se lasse, on oublie, l'homme est ainsi fait. Antoine appartenait à cette majorité-là.

Décembre 2019 fut pluvieux comme jamais. Un temps à changer de prénom, à construire une arche, à s'appeler Noé, tant il traînait de longues heures à s'emmerder ferme entre quatre murs. Antoine continuait l'histoire tourmentée de ses deux héroïnes. Des personnages secondaires qui n'existaient pas la veille, pointaient leur nez, flopaient comme du pop-corn dans une poêle, l'intrigue se compliquait. Le 20e siècle avait été riche en évènements dramatiques, fallait pas se planter, genre grosse bourde historique. Beaucoup de recherches qui le passionnèrent. C'est qu'Antoine, malgré l'âge qui le rattrapait à grandes foulées nerveuses, restait curieux de tout. Il aimait à vérifier ses souvenirs, à enrichir son fond de connaissances, encore et toujours. « Les Filles » partie 1, arrivait à son terme. Xéresse, enceinte de son amoureux assassiné par un tueur commandité, quittait sa famille et sa campagne pour s'enfuir à Paris. Mathilde faisait de même quelques années après elle. Cette seconde partie donnait à Antoine le tournis. Son bouquin prenait une épaisseur qu'il n'avait pas prévue. Ça partait dans tous les sens et ça lui allait bien. Antoine passait de l'angoisse brûlante, le front moite et les mains sèches, à l'enthousiasme excessif. Les mots se bousculaient, il écrivait ce que sa bouche murmurait quand elle décrivait les images qui déferlaient sous son crâne comme un kaléidoscope fou. Le plus étrange, c'est que ces scènes brillaient de mille feux dans son cortex en surchauffe et lui donnaient bizarrement mal aux yeux. Quand il soufflait un peu trop, Nani frottait son museau contre sa tête en mraouchant doucement. Ça lui faisait du bien. Avec tout ça, il avait presque oublié le Gontran, « son autre ».

CHAPITRE 5

Le matin suivant, Antoine le gaucher se leva du pied droit. Mauvaise nuit, mal dormi. Rêves étranges. Beurk ! Dans le miroir de la salle de bain, ce type au visage pâle, creusé par l'âge, c'était bien lui. Chaque matin, c'était la même surprise. Lui, ne connaissait et ne croyait qu'en son visage intérieur, un visage jeune souriant, éternel. Ce Gontran l'aiderait peut-être à réaliser ce miracle que tous les hommes espèrent depuis l'aube des temps, vaincre cette vieille salope de mort qui empêche de vivre en paix. Être le premier, le seul, celui qui atteindrait à l'immortalité. Houa, dis donc, t'as peur de rien ! Face à lui, le vieillard aux yeux écarquillés, sous ses fanons effondrés, n'en croyait pas ses yeux fatigués. Je rêve, j'espère, je suis vivant, et c'est déjà une victoire quotidienne contre l'obsolescence programmée. Dans la baignoire, Nani — elle le suivait partout désormais — jouait avec le filet d'eau du robinet. À petits coups de patte prudents, elle cherchait à attraper le liquide froid et ne parvenait qu'à s'éclabousser le museau. De fines gouttelettes s'accrochaient à ses moustaches, elle s'ébrouait, lapait le liquide d'une langue prudente et recommençait inlassablement son manège. C'était émouvant et beau.

Antoine soupira. Une foutue nuit, oui, qu'il ne parvenait pas à oublier. Toute cette maudite sorgue, en rêve, sous une pluie battante, il avait fui Gontran. Il courait comme un dératé, glissait sur les pavés mouillés, se relevait, repartait. Derrière lui, à quelques mètres, il entendait les hurlements de l'ectoplasme électrique. Tout autour, des éclairs en rafale et ce putain de tonnerre enragé qui l'assourdissait. À bout de force, privé de souffle, il s'était engouffré dans un bâtiment sombre dont la porte entrouverte l'avait, contre son gré, attiré. L'intérieur baignait dans une pénombre rougeâtre. Du vestibule neutre dans lequel il se trouvait, épuisé et trempé, partaient des escaliers, quatre volées dont il n'apercevait que les premières marches. Il fonça tout droit, grimpa, cherchant, il ne savait pas trop quoi, au hasard, pour échapper à l'orage et à son autre dont lui parvenaient les hurlements proches. La bâtisse était silencieuse, et ce contraste ajoutait à la trouille qui lui serrait les os. Un vrai film d'épouvante. Le caucherêve qu'il traversait, tout endormi qu'il était pourtant, lui paraissait aussi vrai que sa réalité éveillée. Et même plus réel que son palpable ordinaire, au point qu'Antoine se demanda s'il ne vivait pas ses rêves et rêvait sa vie.

— « Haaaahaaaahhhhhhaaa »

Le rire détestable se rapprochait. Le cœur entre les lèvres, l'adrénaline à fleur de peau, il déboucha sur un vaste palier, un damier noir et blanc d'où partaient sept escaliers. De chacun d'entre eux sourdait une lumière de couleur différente, les sept couleurs de l'arc-en-ciel. Sans plus réfléchir — à ce point de terreur les émotions annihilent la raison — il fonça droit devant, dans la lumière verte. L'escalier était plus étroit et les marches plus hautes, la montée plus longue encore. Dans l'état d'épuisement où il se trouvait, il était porté par la chimie de son corps en surchauffe. Ses hormones étaient à l'œuvre, d'elles dépendait sa survie. Il grimpait comme un alpiniste en apnée, le manque d'oxygène lui brouillait la vue. L'escalier tournait en colimaçon et s'élevait de plus en plus raide, les marches de plus en plus hautes. Antoine n'en voyait pas la fin. Sa vue se brouillait, ses forces déclinaient, il crut qu'il mourrait là, vidé, anéanti, quand, à la force des bras il franchit les derniers degrés. Pendant une bonne minute, affalé sur le sol comme un cétacé échoué sur la grève, il respira à petites goulées, en cherchant à ralentir les battements fous de son cœur.

Devant lui, un couloir dont il ne voyait pas le bout baignait dans une faible lueur rougeâtre, couleur tomate de Crimée. De chaque côté, des salles vides bordées de vitres à hauteur de vue, comme le sont parfois les salles de classe dans les écoles. Antoine marchait d'un bon pas, jetant des coups d'œil des deux côtés. Sur sa gauche, une salle chichement éclairée. Sous une lumière jaunâtre, un petit groupe de jeunes hommes occupaient à peine cinq pupitres, les autres, vides d'étudiants — oui ça ressemblait à ça, des étudiants étudiant — meublaient dans un désordre surprenant cette sorte de salle de cours. Un homme plus âgé écrivait à la craie sur un tableau, à même le sol. Antoine distingua des hiéroglyphes, puis à mieux regarder, des symboles mathématiques et des formules complexes. Tous, prof comme étudiants, habillés façon 2e moitié du 19e siècle, tournèrent la tête vers lui, mais ne semblèrent pas le voir. De temps à autre, les étudiants se levaient, se penchaient sur le tableau puis retournaient à leur pupitre en marmonnant. Le prof, veste grise, courte, près du corps sur une chemise à jabot, pantalon serré aux chevilles, large ceinture et bottines vernies, parlait en faisant de grands gestes. Quelques étudiants, aux airs tout aussi bourgeois, hochaient la tête d'un air convaincu, d'autres gesticulaient en vociférant. Antoine n'entendait et ne comprenait rien.

Un peu plus loin sur sa droite, une autre salle, très mollement occupée elle aussi. Profs et élèves, vêtus comme des prolos. Casquettes, rouflaquettes, pantalons bleus, chemises de tissus grossiers. Sur le tableau accroché au mur, Antoine put lire, écrit en majuscules « LE ROI LEAR » suivi de bribes illisibles. À demi écroulés sur leurs pupitres, les étudiants semblaient accablés par la complexité de la double intrigue et la veulerie de la plupart des personnages. Le spectacle des souffrances humaines et des tragédies familiales mettait aux yeux des plus rudes, des larmes de désespoir. Antoine compatit. Il avait en son temps souffert souvent, à se flinguer parfois, en lisant Shakespeare. Ses œuvres immenses, impitoyables, l'avaient secoué plus d'une fois et mis à mal ses illusions d'adolescent innocent. De Cordélia, il avait été fol amoureux, un de ces amours impossibles qui vous arrachent délicieusement les entrailles. La salle était violemment éclairée, la lumière, blanche et crue comme la vie qui les crucifierait, cernait leurs yeux et leur donnait des tronches opalescentes de cadavres en mauvaise santé. À la pensée des tourments multiples et divers qui attendaient ces jeunes hommes, Antoine oublia quelques secondes sa peur et se marra franchement. Oui, il lui arrivait assez souvent d'être un peu cynique et très salaud. Le rire assourdissant et métallique explosa à nouveau. Il sursauta et fila comme un lapin devant un Setter anglais.

Antoine arrivait enfin, croyait-il, au terme de cet interminable boyau, quand il eut une telle frayeur qu'il boula. Ses jambes l'avaient trahi. Non, non, non, assez !!! Une silhouette aux contours incertains lui barrait le chemin en souriant aimablement. Comme Gontran, le truc, la chose, le fantôme, l'ectoplasme, était frangé d'une aura bleu électrique vibrante et grésillante. « L'être » devait avoir une quarantaine d'années. Vêtu d'un pourpoint ouvragé, une large collerette, raide, empesée et brodée, lui entourait le cou. Son front haut, qu'augmentait jusqu'au milieu du crâne une calvitie partielle, proéminait. Ses cheveux mi-longs encadraient un visage ni beau ni laid. En bref, il ressemblait trait pour trait au seul portrait que l'on connût de lui. William Shakespeare lui faisait face. Avouez messieurs dames qu'il y a là de quoi se demander si la folie ne s'est pas emparée de vous ? Antoine se posa lui aussi cette question à la con.

— Bonjour à toi mon frère Fils de l'Orage. Ne fais pas ces yeux ronds, ne prends pas cet air incrédule, comme toi, comme Louhins de Lakeu, je suis moi aussi devenu un seigneur, un fils de Fulgence Fulgor. Sais-tu au moins qui j'ai été, bien que je sois encore moi ?

Antoine, médusé, ne pipait mot et respirait à petites goulées prudentes. Il choisit de la jouer « à moi, on ne me la fait pas », sans pour autant risquer de paraître fat, prétentieux, et donc antipathique, ce qui pourrait énerver la chose.

— Mais oui mon cher William, comme je suis heureux de vous rencontrer, en… heu… ces circonstances particulières.

Shakespeare éclata d'un rire foudroyant, clair et joyeux. Mais en vérité, le jean-foutre n'en avait rien à secouer, il paradait, n'écoutait pas les questions qu'Antoine lui posait et se contentait de s'autociter avec suffisance. Mécaniquement, sans qu'il y eût besoin de le questionner, il se mit à ânonner :

— « Une femme repousse parfois ce qui la charme le plus », dans *Les deux Gentilshommes de Vérone.* « Amour, donne-moi ta forcc ct cette force me sauvera », dans *Roméo et Juliette.* « Le monde entier est un théâtre, et tous, hommes et femmes, n'en sont que les acteurs. Et notre vie durant nous jouons plusieurs rôles », dans *Comme il vous plaira.*

Stupéfait par cette avalanche de truismes qui sonnaient plus Sacha Guitry/Marceline Desbordes–Valmore que le grand Shakespeare qu'il révérait plus que tout autre, Antoine se tut plutôt que d'agresser William et de se prendre une grosse décharge dans les dents. Ces mièvreries l'étonnèrent, le déçurent et le poussèrent à réfléchir. Gontran, comme William, n'était plus qu'une enveloppe creuse. Non seulement la mort liquéfiait les chairs, mais il se convainquit qu'elle asséchait les cerveaux pour n'y laisser que le pire de ce que les foudroyés furent de leur vivant. Certes, les Fils de l'Orage développaient, tant qu'ils restaient en vie (enfin c'est ce que Gontran prétendait, pour le moment Antoine n'avait rien constaté d'extraordinaire), des dons apparemment exceptionnels. Mais une fois fauché par la Lame noire, ne subsistait que la surface de l'être, l'enveloppe, la baudruche dégonflée et quelques cristaux du moins bon de ce que fut son esprit. De quoi épater la galerie, guère plus. C'est ainsi que l'ecto-plasme de William n'avait gardé de son génie qu'une petite fadeur terne, que celui de Gontran n'était plus que fatuité méchante, rance et agressive. Shakespeare, au bout de sa litanie, sourit d'un air engageant. C'est alors qu'Antoine voulut lui poser la question qui le taraudait depuis sa mésaventure :

— Dites-moi monsieur William, qui est donc ce Fulgence Fulgor ?

Nani se glissa entre ses jambes. D'où venait-elle, comme ça, d'un coup ? Antoine, au point où il en était, ne se posa pas la question. Cette chatte est extra-ordinaire. Point barre. Elle miaula, mais pas un miaou ne sortit, ses cordes vocales restèrent muettes. L'ecto-plasme de Shakespeare se volatilisa à l'instant où elle parvint enfin à pousser un petit cri étranglé. Décidément cette chatoune, un vrai paratonnerre ! Puis elle disparut sans crier gare, tout aussi mystérieusement. Antoine reprit sa course, les salles obscures se succédaient, sinistres et vides. Sous son crâne, tout se mélangeait, il ne savait plus trop où il était, ce qu'il faisait là, tout ce qu'il comprenait c'est que la réalité n'existe pas vraiment, qu'elle n'est que construction de l'esprit. La seule vérité tangible, dont il ne pouvait douter, c'est qu'il courait à perdre haleine pour fuir le danger qu'il pressentait et dont le rire démoniaque lui brûlait les fesses. À sa droite, une salle occupée brillait. Encore et toujours ces pupitres de bois brut et leurs bancs disposés à tort et à travers dans la pièce. Une douzaine de jeunes femmes légèrement vêtues, dont quelques belles plantes, deux ou trois rondelettes, et cinq ou six moustachues très moches. Enfin, c'était son goût, d'autres auraient vu douze superbes créatures, ou alors six belles et six trognons, etc. Grande, rousse comme un renard d'hiver, une femme au visage aussi sévère que ses yeux fougère, tenait à la main une badine pointée sur un tableau gris ardoise. On pouvait y lire : « Comment devenir une gourgandine respectable et faire fortune en dix leçons » ? La dame était très élégamment accoutrée, robe longue de soie froissée bleu sarcelle, étole de vison sur les épaules, petit bibi coquin et voilette courte au ras d'un grain de beauté sur la joue gauche, ce qui donnait un charme poivré à son visage de musaraigne aux lèvres ourlées de rouge cœur de pigeon.

Hermeline, depuis son jeune âge c'est ainsi qu'Antoine avait baptisé en secret « sa » femme idéale. Longtemps, il l'avait appelée « l'inexistante », jusqu'à ce qu'il s'autorise enfin, sur le tard, à lui offrir ce prénom. C'est en l'honneur des auteurs anonymes du « Roman de Renart » qu'il l'avait choisi entre mille. Oh, il avait bien dû lire cent fois cet ensemble médiéval de récits animaliers. Antoine ne le connaissait pas par cœur, mais il aurait pu, voici quelques années encore, déclamer avec emphase des brassées d'octosyllabes. Ce prénom, celui de la femme de Renart, il l'avait adoré dès sa première lecture. « Hermeline », c'était doux, tendre et onctueux quand il se le susurrait à voix inaudible, à pied, en voiture, ou en toute autre circonstance. Ça le calmait, ça lui lissait le cœur, ça le protégeait des violences qui l'assaillaient parfois, car, comme chez tous les humains, un monstre sommeillait en lui et poussait le museau à la moindre occasion. Son idéal féminin, en perpétuelle construction/déconstruction, avec le temps, évoluait sans cesse. C'était son « œuvre », une œuvre vivante, un véritable patchwork, un conglomérat, un salmigondis changeant. Longtemps, elle avait été blonde, avant de prendre des tons vénitiens puis de tourner au rubigineux, à l'auburn, à l'aile de corbeau. Il l'avait imaginée roseau, chamallow, rondelette, mais toujours gracieuse, avec de beaux attributs féminins, équilibrés ; il détestait les excès. Elle avait de grands yeux allongés d'un bleu lagon paisible, un nez droit, un appendice de Joconde, des lèvres pleines, dessinées, aux contours ourlés, des lèvres rouge cinabre. Le nez, les yeux, la bouche — il y tenait — n'avaient jamais varié au cours du temps. Les douze femmes, dans cette salle, vêtues de linges blancs froissés par les moiteurs, ces douze apprenties gourgandines illustraient parfaitement les évolutions de son impossible archétype féminin. Et ce mot « gourgandine » avait un goût de nougat, de fruits rouges et de pâte d'amande qui lui plaisait. « Hermeline la gourgandine », ça sonnait foutrement bien !

La scène, à son grand regret, s'effaça doucement, les secondes gelées reprirent leur cours, l'adrénaline lui durcit les muscles, la panique lui remit le cœur au galop, il démarra comme une bombe, dérapa sur le sol humide et glissa sur le ventre jusqu'au palier suivant, un espace, minuscule celui-là, carrelé lui aussi de noir et blanc. Quatre carreaux, à peine de quoi se tenir debout. Antoine se releva. Une musique assourdissante qui écrasait l'espace lui vrilla les tympans. Des sons grinçants de tôles limées, aigus, agaçants, sur un rythme mécanique, lourd et entêtant, le cernaient, l'air vibrait et les basses lui cognaient le ventre à grands coups de poing dévastateurs. Du sol et du plafond, une lumière vive, d'un bleu acide, sourdait des murs noirs. Gesaffelstein, oui le son de Gesaffelstein, ce son techno, il détestait ça et l'évitait soigneusement, mais là, impossible d'y échapper. Ça tapait dur, de plus en plus fort, ça envoyait du watt à vomir, à lui faire saigner les yeux.

Gontran se matérialisa, la musique cessa. L'ectoplasme exultait et se tapait sur les cuisses en hurlant.

— Non, mais, tu croyais quoi crétinos, parvenir à m'échapper, petit apprenti fraîchement irradié ? Tu crois rêver ?

La silhouette incertaine de Gontran se balançait, ses phrases étaient hachées. À l'extérieur, l'orage était gigantesque, ça grondait si fort que les murs épais de la bâtisse tremblaient. Un éclair violet claqua sur le dallage, Antoine sursauta, ce qui fit se marrer Gontran.

— Ne crains rien voyons, les éclairs ne te feront plus jamais mal, tu es immunisé. Haaahhhaaaaaha !

Une résille violette courait sur le sol et les murs, ça sentait la poudre, le salpêtre et le bois brûlé.

— Dis-moi Gontran, qui est ce Fulgence Fulgor ?

— Tu le sauras en temps voulu, jeune initié. Il ne faut pas brûler les étapes. HAHAhaaaa ! Nous verrons bien si tu sais te comporter comme un vrai Fils de l'Orage. Antoine insista, supplia, « son autre » ne lâcha rien de plus.

Une fourrure frôla la jambe d'Antoine. L'espace autour de lui convulsa, l'électricité se concentra dans une sphère lumineuse qui implosa en une fraction de seconde. Nani se coula entre ses jambes, leva son museau tigré vers lui, cligna des yeux. Antoine n'eut pas le temps de lui répondre, elle s'était déjà évaporée. Gesaffelstein s'était tu, le palier déserté, le carrelage noir et blanc luisait sous une lumière crue, phosphorescente qui semblait émaner des entrailles de l'immeuble. En face de lui, un trou noir, insondable. Il s'approcha et distingua les premières volées d'un escalier qui descendait dans les ténèbres. La peur lui servant de courage, il entama la descente. C'est alors qu'il émergea, c'est-à-dire que descendre le fit remonter. Il se réveilla.

CHAPITRE 6

Appuyé à deux mains au lavabo de sa salle de bain, il se remémorait sa nuit. Nani continuait sans se lasser à jouer avec le filet d'eau. Antoine se regarda à nouveau dans le miroir. Toujours la même sale gueule de croulant. Bon, ça suffit, allez hop à la douche, de l'eau tiède, puis froide, puis tiède, rien de tel pour se débarrasser des miasmes nocturnes qui lui collaient encore à la peau. Nu comme un vieux vers fripé, il entra dans la cabine. L'eau tiède gicla de la pomme de douche. Le liquide n'eut même pas le temps de toucher le sol, la cabine s'illumina violemment, une lumière intense, répercutée par le carrelage des parois, si vive qu'il ferma les yeux. Au même moment, le tonnerre éclata au-dessus de la maison, un éclair venu du plafond le transperça. Incrusté dans un mur de la cabine, Gontran, riant aux éclats, apparut dans un halo tremblant et le montra du doigt.

— Tu vois bien mon petit frère, bougre de crétinos, la foudre est ton amie maintenant. Tu n'as rien senti, ça ne t'a même pas chatouillé, et ta bicoque est intacte. Et vise un peu la gaule que ça t'a foutue !

Nom d'un chien, avec cette saleté de cauchemar j'ai oublié de consulter la carte des orages ! Antoine se maudit en silence, tâtonna, trouva la porte de la cabine et la poussa pour s'extirper de l'enfer. Nani bondit à l'intérieur et se réfugia dans un coin pour échapper à l'eau qui coulait maintenant abondamment. Gontran hoqueta, ses traits se déformèrent, la lumière aveuglante s'éteignit. Il disparut dans un dernier claquement, comme une ampoule qui pète. D'un coup de rein, Nani traversa le bac mouillé en grognant, détala et courut se réfugier dans le premier placard venu. Antoine la retrouva dans son bureau, tranquille, détendue dans son panier. Le nez collé à la fenêtre elle surveillait la rue comme si rien ne s'était passé.

Non, mais, les gens vont me prendre pour un cinglé, qu'est-ce que c'est que cette histoire ? Je n'y comprends rien. Ni queue ni tête, tout ça. Assis devant son écran, l'inspiration à l'étal, Antoine ruminait. Et cette petite chatte qui a peur de son ombre. D'habitude, elle va, elle vient, apparaît, disparaît, comme par magie, rêve ou réalité, elle se transforme en mini tigresse bénéfique et fout la trouille à l'ectoplasme ! Putain d'orage, saloperie de foudre ! Me voici prisonnier d'une secte d'irradiés du bulbe, sous la coupe d'un grand guru, le mystérieux Fulgence Fulgor. Cette histoire ne ressemble à rien ! J'aurais mieux fait d'éviter d'aller me perdre dans ce salon littéraire, tout ça pour y traîner deux jours durant ma misère sans signer le moindre livre. Au point d'en avoir ras la casquette, de filer en loucedé, de me prendre un orage sur la tronche place François 1er, et de me trouver embringué dans une aventure mi-réelle, mi-rêvée, totalement absurde. J'étais pas bien chez moi, avec ma Nani ronronnant sur mon bureau, à l'écart des fureurs du monde ? Peinard, tranquillos, à écrire mes histoires qui ne seront jamais lues ? Antoine hurlait, bavait sa rage comme un idiot. Personne ne l'entendait ni ne l'entendrait. Le seul résultat de sa comédie inutile ? Effrayer sa petite, la faire fuir. Dieu sait où elle était partie se cacher maintenant ? Pourtant, vider ainsi son sac, évacuer sa colère — en fait il n'en voulait qu'à lui-même — lui fit le plus grand bien.

La nuit dernière, il y avait bien eu un gros orage du côté de Barbezieux qui avait traîné ses cumulonimbus et ses volts dans la région. Le jour précédent, ça tonnait du côté de Bordeaux. Gontran s'était manifesté la veille seulement, ce qui signifiait que passés trente kilomètres, il ne risquait pas de lui nuire. À consulter chaque matin la carte mondiale des orages, Antoine s'aperçut qu'ils avaient contribué à déclencher les gigantesques incendies qui ravageaient en cette fin d'année 2019 le continent australien. C'était comme si la secte des irradiés et son guru avaient pris un malin plaisir à s'acharner sur ce pays décharné par les fortes chaleurs, jusqu'à ce que la catastrophe soit hors contrôle. Cette découverte l'accabla, c'est qu'il était désormais « Fils de l'Orage », et à ce titre il se sentait coresponsable de cette abomination. Il enragea toute la matinée, cherchant à se sortir de cette malédiction. Mais comment faire ?

Vers les trois heures du matin, la nuit suivante, au terme d'un rêve aqueux qui le vit se noyer sans pouvoir mourir — une aventure particulièrement angoissante — tout essoufflé, il se réveilla en sursaut. Pas d'autres solutions que celle qui venait de lui apparaître. Jouer le jeu, faire semblant, ne pas se protéger et ne pas fuir Gontran. Au contraire, l'écouter, l'interroger, demander à le suivre dans ses tribulations orageuses. En un mot, oublier le temps nécessaire à l'écriture de son roman qui de toute façon serait un échec de plus, laisser Nani à la maison, sa femme l'aimait tout autant que lui, convaincre Gontran et voyager avec la clique des orageux. Et qui sait, c'était sans doute présomptueux, éradiquer cette saleté de camarilla de fous dangereux.

À chercher Nani, à poil, jusque dans son placard, Antoine ne s'était pas séché, il avait foutu de l'eau partout. Comme le Petit Poucet, enfin presque, il avait semé, non pas des cailloux, mais un chemin de gouttes d'eau. En retournant finir sa toilette dans la salle de bain, il dérapa sur le parquet de la chambre. Ben oui, parquet plus gouttes d'eau plus pieds nus, ça fait bing, par terre, le nez sur le chambranle. Après les flaques d'eau, les gouttes de sang. Du vrai sang. Il goûta : salé, métallique, du sang bien rouge, bien chaud. Je suis donc parfaitement dans le réel ! C'est que depuis les 100 000 000 de volts sur la tronche, Antoine ne savait plus s'il rêvait, s'il ne rêvait pas ? Parce qu'à la réflexion, cette histoire d'orage et tout ce qui s'en était ensuivi, ça lui paraissait bizarre, improbable, irréel. La tête lui tournait. Le choc sur le pif, l'impression d'avoir perdu le nord, le sentiment de n'avoir plus de repères. Le vrai, le faux ? Avant ce foutu salon des Littératures Européennes de Cognac, sa vie était simple. Le jour, je vis, la nuit, je dors, et je rêve parfois. De bons vieux rêves comme ceux tout le monde, du classique, genre la chute. On tombe, on n'en finit jamais, ça fout un peu la trouille, mais ça reste supportable. Oui, ça fait peur, mais on s'habitue. Tout est flou, on ne voit pas grand-chose, c'est pas très coloré, on ne sait pas trop, tu ne te souviens pas bien. Enfin oui quoi, un rêve c'est un rêve, on ne peut pas se tromper. Quand c'est vrai, c'est pas faux, et quand c'est faux, c'est pas vrai, c'est un rêve, à moitié éveillé ou endormi. La réalité c'est autre chose. Même quand il pleut, quand il fait gris, quand il fait nuit en milieu d'après-midi, y'a de la couleur, ce phare jaune qui passe, ce rouge du feu sur le boulevard luisant. C'est ça, du gris, du sombre, du sinistre et quelques taches de couleur qui donnent de la vie à la sinistrose hivernale. Et puis y'a le bruit aussi. Le chuintement des pneus sur la chaussée mouillée, les parapluies qui claquent sous le vent, et plein de petits bruits, tous ceux qu'on entend sans les écouter. La vie qui vit. On est dans le « normal », le rassurant.

Antoine avait perdu ses repères, il ne parvenait plus à faire la différence entre ces deux états, et cela le perturbait. Après des heures de recherches infructueuses, il n'avait pas avancé d'un pouce. Le dos de sa main droite avait rougi sous les pinçons qu'il s'infligeait. Naïvement, il pensait que la douleur physique était signe de réalité. On ne se casse pas une jambe en rêvant, bordel de merde ! Pour lui, qui n'était pas d'une intelligence éblouissante, les couples jour/réalité-vérité, nuit/rêve-illusion étaient et demeuraient indiscutables.

Le beau temps sec et froid succéda à la pluie. Par atmosphère calme et ciel d'azur, point d'orage et point de Gontran. Antoine reprit le cours ordinaire de sa vie, sans pour autant oublier chaque matin de consulter la carte mondiale des orages. Ça pétait dur en cette année mourante, de violents orages, souvent meurtriers, déclenchaient des incendies terribles ou des inondations catastrophiques. Les évènements climatiques — était-ce de l'humour ? —, à l'image de l'informatique triomphante, donnaient dans le dogme de la binarité.

Comme tous les ans, décembre expira, 2020 prit le relais. Antoine retrouva le cours de sa vie ordinaire, jusqu'à presque oublier les orages. Gontran semblait avoir disparu, au point qu'Antoine en arriva à se demander si toutes ces histoires loufoques et autres cauchemars n'avaient pas été le fruit vénéneux d'une maladie temporaire de son imagination. Vers la mi-janvier 2020, l'éruption du volcan Taal secoua rudement les Philippines. Ce soir-là, pattes en l'air sur le divan, Nani, insensible à la litanie des sinistres nouvelles du monde, ronronnait peinardement près d'Antoine. Après une journée studieuse — depuis quelques jours son roman avançait bien — Antoine somnolait. Les images impressionnantes du volcan réveillèrent son attention. Ce spectacle très beau et très effrayant réactiva en lui des souvenirs d'enfance.

Pendant quelque temps, il devait avoir dans les douze ans, tout le temps qu'il dévorait le soir à la lampe électrique le dictionnaire de la mythologie grecque, il avait vécu des heures sublimes qui lui avaient musclé l'imagination. Un gros pavé ce dico, le Grimal, l'édition de 1951 ! Il s'y plongeait avec délectation, les aventures des dieux l'enchantaient. Une vraie collection de dégénérés sanguinaires et de psychopathes en petite tenue. Il avait voyagé comme jamais il ne voyagerait plus. Libre, bien loin des hordes de blaireaux modernes, ou plutôt des vols denses de criquets pèlerins qui dévastent les pays pauvres. Faut bien avouer qu'Antoine entretenait précieusement une saine détestation du tourisme de masse et du consumérisme compulsif !

Du cratère du volcan s'échappait une colonne de fragments de lave rougeoyante, de nuages de poussière et de scories, une purée épaisse et mouvante, agitée par de violents éclairs multicolores, qui donnaient au spectacle inquiétant de l'éruption un air de fête foraine maléfique. Ce spectacle mortel l'intrigua. Ces éclairs qui claquaient au cœur du panache volcanique, c'était comme si les entrailles de la Terre répondaient à la foudre céleste. « Ce qui est en bas est comme ce qui est en haut, et ce qui est en haut est comme ce qui est en bas ». Antoine interpréta ce spectacle grandiose à la lumière de cette obscure sentence de la Table d'Émeraude attribuée au mythique Hermès Trismégiste. Héphaïstos est à l'ouvrage, le dieu des entrailles fait écho aux fracas des cieux. Antoine trouva cette idée aussi loufoque que séduisante, et se mit à ricaner à voix basse. Il s'en ouvrit à Nani qui pour toute réponse s'étira en bâillant largement. Une réaction de bon sens qui lui remit les idées en place. C'est qu'Antoine avait une furieuse tendance à s'enthousiasmer pour un rien et à prendre ses élucubrations à deux sous pour des vérités éblouissantes.

Petit à petit, l'écrivaillon besogneux se calma. Il ne s'envolerait pas pour les Philippines, ne plongerait pas dans le ventre brûlant de Taal pour saluer Héphaïstos et lui demander l'adresse d'Hermès. Ce renoncement l'attrista un instant, mais la langue râpeuse de Nani le réconforta en l'aidant à remettre ses idées à la hauteur des petits moyens de sa raison. La nuit tombait. Dans la pénombre, adossé au divan, Antoine écoutait le concerto pour harpsichord BWV 1052. Sous les doigts d'Hélène Grimaud, les notes rafraîchissantes coulaient à vive allure. Cette version, il la connaissait par cœur, pourtant il ne se passait pas deux jours sans qu'il réécoutât l'implacable douceur du Cantor de Leipzig. J.S Bach était un homme vraiment laid, aussi disgracieux que sa musique était céleste, une musique dont la perfection formelle transparaissait à peine sous la beauté bouleversante, une beauté qui lui caressait l'âme et lui mettait souvent les larmes aux yeux. Pendant qu'à demi hagard il s'escrimait sur son clavier, Bach le régénérait autant que Mozart l'enchantait. Lorsqu'il était à la peine, il se réfugiait sous le piano de Bill Evans. Les jours de grand silence intérieur, Métallica parvenait parfois à le remettre en selle. En toutes circonstances, il adulait Hélène la superbe, la gracieuse, la délicate aux doigts légers pour son interprétation somptueuse du concerto n° 2 de Rachmaninov et pour son amour inconditionnel du peuple des loups. Hélène Grimaud, la synesthésique, pour qui la musique est couleurs changeantes. Antoine était comme ça, il passait son temps à digresser, à sauter du coq à l'âne, plus agité et curieux que génétiquement inconstant, il raisonnait peu et pensait par analogie. Il lui suffisait de caucherêver, de se laisser imprégner par le monde des incohérences, puis de se réveiller, la mémoire chargée de bonne came, de s'empresser de noter tout ça sans chercher midi à quatorze heures. Du bon matos dans lequel il piochait, tirait un fil de la pelote embrouillée et laissait venir à lui pour en faire ou pas une historiette, toute chaude de parfums divers et de rebondissements qui l'étonnaient. Rien à voir avec les ratiocinations de ce Gontran machin-truc ! Il se sentait plus fils de ses rêves que prétendu Fils de l'Orage.

Rasséréné par sa profession de foi à deux sous, Antoine se remit à son ouvrage. Mais au bout d'une demi-phrase, les images de Taal en colère lui revinrent. En fouillant dans ses notes, il retrouva la matière d'un cauchemar récent, noté à la hâte au petit matin d'un lendemain. Un épouvantable voyage au cœur du soleil qui l'avait laissé en nage et le cœur explosé. Un soleil terrible, aveuglant, dans lequel il avait chu comme un cadavre en crémation. Un soleil en rage, rempli d'éclairs éblouissants et de magma incandescent. Dans un vacarme infernal, la foudre galactique le criblait de flèches incarnates, il souffrait le martyre, mais son corps demeurait intact au cœur de l'athanor céleste. Ses cellules grésillaient, explosaient comme du pop-corn sur le grill. Autour de lui, des cristaux géants, translucides, insensibles à la chaleur effroyable, tournoyaient en réfléchissant sous tous les angles des images de son corps indemne agité de soubresauts douloureux. Une sale nuit que cette nuit-là ! Antoine en avait tiré une nouvelle mort-née qui devait traîner, comme tant d'autres, quelque part dans un tiroir numérique.

Par la fenêtre de son bureau, le soleil levant lui décocha un trait caressant de lumière dorée. Encore tétanisé par le souvenir de son cauchemar, Antoine sursauta, mais ce soleil-là, qui n'était que douceur et lumière vibrante, le rassura. Il s'enveloppa dans un manteau et sortit. Derrière la vitre du bureau, Nani le regarda partir sans bouger d'un poil. D'un bon pas, il s'enivra d'air frais, de lumière vive et de ciel bleu cobalt. Ce matin, le chemin le long de la Charente était peu fréquenté, Antoine marcha longtemps. Les eaux de la rivière roulaient lentement et reflétaient l'envers du paysage. Les branches des arbres, dénudées par l'hiver, y devenaient racines. À mesure qu'il avançait, le ciel lentement se couvrait, la rivière et le monde grisaient. Antoine décida de faire demi-tour à la première goutte de pluie. Très vite l'averse s'intensifia, Antoine se mit à l'abri sous un pont. La pluie ne cessait pas, bien au contraire elle redoublait en faisant gicler la terre humide, jusqu'à forcer Antoine à grimper sur une grosse pierre, un énorme parallélépipède de calcaire dur. Au bout d'une demi-heure, fatigué de passer d'une jambe sur l'autre, il s'assit en tailleur et patiemment attendit que le déluge, fatigué de laver la terre, veuille bien cesser. Au loin, il crut entendre gronder les prémisses d'un orage, alors la peur lui mordit le ventre. La foudre ! Elle ne tarderait pas, amenant avec elle ce Gontran qui le terrorisait. Antoine se recroquevilla sur lui-même. Mais que faisait-il là, bon sang ? Il se réfugia dans ses pensées. Le tonnerre, à peine audible, tardait à s'approcher.

Antoine avait pratiquement oublié les deux premiers tiers de sa vie, et le dernier tiers, insensiblement, ne serait bientôt plus qu'un pauvre quart déjà écorné. Les semaines ruisselaient comme des jours, les jours comme des secondes. Ah ça, il en était persuadé, plus la fin approchait, plus le temps s'accélérait. Son existence n'avait plus ni sens ni raison d'être, d'ailleurs en avait-elle eu un jour, du sens ?! Emporté par le rythme endiablé du monde, il n'avait pas su inventer sa vie, il n'avait su que suivre les modes, les meutes, les conformismes du moment. Ce constat, ajouté à la peur qui l'étreignait, renforçait son pessimisme naturel. La liberté n'était qu'un mythe, l'égalité un mensonge, la fraternité du pipeau. Oui, il n'avait été qu'un petit Sisyphe de rien, à pousser sa pierre sans le savoir presque toute sa vie. L'absurdité, le non-sens de l'existence lui sautaient au visage sur le tard, et particulièrement aujourd'hui, assis sur cette pierre, à regarder tomber cette pluie imbécile. Bientôt, il mourrait comme il avait vécu, sans avoir rien construit de pérenne. La pluie redoublait, giflait le sol à jet continu. Antoine n'entendait plus que ce crépitement liquide. Comme le sol qui se désagrégeait, il se sentait fondre lui aussi. On ne retrouverait de lui qu'une peau vide dans une flaque. Cette idée lui plut. Il en finirait ainsi avec la vie. Sans même s'en apercevoir, ses chairs nourriraient le sol. Ce ne serait pas un suicide, mais un simple renoncement. La seule chose qui le retint de se laisser dissoudre fut cet étrange besoin, ce goût furieux de l'écriture qui enchantait et pourrissait à la fois l'interminable défilement des jours. Écrire pour ne plus être soi. Se délester de cet ego encombrant, voilà, c'était ça qui l'animait encore. Duras avait raison : « L'écriture c'est l'inconnu. [...] C'est l'inconnu de soi, de sa tête, de son corps. Ce n'est même pas une réflexion, écrire, c'est une faculté qu'on a à côté de sa personne, parallèlement à elle-même, d'une autre personne qui apparaît et qui avance, invisible, douée de pensée, de colère, et qui, quelquefois de son propre fait, est en danger d'en perdre la vie ».

Crac, boum, blam, hiiii ! Une bordée d'éclairs, la foudre, au-dessus de sa tête, frappa quatre fois. La terre trembla, le pont vibra, sa ferraille couina, grinça, plia.

Derrière lui, un brouillard de poussière épaisse tomba de la pile du pont, des pierres roulèrent dans son dos. La pluie cessa. Les ventres distendus des énormes nuages noirs accumulés accouchèrent d'éclairs en rafales. Le feu du ciel régnait en maître, sur le sol l'eau s'était évaporée, le vent soufflait en bourrasques et séchait les flaques. Antoine eut froid. Ses dents claquaient. Il faillit se couper la langue quand, dans un dernier coup de tonnerre assourdissant, la foudre frappa la rivière. Et Gontran apparut au-dessus des eaux. Gigantesque. Ricanant. Et pour la première fois, Antoine fut heureux de le voir se matérialiser, tout en couleurs mouvantes, flottant au-dessus de la rivière. Ses idées noires se dissipèrent, sa curiosité naturelle reprit le dessus. Gontran se posa en suspens sur les flots argentés. Les eaux, à son contact, bouillonnèrent et fumèrent en crachotant.

— Haaahhhaaaaaha, petit crétinos, me voici à nouveau. Tu croyais à un rêve, à un cauchemar peut-être, et tu as tout tenté pour m'échapper. En vain, tu le constates mon petit frère, Fils de l'Orage. Tu n'es encore qu'un poussin sorti de l'œuf, un apprenti, mais patience ! Ton éducation à l'immortalité d'après la mort débute à peine. Tu es encore vivant comme disent les humains, incarné dans un corps de chair, mais tu le sais bien, cette vie-là n'a qu'un temps. Fulgence Fulgor, notre grand maître t'a choisi. Il a l'éternité devant lui. Rien ne presse. En attendant que tu accèdes aux Légions sacrées, je suis chargé de ton éducation.

Antoine serra les dents. Il ne se laisserait plus impressionner par tout ce tralala. Il décida que le silence valait bien toutes les logorrhées. Pas besoin de s'épuiser à répondre. Il se leva, profitant de l'accalmie il se força à rebrousser chemin pour rentrer chez lui. Gontran, comme un voilier sans quille, le suivit en glissant sur les eaux qui se révulsaient à son passage. L'air sentait le soufre et la fumée. Après une centaine de mètres, Antoine se retourna, le pont avait une drôle de gueule. Du pain béni pour la Charente Libre du lendemain. Et des travaux importants en perspective pour les entreprises du coin. Antoine riait à ces pensées, personne ne connaîtrait jamais le fin mot de l'histoire du pont. Gontran, comme un hologramme en perdition, brillait puis bégayait au fur et à mesure qu'Antoine s'éloignait de l'orage.

— Tu vois bien, pauvre pantin, Gontran, pauvre con, sans ta batterie tu n'es plus rien. Tu n'es QUE le Fils de l'Orage, rien de plus. Va donc te rebrancher, tu commences à pâlir.

Trop tard pour Gontran dont la silhouette partait en lambeaux et qui tentait de rétorquer. Ce ne furent que quelques borborygmes et crachotements aigus dénués de sens. Passé trois cents mètres, ce qui restait de « son autre », après un dernier pet foireux en guise de réponse, partit en étincelles comme une vulgaire fusée un soir de 14 Juillet. Antoine se retourna une dernière fois. Il crut voir Nani, queue levée vers le ciel, prenant ses pattes à son cou sur le fleuve et sautant d'un bond gracieux sur la berge d'en face. Antoine secoua la tête, voilà qu'il avait des visions maintenant ! Non, sa petite Nani marchant sur l'eau, ce n'était pas possible, il s'était fait avoir, avait confondu avec l'ombre d'un nuage courant sur la rivière. C'est qu'il aimait tant cette minette qu'il la voyait partout. Le ciel d'un gris uniforme s'ouvrit soudain, la pluie revint, encore plus forte. Antoine, complètement aveuglé par le déluge, eut peur. C'était comme s'il avançait sous les eaux de la Charente, l'atmosphère semblait avoir fondu, remplacée par l'eau blanche, compacte, qui s'abattait d'un seul bloc. Une gigantesque enclume liquide lui tombait sur le râble. L'orage avait disparu.

Trempé comme une soupe, il poussa enfin la porte de sa maison, elle était là, dans le vestibule, assise face à lui. Elle l'attendait. Elle leva son museau en clignant des yeux. Antoine interrogea sa femme. Mais non, la chatte n'avait pas bougé de son bureau.

Il se remit au travail. Son roman avançait bien. Antoine n'était plus lui-même, il était le scribe de service. Ses personnages dictaient. Docile, il écrivait. Xéresse, enceinte de Mathurin, quittait la maison, débarquait à Paris, rencontrait Albin, etc. Le temps changeait de rythme, Antoine, dans ces moments-là, en perdait la notion. Maria João Pires égrenait les impromptus de Schubert, les notes coulaient, nourrissaient sa plume. Le temps de la musique est autre, illimité, hors du temps de l'horloge, immuable et plein de surprises. Quand il leva la tête, après que la fatigue lui eut brouillé la vue, quand ses yeux piquèrent au point d'être au bord des larmes, la nuit était tombée. Nani se redressa, fit le pont de San Francisco, s'étira en bâillant, sauta de sa couche au bureau, posa sa tête contre celle d'Antoine en zonzonnant et chuchotant de ces histoires mystérieuses que peu d'humains comprennent. Puis d'un bond, elle courut vers ses croquettes. Il la regarda filer d'un air attendri. Cette façon gracieuse qu'elle avait de dresser la queue en crosse d'archevêque, sans presque toucher le sol, et la croupe ondulante…

CHAPITRE 7

Souvent Antoine se réveillait la nuit. Ça braillait, ça gueulait dans sa tête. Dans le silence nocturne. C'était comme ça. Ça ne l'effrayait plus. Il s'était fait une raison de sa déraison. Même le jour, parfois, ça arrivait aussi. Quand il tentait d'écrire, que rien ne sortait et que le vacarme l'envahissait soudain, il attendait que les hurlements faiblissent. Rarement, mais quand même de temps à autre, les mots qui tapaient contre les parois de son crâne comme les tambours du Burundi, sous la pression, trouvaient un chemin jusqu'à ses mains, et, miracle de l'écriture, s'ordonnançaient tout seul, prenaient sens et forme sur l'écran de sa bécane. Une joie particulière l'envahissait, il ne résistait pas au plaisir et s'émouvait jusqu'aux larmes. Puis il relisait les mots encore fumants, souvent ils lui plaisaient, il ne trouvait rien à corriger.

Le matin, au café, avec ses amis — un peu toujours la même équipe — ça discutait sec autour d'un espresso. De tout, de rien, du match de la veille, des faits divers locaux, le plus souvent de pas grand-chose. Antoine se faisait fréquemment rabrouer. Quand ça gueulait sous sa coupole, il parlait fort, trop fort. La tension intra-crânienne. Il ne s'en apercevait pas, ça agaçait les autres. Mais les mots, les idées, se bousculaient dans sa tête, comme devant son écran, ça cognait sous sa coloquinte. Alors, il leur répondait qu'il ne gueulait pas, qu'il n'était que véhément.

— Putain, merde, on a quand même le droit de parler un peu fort dans cette putain de société conformiste de merde !

Les potes rigolaient quand il leur sortait sa tirade. On se commandait un autre kawa. Riton et Denis s'envoyaient un canon. Vers onze heures, c'était l'heure. Un rendez-vous presque quotidien. Oh, pas longtemps, trois quarts d'heure maxi. Il y tenait, ça lui faisait du bien, ça entretenait son humanité.

Antoine avait en sainte horreur les modes langagières qui se succèdent, à peine apparaissent-elles, car le temps de cette époque étrange n'est ni acceptable ni tolérable s'il n'est pas en constante accélération. Revenus de tout, les hommes, à se gaver comme des enfants capricieux, gâteux à force d'être gâtés, ont soif de nouveautés insipides, toujours et tout le temps. Leur propre vacuité les dévisage, ils tournent la tête pour ne pas la voir et se mentent en s'agitant comme des marionnettes privées de liberté. Alors, Antoine traquait, collectionnait ces expressions à la mode, souvent absurdes, qui travestissent le sens. Et que je te balance sans chercher à comprendre : « du coup, j'ai à cœur de, y compris, à la base, celles et ceux, en même temps, voilà, en mode, mito, stylé, déclassé, disruptif, Graal, icône, pépite », et tant d'autres niaiseries envahissantes, le plus souvent dévoyées et employées à tort et à travers, qui fleurissaient à longueur de discours ternes. Antoine appelait ça la langue molle de selfieur auto centré. Mais ce qui l'agaçait plus que tout, c'était ce mot magnifique, « Universel », mis à toutes les sauces de la médiocrité. Stricto sensu, l'adjectif « Universel » signifie : « Qui s'étend à l'univers entier, qui embrasse la totalité des êtres et des choses, qui est relatif, propre au cosmos ». Mais les hommes, du plus éminent juriste au plus sombre crétin, l'utilisaient hyperboliquement, en lieu et place de « mondial ou planétaire », comme si le bipède infatué se prenait pour le nombril de l'univers. Les expressions « vérité universelle, donneur universel, langue universelle, principe universel » et tutti quanti le mettaient dans une rage aussi folle qu'inutile. Une rage qu'il épuisait en marchant de long en large, tout en insultant l'humanité entière, lui y compris ! Son intransigeance stupide ne changerait rien à rien, mais Antoine ne pouvait s'empêcher de s'indigner devant le nombrilisme aveugle des hommes.

Bon sang, pourtant l'univers et ses milliards de galaxies à la puissance infinie : un milliard-puissance ∞, quelque chose d'inimaginable ! Rien à voir avec la petite planète Terre, cette sphère fragile qui plie sous les coups de boutoir de tous ordres que les homoncules lui infligent ! C'est pourquoi Antoine aimait à se plonger dans la contemplation des images en provenance du télescope Hubble. Leur beauté l'apaisait. À les contempler dans leurs plus petits détails, il prenait conscience de l'insignifiance égocentrée de ses semblables, insensibles à l'indicible beauté des espaces inconnaissables et sans fin. Alors, lui revenait en mémoire la phrase de Pascal, cette fulgurance qui lui trottait dans la tête sans jamais le lâcher : « Le silence éternel de ces espaces infinis m'effraie ». Cette pensée, il la comprenait, elle résonnait jusqu'au tréfonds de ses cellules. Mais, à se perdre dans « le balai de sorcière, la nébuleuse de l'émeraude, de l'aigle, de la tulipe… », à se repaître des immenses nuées de gaz générées par les étoiles mortes, à laisser son imagination se nourrir de ces œuvres fabuleuses d'une magnificence sidérante, le silence, ce fameux silence éternel des espaces infinis, cessait de l'effrayer. Bien au contraire, il se laissait gagner par l'émerveillement. Jusqu'à oublier sa peur, la peur de la mort, cette carogne toute puissante qui pouvait disposer de sa vie à chaque instant et le renvoyer au néant de l'ignorance.

Quand les dentelles éternelles flottaient dans ses yeux, habillaient son corps tout entier, Antoine se mettait au travail. Il lui arriva même de penser qu'il écrivait sous la dictée des espaces infinis ! Mais il rit très vite de lui-même, de sa bêtise, de son orgueil surtout. L'univers est le refuge des poètes. Les poètes sont de grands enfants émerveillés, l'orgueil ne les taraude pas, alors il se pardonna d'avoir osé. Oui, quand la poésie glissait entre ses doigts émus, il était un enfant fini du hasard et de l'inexhaustible. Et les fragiles châteaux de sable qu'il construisait se riaient de l'espace et du temps. Il était ici et ailleurs à la fois, dans le lointain passé comme dans le total avenir. Antoine voguait dans les dentelles brodées des nébuleuses, l'espace lui confiait des secrets qu'il ne comprenait pas.

Nani se frotta à ses chevilles. Antoine redescendit de son voyage dans les étoiles. Il avait volé, plus rapide que la lumière, dévoré des éons, et aurait juré, la main sur le feu, qu'il en revenait plus âgé que Mathusalem. Il regarda l'heure au coin de son écran, pas même une heure avait passé. Nani le fixait sans ciller. Dans ses grands yeux couleur marée atlantique, Antoine eut beau chercher à deviner ce qu'elle lui disait, il ne lut que l'insondable mystère des chats. La petite posa sa patte douce sur sa main, il cligna des paupières, elle répondit et lui lécha méthodiquement les doigts. Antoine la caressa, murmurant des mots d'amour, la chatte releva la tête et le regarda à nouveau. Une onde de tendresse le traversa. Nani se mit à ronronner. Un moment simple, vrai, un moment de pur bonheur. Puis elle lui tourna le dos et s'éloigna lentement, la queue souple et dressée en roulant gracieusement des hanches.

Antoine souffrait d'un mal pernicieux, une de ces affections invisibles, une maladie secrète qui lui ravageait le cœur : le haut mal de la lassitude. Tout lui pesait. Souvent, devant son écran, alors que les mots se bousculaient dans sa tête, le pressaient de leur donner vie, la crainte le saisissait, la malepeur de ne pas savoir, de ne pas pouvoir. Il finissait par céder, la tension était si forte que la douleur l'emportait sur l'angoisse. Les phrases s'agençaient toutes seules, noircissant son écran, le temps passait sans qu'il s'en aperçût. Le grand souffle de l'écriture annihilait la douleur, le plaisir et la joie le gagnaient. Mais rien n'y faisait, le mal était ancré dans sa chair, il oubliait aussitôt le bonheur qu'il avait connu et la paralysie l'ankylosait à nouveau. Antoine savait tout ça, qu'il y arrivait à chaque fois, mais il restait incapable de tirer les leçons de l'expérience, pourtant mille fois répétée. En secret, il s'insultait, pensant se vexer et réagir il se traitait de constipé du bulbe. En vain. Tant que la douleur était supportable, il résistait et ne cédait que lorsque son esprit, à bout de résistance, était au bord d'éclater, quand la rage et la honte, enfin, renversaient les digues.

Antoine suivit Nani du regard. Les mains posées sur le clavier, il attendit qu'elle sorte de son bureau et tourna enfin les yeux vers son écran. Ses tempes battaient, ça poussait fort sous sa caboche. Il avait mal. Il résista aussi longtemps qu'il put. Comme d'habitude il perdrait pour gagner, il le savait. Le barrage céderait. Les larmes lui vinrent aux yeux. Alors ses doigts s'activèrent, les mots, comme des morts de faim, envahirent l'écran. Antoine allait bon train et le plaisir d'écrire montait. Son anxiété se résorbait, son mal de tête s'évanouissait lorsque soudain son écran vira au noir. Sa machine buggait ?

— Non, pas maintenant, je n'ai pas enregistré mon travail !

Antoine lâcha une bordée de jurons, voulut arrêter la bécane, couper l'alimentation, mais il n'y réussissait pas. Il ne comprenait plus rien à rien, et ne savait plus comment sortir de cette situation. Soudain, son écran s'illumina. La lumière était si forte qu'il ferma les yeux un instant. Retour au noir sidéral, puis une série de points blancs piquetèrent l'écran. Le son grésilla, une silhouette vêtue d'une cape écarlate, la capuche baissée sur le visage, se matérialisa. La lumière était d'une telle intensité, le rouge si aveuglant et le noir si profond, qu'Antoine fut effrayé et pensa que son PC en surchauffe allait imploser. Cette apparition avait quelque chose d'hypnotique, la tunique rouge, sans perdre sa forme, bougeait, coulait comme un ruisseau de lave en fusion. En arrière-plan sonore, il devinait des bruits sourds d'explosions étouffées, des chuintements gras, visqueux comme ceux des limaces écrasées sous le pied un soir de pluie tropicale.

Antoine, quelque peu abasourdi par ce qui se passait sur son écran, se demanda quel pouvait être ce phénomène étrange, cette forme humaine qui étincelait ainsi, toute de lave vêtue ? Et sous cette capuche, qu'était-ce, un visage humain, un puits sans fond, ou alors s'agissait-il d'un phénomène électrique qui perturbait sa connexion ?

— Toi qui as connu la foudre, sais-tu qui je suis ?

Une voix douce, profonde, fascinante et grave, venait de chuchoter dans les haut-parleurs de son PC ! Une voix de basse au grain rocailleux. L'air de la pièce vibra sourdement. Affolé, Antoine recula. Son fauteuil à roulettes heurta le mur rouge garance de son bureau. Les paroles du spectre semblaient sourdre des quatre murs. C'était comme s'il se retrouvait au centre d'un auditorium !

— Tu as reçu la foudre il y a peu. Tu renâcles, mais c'est toujours ainsi dans les débuts, ça se passe comme ça à chaque fois, c'est inévitable. Tu n'es encore qu'un Enfant de l'Orage. Fils est un autre état. Entre les deux, tu seras Frère. Mais rien ne presse, nous avons l'éternité devant nous. Gontran est chargé de te suivre, de te guider, de t'éduquer, de te préparer à ce que sera ta vie après ta mort. Ne crains rien de lui, depuis sa propre mort il n'a vécu qu'un peu plus de cent ans, il est encore fougueux. Alors, je te le demande à nouveau : sais-tu qui je suis ?

Autour de la silhouette écarlate, des éclairs blancs stylisés sur un fond vieux rose apparurent. Par association d'idées, Antoine répondit.

— Oui, ça y est, je sais, tu es Max Guazzini l'ancien président du Stade français, le club de rugby !

L'apparition se figea sur l'écran qui crépita plus encore. Estomaqué l'écarlate ! La chique coupée ! Antoine qui n'était plus guère impressionné par le moine rouge se gondola franchement. Quelques secondes après, l'écran vira au noir, puis le texte sur lequel il travaillait réapparut.

Cela faisait quelques jours qu'il écrivait, par séquences, courtes, mais productives sous le charme puissant de la voix crépusculaire de Léonard Cohen. Antoine écoutait son dernier enregistrement des heures entières. Il aimait son timbre d'outre-tombe, sa dernière voix d'avant qu'il meure. « Happens to the heart » résonnait en boucle jusqu'au cœur de ses os. Sous sa plume, emporté par la voix râpeuse de cet homme que la carogne, lentement, comme elle aime à le faire, dévorait à petites bouchées gourmandes, il déroulait le récit de l'horrible mort du meurtrier de Mathurin, François-Isidore Palquier de la Vigerie, sous les griffes assassines de Grappin le chat borgne vengeur. Tout en ciselant au mieux ses phrases, Antoine se confortait dans l'idée que la vie constitue la plus absurde des aventures. Il n'avait pas son pareil pour entretenir la désillusion en général et la sienne en particulier. Comme tous les humains, depuis que cette funeste engeance est apparue sur terre, il ne pouvait, comme un Sisyphe bas de gamme, qu'inlassablement pousser son putain de rocher, tout en sachant que tout cela n'avait aucun sens. Et les yeux grands ouverts, en pleine conscience, dans l'incapacité de penser autrement, il continuait — advienne que pourra — l'écriture de son roman. Ses deux héroïnes, Xéresse et Mathilde, poursuivaient leur chemin dont Antoine ne savait pas où il les mènerait. Gontran avait bien tenté de lui faire croire que le véritable deus ex machina c'était lui, mais Antoine ne l'acceptait pas. Quand il était au travail, c'était lui, Antoine, et personne d'autre, qui nourrissait les personnages de sa plus intime substance. Ce Gontran et sa clique, de purs usurpateurs, des sectaires, des prestidigitateurs, certes capables de vous présenter des vessies en tentant de vous faire croire aux lanternes, mais rien de plus, de simples escrocs habiles. Il consulta la carte des orages. Rien de prévu à l'horizon.

— Ben dis donc crétinos, t'es bien un abruti de vivant, tu refuses les évidences !

Sur son écran, son texte avait à nouveau disparu. Le temps d'un millième de seconde, et Gontran, toujours hilare dans son habit démodé, lui ricanait au nez.

Antoine jeta un œil par la fenêtre du bureau, le ciel bleu limpide éclairait la rue. Et voilà que sa belle théorie s'effondrait ! Orage au-dessus de sa tête ou pas, Gontran faisait ce qu'il voulait quand il le voulait. Le tonnerre éclata soudain, d'une violence terrible, la foudre traversa le toit de sa maison, le transperça de la tête aux pieds et s'enfonça dans le sol sans laisser de trace. Si ce n'était un petit gratouillis dans la nuque, associé à une sensation de puissance sans limites, aucun dommage, aucune douleur. Gontran le regardait, les yeux mouillés de rire.

— Crétinos, tu n'es encore qu'un nouveau-né ! Alors comme ça tu m'as cru enchaîné au plus proche orage, incapable de m'en éloigner à plus de quelques encablures ? Innocent que tu es des subtilités et des pouvoirs des orageux ! Nous sommes d'infatigables voyageurs, tous les orages sont nos refuges. Regarde un peu ceux qui sont encore tes frères humains, rien ne les inquiète, Gaïa, leur maison sans laquelle ils ne sont rien, se dégrade, le changement climatique s'accélère, mais ils refusent cette réalité qui dérange leurs petits commerces stupides. Plus la terre se réchauffe et plus les orages sont nombreux et violents, et ce n'est pas fini, non, ça ne fait que commencer. Et toi, crétinos, tu ne mesures pas la chance qui t'est offerte. N'oublie jamais, tu es un élu. Je n'en connais pas les raisons, mais TU ES UN ÉLU, mets-toi ça dans ta tête de vieux con et deviens digne d'avoir été choisi parmi la multitude.

Assise devant la porte ouverte du bureau, Nani ne bougeait pas, comme si elle attendait qu'Antoine l'appelât à la rescousse. Il évita de cligner des yeux, ce qu'elle prendrait pour une invite, et se concentra sur son écran.

— Dis-moi donc Gontran, toi qui es censé me guider, m'éduquer et tutti quanti, au lieu de gueuler, allez, dis-moi donc qui est ce Fulgence Fulgor. D'où sort-il, où réside-t-il ? Qui était-il, avant ? Un moine, un prince, un sage ? Comment est-il devenu le Maître des Fils de l'Orage ? Allez, dis-moi, c'est sérieux toutes ces conneries, ou tu es un de ces imbéciles naïfs que les escrocs-gurus adorent ?

Gontran resta le bec cloué, son image vacilla, se déforma, l'écran passa par toutes les couleurs, les haut-parleurs crachotèrent, sifflèrent à lui crever les tympans, avant que Louhins de Lackeu ne réapparût, à peu près net, remis de sa surprise, et reconnaissable.

— Mais enfin Antoine (c'était la première fois qu'il prononçait son prénom), tu n'as plus mal nulle part, tu te sens, et tu es, bourré d'énergie comme à vingt ans. Regarde-toi dans un miroir, ton visage a rajeuni, tes traits sont plus nets, tes muscles plus fermes, tes rides moins marquées. Que te faut-il de plus ? Te faire mourir pour que tu constates par toi-même qu'alors, comme moi tu es devenu immortel et que l'éternité t'attend ?

— L’éternité, l’éternité, tu en as de bonnes Gontran, l’ai-je demandée l’éternité. Il se pourrait bien que ma seule vie me suffise, moi j’aspire peut-être simplement à disparaître définitivement, à fermer les yeux à tout jamais, à me laisser avaler tout froid par le néant ?

Gontran s’apprêtait à répondre quand Nani fit un pas dans le bureau, puis deux, puis sauta et s’assit face à l’écran. Aussitôt, l’apparition se délita et disparut dans un concert de crachotements désagréables. Nani se retourna vers Antoine et posa sa tête contre son front en ronronnant.

CHAPITRE 8

Le lendemain, après avoir poireauté deux heures, Antoine sortait du cabinet du dermato. Perplexe, à n'y plus rien comprendre, à moins de croire au baratin de Gontran. Ce rendez-vous, il l'avait pris trois mois auparavant, c'est le moins qu'il faut patienter, en province les médecins se font plus rares que les louis d'or dans la sébile d'un SDF. Comme chez les vieux chiens, l'âge venant, un tas d'excroissances lui sortaient d'un peu partout. Depuis un an ou deux, ces espèces de verrues devenaient sensibles et grossissaient, ça l'inquiétait. Et aujourd'hui, rien, plus rien nulle part ! Le dermato l'avait examiné des pieds à la tête sous toutes sortes de lumières, avait plusieurs fois relevé les yeux en le regardant bizarrement, puis, sur un ton plutôt sec, lui avait balancé dans les dents :

— Croyez-vous que je n'aie que ça à faire, examiner quelqu'un qui a la chance d'avoir une peau nette, à peine ridée, en parfaite santé, qui résiste parfaitement aux affaissements malgré le poids des ans ? Soixante-quinze ans et vous êtes dans un état de conservation surprenant ! Vous n'avez rien d'autre à faire ? Vous encombrez mon agenda ! Mais vous paierez quand même la consultation, et je regrette bien de ne pas pouvoir vous taxer du double ! Rhabillez-vous monsieur. Dépêchez-vous, de vrais malades attendent.

Antoine, à la répartie d'ordinaire facile et incisive, s'était rhabillé sans dire un mot. En rentrant chez lui, il s'était examiné en détail dans la salle de bain. Le médecin avait vu juste, sa peau se retendait. Sans pour autant avoir retrouvé la parfaite élasticité de la jeunesse. De la même façon, les douleurs nomades de l'âge s'étaient atténuées, tout comme sa démarche, plus souple et plus assurée. Il remontait un peu le cours du temps. Autour de ses yeux, les lourdes poches qui affadissaient son regard régressaient elles aussi. Assise sur le rebord du lavabo, Nani l'observait en bâillant de toutes ses dents blanches et pointues. Il la regarda à son tour. Les iris de la petite, imperturbables et énigmatiques, brillaient intensément. Antoine eut la furtive et sotte impression que la chatte lui souriait.

Émeric souriait lui aussi. Il appartenait à une catégorie rare, Émeric était de ceux qui sourient avec leurs yeux. Un sourire vrai, un sourire doux et puissant. Son regard avait gagné en intensité depuis que son visage, jour après jour, perdait de son expressivité. Antoine avait frappé trois coups et était entré sans attendre. D'une poussée sur le stick de son fauteuil électrique, Émeric avait à demi tourné sa Ferrari à roulettes, une bénédiction pour lui cet engin. Émeric n'avait que cinquante ans. Depuis un peu plus d'un an, la maladie de Charcot l'avait chopé, d'un coup, sans raison. Une saloperie cette maladie, une maladie sans espoir de guérison. Et pressée avec ça cette foutue garce, pressée sans doute de poursuivre sa route de tueuse sadique pour piéger d'autres pauvres hères, pour les emmurer très vite, rendre les connexions entre leurs corps et leurs cerveaux inopérantes, pour en faire des esprits intacts, spectateurs impuissants de leur emprisonnement progressif. Après un an et demi, Émeric n'était plus qu'un corps inerte. Seuls ses mains, ses avant-bras et son visage bougeaient encore un peu, mais la paralysie totale gagnait jour après jour. Antoine et quelques-uns, on pouvait les compter sur les doigts d'une main, passaient une partie de leur temps en compagnie d'Émeric. C'est que ce garçon qui vivait seul avait agrégé autour de lui pas mal d'amis, de très bons amis, hélas, pour nombre d'entre eux, éloignés. Alors, ceux qui résidaient à Cognac lui apportaient, autant que possible dans cette situation sans espoir, tout l'amour dont ils étaient capables. Et tous souffraient du grand mal qui tuait leur ami à petit feu. Antoine débarquait chez son pote presque tous les jours en fin d'après-midi. Le plus souvent possible. L'autre compère, Pierrick, au sortir du boulot, arrivait lui aussi. Les trois potes conversaient, enfin, façon de parler, parce qu'Émeric, dont les muscles du visage et le diaphragme faiblissaient, avait de plus en plus de difficultés à s'exprimer. À vrai dire, quasi personne ne comprenait ses grasseyements, et ce qu'il disait devenait mystérieux. Mais Antoine et Pierrick, à force de concentration, s'étaient progressivement habitués au parler mourant de leur ami et le comprenaient. Le plus souvent, ils lisaient sur ses lèvres. Leurs discussions, leurs jeux, n'avaient pas faibli, et même, au contraire, ils s'étaient renforcés. Ils se charriaient et se vannaient toujours autant. Les relations, bien sûr, étaient plus tactiles. Pour aider Émeric, c'était une nécessité. Émeric aimait ces contacts-là, ça lui faisait du bien. L'amour passait par des gestes doux et des actes, bien plus que par les paroles.

En cet après-midi du 2 février 2020, Antoine avait poussé le canapé juste à côté de la Ferrari d'Émeric, et tous deux, concentrés, les yeux fixés sur le grand écran plat, attendaient que l'arbitre donne le coup d'envoi du match France-Angleterre. Les Six Nations, à Cognac, porte du sud-ouest, ça se regarde, obligé ! Ce Crunch avait un goût de revanche, une revanche espérée tous les ans depuis 2010 dernier grand chelem des Français. Les Anglais dominaient largement depuis cette année-là, et le 44-8 de l'année précédente n'avait rien arrangé. Mais, putain de Manon, voilà-t-y pas que cette année, une

France toute neuve, une France jeune et talentueuse, commençait le match en fanfare et dressait devant les Anglais une défense de diamant ! Émeric, muet, figé dans son fauteuil, ne quittait pas l'écran des yeux. Antoine hurlait, braillait pour deux, se levait et s'agitait pour quinze, prenait Émeric à témoin à chaque plaquage, suivait du doigt en jurant comme un sagouin Rattez qui filait vers l'essai. Émeric, bien sûr, se taisait, mais ne perdait pas une miette du spectacle et souriait au cinéma d'Antoine qui prenait des poses. À la mi-temps, le 17-0 était propre, net et cinglant, comme on avait eu tant envie qu'il soit ! Antoine, surexcité, brassait du vent, annonçait une branlée historique, balançait des phrases idiotes, pérorait, faisait le show pour son ami. Mais, mal et trop ! Emporté par son désir d'oublier la maladie et d'emmener Émeric dans son délire, il ne remarqua pas tout de suite les toussotements répétés de son pote dont la respiration courte aurait pourtant dû l'inquiéter. Cette salope de Charcot s'attaquait depuis quelque temps déjà au diaphragme et aux muscles de la respiration. Impossible de se racler la gorge, d'expectorer. Tant et si bien que le mucus encombrant sa trachée, Émeric ne parvenait plus à s'oxygéner correctement. Il fallait d'urgence lui nettoyer ces saloperies.

Pendant une bonne dizaine de minutes, Antoine le maladroit s'affaira du mieux qu'il put. D'une main, il appuyait le masque de Cough-Assist sur le visage d'Émeric, de l'autre, il l'aidait à vider ses poumons quand la machine aspirait fortement l'air qu'elle venait d'envoyer sous pression. Petit à petit, le mucus remontait dans le masque. Antoine ramassait les excrétions qui coulaient, vidait le masque, essuyait le visage d'Émeric et recommençait en tâchant d'être bien synchrone avec l'engin. Quand Émeric, soulagé, lui fit signe, il cessa. Son visage avait changé, un peu de rose colorait ses pommettes et dans son regard la petite flamme brillait plus fort. La deuxième mi-temps les tint en haleine, Émeric respirait mieux, sa voix avait presque retrouvé son timbre d'avant cette cochonnerie de maladie. La France l'emporta. 24 à 17 ! Pour la joie de la victoire française, pour le souffle en partie retrouvé, tous deux soupiraient fort en agitant les mains, Antoine riant, Émeric esquissant un sourire.

Sur le chemin du retour, Antoine réfléchissait. Et si la foudre frappait Émeric ? À voir comment elle l'avait requinqué, lui qui prenait de l'âge, ou plutôt lui que l'âge commençait à déglinguer. Une bonne centaine de millions de volts sur le crâne d'Émeric parviendrait peut-être à terrasser Charcot ? Au pire, elle l'achèverait, il mourrait d'un coup et la carogne serait feintée, elle n'aurait pas le plaisir de le paralyser, de l'asphyxier jour après jour, de le faire souffrir jusqu'au bout du bout de sa vie brisée. La salope, la sale pute de merde ! Fou de rage et d'impuissance conjugués, Antoine gara sa voiture le long d'un trottoir. Il étouffait lui aussi. Une fureur noire lui mordait le cœur, la sueur en coulées chaudes l'inondait jusqu'au bas du dos. Il hurla dans l'habitacle à se crever les yeux, il excoria sa colère, dégorgea les plus abominables insultes de son riche répertoire. Il injuria dieu, les dieux, le diable, enfin toutes les figures réputées sacrées inventées par les hommes pour conjurer la peur de la mort, dans l'espoir naïf d'un après, d'un paradis, d'une vie éternelle. Antoine vomit les impuissances accumulées depuis sa naissance, et plus encore depuis qu'il savait Émeric condamné à mort. Il conchia le sort, le hasard et la nécessité. Il tapait comme un sourd sur son volant en hurlant comme un démon. Dehors il pleuvait à verse, la rue était déserte, il pouvait gueuler tout son soul. Puis il se prit la tête à deux mains et pleura comme l'enfant qu'il avait jadis été.

La pluie redoublait, ça tombait serré sur le toit de sa voiture, un bruit d'enfer. Antoine ne chialait plus, il espérait l'orage qui ne venait pas. Il voulut redémarrer, la clé tourna, rien ne bougea. Antoine maudit le ciel, il ne manquait plus que ça, plus de batterie ! Comme s'il avait été entendu, les cieux s'illuminèrent et l'orage éclata. Violent, terrible. Dehors, l'atmosphère orangée crissait, les couleurs changeaient. Antoine remonta dans sa berline. La foudre tonna quatre fois, Antoine comprit, s'enfonça dans son fauteuil et attendit. Le Gontran ne traînerait pas !

L’orage continuait à tourner autour de la ville, la foudre tombait en rafale, le ciel violaçait, le spectacle impressionnant ne manquait pas de beauté, mais toujours pas de Gontran. Nani ne pouvait pas intervenir, Antoine, coincé dans sa voiture, s’étonnait. Il aurait pourtant parié une fortune que l’ectoplasme se manifesterait. Petit à petit, les cieux se calmèrent, de grands lacs bleus rompaient maintenant l’uniformité sinistre des gros nuages noirs en bataille. Les grondements faiblirent, l’orage s’éloignait. Antoine tourna la clé de contact. Sans plus de succès. Il s’était arrêté à l’angle de la rue de Bellefonds et de l’avenue Victor Hugo, tout près du petit rond-point, à quelques mètres du cinéma Galaxy. Que faire, sinon rentrer à pied, Antoine n’était plus qu’à quelques centaines de mètres de chez lui ? Pour la voiture, un coup de jus et la batterie serait vite rechargée. La pluie avait presque cessé, ça bruinait encore un peu, sans plus. Antoine se redressa et s’apprêtait à refermer sa portière quand un éclair effroyable l’aveugla pendant qu’éclatait un coup de tonnerre assourdissant qui le secoua des pieds à la tête. La foudre venait de frapper en plein centre du rond-point. Les pavés de calcaire dur noircis par le torula compniacensis disparurent à la vue d’Antoine, qui, sous la lumière aveuglante, avait par réflexe fermé les yeux. Quand il les rouvrit, le rond-point, décapé, avait retrouvé sa blancheur native, les pavés s’étaient disjoints, au centre ils avaient éclaté sous l’impact colossal.

La tête lui tournait, il n'y voyait plus grand-chose. Ébloui par le flash surpuissant Antoine se réfugia dans sa voiture. Effrayé par l'extrême violence de la déflagration, il tremblait encore et s'interrogeait. Un tel coup de canon après que l'orage s'est éloigné, alors que le ciel redevenait d'azur, c'est aussi impossible qu'incompréhensible. Comme une illumination furtive, la silhouette de Fulgence Fulgor, encapuchonné de rouge écarlate, lui traversa l'esprit et s'imposa. Oui, seul le prétendu grand maître des orages pouvait avoir une telle puissance de feu. Par cette terrifiante démonstration, il lui signifiait qu'il était en capacité de frapper, où il voulait, avec précision, quand il voulait, qu'il fasse orage ou non. Antoine se prit cette révélation en pleine poire. Cette idée lui coupa le souffle et une sainte trouille le saisit à la gorge.

Bordel de dieu, mais qui pouvait bien être ce Fulgor ??!!! Antoine se mit à chercher, compulsa les grimoires, s'égara même dans le Darknet, il y passa des heures, bientôt des jours. En fait, n'ayant aucune piste sérieuse, hors le nom que le fantôme revendiquait, plutôt que de construire et suivre un plan de recherche raisonné, fidèle à sa façon d'être et d'écrire, Antoine erra de site en site, de lien en lien, guidé par le hasard, ce fameux hasard qui a si bon dos quand échoue la raison. Mais, quand le hasard se refuse à bien faire les choses, l'intuition, cette autre inexplicable machine, prend le relais. Antoine, l'intuition il connaissait, et pratiquait depuis bien longtemps ce qu'il avait surnommé la technique du boulanger. Après avoir pétri, réfléchi et tutti quanti pendant des heures et des jours, il se mettait en pause, délaissait son ouvrage, passait au pointage, puis à l'apprêt dans le mystère de sa conscience, en attendant que la pâte lève, mûrisse et gonfle. Cette phase de repos apparent durait le temps qu'il fallait. Un beau jour, il avait sa réponse, le pain était cuit et croustillant à point.

CHAPITRE 9

Le matin du 11 mars 2020, alors que le coronavirus, petit à petit, infestait le monde et que son champ mortel s'élargissait de jour en jour, Antoine eut l'idée, après en avoir épuisé mille autres, de s'intéresser aux Fulgence célèbres. C'est ainsi qu'au détour d'un site, il découvrit Fulgence le Mythographe, longtemps confondu avec l'évêque Fulgence de Ruspe. Tous deux vécurent au milieu du 1er siècle apr. J.-C. Cette confusion entre les deux hommes l'intrigua. Le Mythographe se serait-il dissimulé dans les plis de l'Histoire, derrière le masque de ce célèbre ecclésiastique ? Comme s'il avait voulu effacer ainsi ce qu'avaient été son existence et son œuvre ? Cette idée, l'idée que le mythographe — à la différence du « mito » actuel qui s'exhibe à chaque coin des réseaux sociaux — eût tout fait pour disparaître lui plut. Il la creusa. Tout ce qu'il découvrit tient en quelques phrases que voici : « On connaît du Mythographe quatre œuvres rédigées dans le plus pur latin, dont l'une surtout, les "Mitologiarum libri tres" s'intéresse aux mythes olympiens, et à d'autres aussi, par le biais de l'étymologie au service de l'interprétation allégorique ». On suppose, car les dates précises de sa vie et de sa mort sont incertaines, qu'il vécut lui aussi au 1er siècle. Rien de plus au sujet de ce Fulgence, des approximations, du flou et le sentiment que le personnage avait tout ourdi, de son vivant, ou peut-être après, allez donc savoir, pour que rien ne subsistât de ce qu'il fut. L'intuition, une fois encore l'éclaira à sa façon. Antoine, sans le moindre indice ou preuve, se persuada que la foudre avait dû frapper ce Fulgence, et qu'après l'avoir reçue, et développé des « dons » particuliers, il s'était auto intronisé « Maître de la foudre » et qu'il semblait avoir réussi à dompter le phénomène orageux et ses manifestations. Mais comment avait-il pu réussir ce tour de force ? Qu'il eût pu être foudroyé, cela était possible, pour le reste le mystère demeurait, car tous ceux qui survivent à la foudre ne développent pas pour autant des dons singuliers.

Perplexe — cette énigme l'agaçait —, Antoine avait beau se torturer les méninges, aucune explication ne lui venait à l'esprit. Absorbé par le problème, il ne remarqua pas Nani qui courait un peu partout et sautait par instant d'étrange façon. Le bruit d'un vase qui se brise sortit Antoine de sa réflexion. Et là, stupéfait, il vit la chatte qui bondissait dans tous les sens pour tenter d'attraper de petites étincelles vertes qui flottaient dans l'atmosphère. Des choses minuscules, d'une brillance intense qui se déplaçaient aléatoirement. Nani croquait et croquait, et les petites étoiles vertes s'éteignaient.

Une armée d'énormes nuages, agglutinés comme un troupeau de boucs noirs apeurés, avait obscurci le ciel au-dessus de la ville. La pluie s'abattit soudainement. Pendant à peine une minute, ce fut comme si la mer déferlait sur la terre, puis le tsunami céleste s'arrêta brutalement. Un coup de tonnerre assourdissant éclata, un seul, et la foudre tomba sur le toit de la maison, puis transperça Antoine avant de disparaître dans le sol sans faire le moindre dégât. Nani s'était réfugiée sous la couette, à l'étage, Antoine dont les oreilles sonnaient, abasourdi par l'extrême violence du tonnerre et de la foudre, le visage déformé par la douleur, resta sidéré devant sa bécane. Quand il rouvrit craintivement les yeux, sa maison n'avait pas bougé, le carrelage était intact, tout semblait en parfait état. Il se leva, procéda à une inspection minutieuse, rien n'avait changé. Nani descendait les escaliers en souplesse, elle s'approcha de lui et se frotta à ses chevilles en bourdonnant doucement. Puis elle se dirigea vers son bac à croquettes, en fit éclater deux ou trois. Rassasiée, elle sauta sur son coussin, le nez sur la fenêtre, et se désintéressa de la maison. Antoine l'avait suivie du regard. Il prit conscience qu'elle ne sautait plus, alors il chercha et ne retrouva pas les minuscules flammèches vertes. Elles avaient disparu !

Rassuré, Antoine replongea dans l'écriture de son roman. La vie n'était pas rose pour ses deux héroïnes. Xéresse, enceinte de Mathurin son amoureux assassiné, s'était enfuie vers Paris, une autre vie commençait pour elle. Mathilde, elle aussi, plus tard, quitterait le village, mais dans la capitale sa vie serait tout autre. C'est du moins ce que pensait Antoine, mais chacun sait que les personnages mènent la danse et n'en font qu'à leur tête, alors il les suivait et se laissait guider. Il n'avait pas écrit trois mots que son écran noircissait, crépitait, avant que l'encapuchonné de rouge n'apparaisse. Fulgence le Mythographe ? Maintenant qu'il s'y était un peu habitué, Antoine ne fut pas surpris outre mesure, il sursauta bien un peu, mais se reprit vite.

— Es-tu le Mythographe ?

Silence, un long silence. Antoine n'était pas pressé. Sous les doigts légers de Maria-Joao Pires, le concerto 23 de Mozart meublait en sourdine le silence tendu qui s'était installé. De sa voix ombreuse et douce Fulgence accompagnait le deuxième mouvement du concerto, ce qui désarçonna Antoine qui s'attendait à bien des possibles, mais pas à cet étrange karaoké. L'adagio déroule sa douceur pendant huit minutes,

Fulgence ne fit aucune fausse note et fredonna jusqu'au terme. Pendant ce temps, Antoine cogitait. Mozart a composé son concerto 23 en 1786, et Fulgence le connaissait par cœur ! Certes, depuis sa mort physique, au milieu du 1er siècle, il avait bien eu le temps d'en entendre et apprendre bien d'autres. Feu Mythographe devait être mélomane de son vivant. Après son décès, il avait dû conserver, voire développer, cet amour de la musique. Voilà qui satisfaisait la raison d'Antoine, il fallait une explication à toute chose, c'était la règle majeure en Occident en ce début du 21e siècle affligeant. Assise sur le pas de la porte du bureau, Nani bâilla de tous ses crocs. Antoine se demanda pourquoi elle n'avait pas sauté sur le plateau et affronté l'écran pour chasser l'importun. Décidément, il ne comprenait plus rien à cette histoire !

Antoine augmenta fortement le son, et balança dans les portugaises de Fulgence le même adagio par Hélène Grimaud. L'ectoplasme écarlate soupira longuement, ce fut comme le son du vent du nord montant avant la tempête. Mais il ne dit pas un mot, il se contenta d'accompagner Mozart en sourdine de sa voix de velours râpeux. Huit nouvelles minutes de pur ravissement s'écoulèrent. Le silence, après la dernière note, dura trente bonnes secondes de soie sauvage. Fulgence, la capuche rabaissée au maximum, semblait plongé dans une profonde méditation. Pendant ce temps,

Antoine s'activa et dénicha sur YouTube l'intégrale des sonates de Scarlatti par W. Horowitz. À la première volée de notes, l'écran frémit et se couvrit de paillettes multicolores qui voletaient partout. La robe et le capuchon de Fulgence déclinèrent toutes les couleurs de l'arc-en-ciel. Il disparut dans un grand éclair blanc d'une insoutenable luminosité. Nani avait sauté sur le bureau, frottait son museau contre sa tête et lui léchait la main. Scarlatti, Nani, ça fait deux antidotes ! Antoine éclata de rire.

Bizarre, l'apparition n'avait pas supporté la délicate légèreté, la dentelle torsadée des sonates de Scarlatti en cascade sous les doigts alertes d'Horowitz. À moins que l'émotion ayant été trop forte, il ait préféré fuir plutôt que céder et pleurer de bonheur en face d'Antoine ? C'est que ce Fulgence est bien sensible, se dit Antoine, bien plus humain que ce Gontran d'opérette. Il cliqua sur son tapuscrit, les pages Word s'ouvrirent, il les déroula, pour poursuivre, ou plutôt tenter de poursuivre son travail d'écriture. Enfin, peut-être, ou pas. Va savoir ce que les personnages décideront.

Souvent, alors qu'il est en plein travail, l'esprit pendu à leurs basques, ses doigts volent sur le clavier, il perd la notion du temps et ne sait même plus qui il est ni où il se trouve. Si, pour une raison, toujours importante, sa femme, la sonnette du facteur, ou d'un ami, l'interrompent, il retombe en catastrophe dans le monde réel, répond plus ou moins aimablement, mais en fin de compte doit quitter son bureau pour faire ce qu'il est supposé devoir urgemment faire. Autant dire que le fil de son récit est brisé. Maintes fois, Antoine s'est demandé si les personnages — il n'ose pas dire « ses » — ne seraient pas un chouïa susceptibles.

Ce jour-là, il renoua le fil sans difficulté, ça roulait tout seul. Xéresse, Mathilde, Proserpine, Blanchette, Albin, Adrien Mornay de la Vigerie, Victor-Alphonse et les autres lui tiraient tous la manche en se disputant son clavier. Bon sang, foutre d'archevêque en rut, il y avait un bon bout de temps que ça n'était pas arrivé ! Depuis des semaines, la source avait tari, un filet d'eau, à peine, et encore, entre de longues périodes de sécheresse. Et voilà qu'en ce troisième jour de confinement décrété par le Président de la République, alors que la France était à l'arrêt, que la population, inquiète de la propagation foudroyante du coronavirus, se terrait, que les villes muettes s'étonnaient de ce silence inhabituel, Antoine avait retrouvé l'inspiration !

Au bout d'un moment de fièvre créatrice (sic) intense, il but un peu d'eau et retourna sur YouTube. Sous les mains véloces de W. Horowitz, la sonate K33

L424 de Domenico Scarlatti, particulièrement vive et joyeuse, déroula sa guirlande de notes rapides. Antoine replongea dans son roman. Quand il était comme ça, haletant, il se transformait en drone et voyait ses personnages du dessus. Oui, ça peut paraître étrange, mais il survolait littéralement le Paris de la première moitié du 20e siècle tandis qu'il pistait leur cheminement. Il ne voyait qu'eux, les rues étaient vides, tout à fait comme en ce 19 mars 2020, dans Paris contaminé et dans la France entière. Ils sont bizarres les humains vus d'en haut, deux baguettes qui s'agitent en cadence sous un chapeau ou un crâne nu !

Victor-Alphonse entraînait Mathilde à l'opéra. Une surprise pour la jeune provinciale. Les voilà devant le grand escalier : « Ils gravirent les marches. Mathilde n'avait même jamais imaginé qu'un escalier pût être aussi majestueux, aussi large, aussi beau et aussi raffiné tout à la fois. Elle l'attaqua par la droite, en prenant son temps, une paume appuyée sur la rambarde courbe en onyx, montée sur un socle de pierre verte de suède et des balustres de marbre rouge antique. Sous sa main, la rampe, lissée par des milliers d'épidermes avant le sien, lui parut d'une douceur exquise, mais froide comme une peau morte. Elle-même se sentait gelée, partagée, tiraillée entre la séduction exercée par la richesse étalée, par le luxe offert à cette caste privilégiée, et la présence aimante de Victor. Elle en oubliait la méfiance naturelle que lui inspirait l'inconsistance apparente des êtres, tout comme l'opulence des lieux, toutes choses qui la glaçaient. Elle n'avait rien rayé de sa mémoire, non, pas plus ses origines incertaines que son enfance pauvre et souvent difficile chez ses parents adoptifs. Les scènes du passé lui revenaient en foule, stroboscopées et floues, comme dans un rêve. Une illusion qui vira au cauchemar, lorsqu'elle s'imagina des armées de rats et leurs petits yeux cruels grouillant dans l'ombre des tentures et sous les dorures de l'opéra. Et plus encore, quand elle crut voir, derrière les visages satisfaits de tout ce joli monde, luire des pensées infâmes. De la noirceur qui dégoulinait des murs, des traîtrises en gestation, de la morgue retenue, de l'insolence, de la fatuité, de l'avidité qui ne demandaient qu'à éclore. Victor l'entraînait vers les balcons, elle leva les yeux vers lui, la tendresse qu'elle lut dans son regard dissipa ses idées morbides ».

Au juste moment où Antoine finissait de taper « morbides », l'écran de son PC s'illumina, une lueur d'un blanc aveuglant. Il ferma les yeux sous la douleur. Quand il les rouvrit, Fulgence l'écarlate était là. Son manteau rouge palpitait sur fond noir, son visage était toujours plongé dans l'obscurité. Horowitz, toujours à la manœuvre, honorait Scarlatti.

Antoine soupira en se demandant ce que l'olibrius lui voulait encore.

— Mais que me veux-tu à la fin, Mythographe ?

Et l'autre de répondre :

— Je suis Fulgence Fulgor, Petit-Enfant de l'Orage. Sache-le !

— Mais enfin Maître des Orages, tu apparais, tu restes muet, immobile. Je partage avec toi de la musique que tu sembles apprécier, mais aux premières notes de la sonate de Scarlatti, tu disparais comme ça, sans un mot. Avoue que tu agaces avec tes manières de prince ténébreux !

Sur l'écran, Fulgence s'agita, sa robe rouge vira au noir et rougit à nouveau.

— Ce Scarlatti, je ne veux plus l'entendre. Lui aussi fut un Fils de l'Orage, mais il a déserté, le lâche. Je suis là pour te poser une question. Au moins, as-tu remarqué les lueurs vertes qui papillonnaient chez toi, et que ton horrible garce de foutue chatte essayait de croquer ?

— Oui je les ai vues, rétorqua Antoine, sur un ton cassant que Fulgor sembla ne pas remarquer.

— C'est la foudre, bougre de crétinos, qui les a brûlées. Et sais-tu ce qu'étaient ces lueurs ?

— Des lucioles égarées en plein jour, ironisa Antoine.

— Des virus, imbécile, les tueurs qui se sont abattus sur les hommes. La foudre que j'ai déclenchée a nettoyé ton foyer de ces infestations. Elle t'a aussi traversé sans que tu t'en aperçoives, ce qui est normal pour un Enfant de l'Orage. Elle t'a immunisé, toi et tes proches.

Antoine avala de travers.

— Il se fout de moi ou quoi, papy capuchon ?

— Enfant de l'Orage, cesse tes enfantillages et tes impertinences ! Tu sais pourtant que je lis en toi !

— Ah oui, pardon maître Fulgor, j'avais oublié, mais j'espère que la foudre ne tue ni l'humour ni le sens critique ?

— Si cela était crétinos, la foudre t'aurait déjà désintégré et envoyé tes particules au néant, gronda Fulgence.

— Ah bon, alors grand merci maître Fulgor. Puis-je me permettre une question ?

Sans attendre la réponse, Antoine poursuivit, tout en lui balançant dans les esgourdes du Chopin, la ballade n° 4 en fa mineur, op. 52 par Khatia Buniatishvili dont l'opulente chevelure aile de corbeau et la ligne sculpturale lui plaisaient plus encore que son talent d'interprète. Fulgence baissa un peu plus la tête, il aimait, ça se voyait.

— Dis-moi Grand Maître des Orages, puisque tu en as le pouvoir, débarrasse donc l'humanité de cette vérole de Covid-19 avant qu'elle ne tue des millions d'innocents. Et autre question, comment Scarlatti a-t-il pu déserter les rangs des Fils de l'Orage ?

L'écran s'obscurcit, passa au blanc aveuglant, et Fulgor s'évanouit à nouveau.

CHAPITRE 10

Nani, assise devant la porte du bureau, telle Bastet devant le Temple, le regardait. Antoine ne la sentit pas sourire. Pour une raison qu'il ne comprenait pas, elle n'intervenait plus. La chatte se releva, s'étira, se lécha les pattes l'une après l'autre, se dirigea vers lui en prenant son temps, bondit sur le bureau, s'approcha d'Antoine et frotta ses rouflaquettes contre son front en ronronnant comme un poêle à bois. Une fois encore, Antoine fondit de bonheur et lui dit mille mots d'amour tout en la caressant.

Le lendemain, c'était dimanche, un dimanche qui sentait le jour de la semaine. On était le 22 mars 2020, cela faisait maintenant presque une semaine que le gouvernement avait décrété l'état de confinement. Le coronavirus, rebaptisé Covid-19, se développait inexorablement. Ce n'était qu'un début. Tout le monde attendait la nouvelle annonce du Président, le bruit courait qu'on ne cueillerait pas de muguet dans les bois ce 1er mai. Antoine était morose, cet enfermement, à peine ponctué par une brève sortie boulangère le matin, bouleversait son rapport au temps. C'est pour ça que ce premier dimanche de confinement perdait de son attrait. Comme une pâte à berlingot quand elle est encore chaude, le temps s'étirait sans fin.

Pour conjurer le sort qui l'emprisonnait, Antoine avait dès le début décidé de tenir une chronique journalière qu'il mettait en ligne sur Facebook, sans grand succès d'ailleurs. Oh, ce n'était pas pour faire le malin, il ne cherchait, au mieux, qu'à donner à sourire aux gens tout en prenant un peu de recul avec ce qu'il vivait. C'était pour lui un moyen, une tentative plutôt, de prendre le large, de se regarder réagir dans cette situation nouvelle. Tout lui semblait bon pour ne pas tomber dans une dangereuse morosité. Le vendredi 27 mars 2020, le Covid, qu'il surnommait Marcel en secret, sautait joyeusement d'un bipède à l'autre, avec une telle joie de vivre que la pandémie atteignait déjà des sommets dans l'est de la France, déferlait sur la région parisienne ; bientôt, elle toucherait le nord du pays. Déjà, les structures hospitalières ne parvenaient plus à accueillir les cas les plus graves, les salles de réanimation débordaient, on murmurait entre experts autoproclamés que les médecins en étaient venus à devoir choisir l'un et sacrifier l'autre. Planqué dans sa casemate, Antoine ne souffrait pas du confinement. Écrire, c'est se confiner volontairement, s'abstraire du monde pour mieux le découvrir. Il avait délaissé son roman, Xéresse et Mathilde se trouvaient arrêtées sur le haut d'une page encore blanche. Elles n'étaient pas pressées. Pour elles, le temps n'avait pas d'importance, en fait il n'existait pas.

Antoine se régalait à écrire ses petites histoires de confinement. L'idée ne lui était venue que le jour 2. En voici quelques-unes :

CONFINEMENT JOUR 3.

Jeudi 19 mars 2020.

Sorti ce matin. La boulangerie est un prétexte, besoin de respirer, de marcher, le sport enfermé que je pratique, c'est le sport à l'ancienne : Abdos, pompes, tractions diverses, gainage, etc.

Alors j'ai pris mon temps.

Malgré le pollen qui pulse, à petits pets invisibles et continus, des bourgeons dans les arbres bordant les rues, et qui fait moucher-tousser-cracher l'allergique que je suis, je marche, c'est bon.

J’ai la tête dans tous les sens.

Et tous les sens en éveil.

Ce matin bleu, la boulangerie est plus éloignée qu’à l’habitude, les rues sont plus larges, l’avenue Victor Hugo prend des airs de Champs-Élysées. La ville, privée des humains bruyants qui la polluent de toutes les façons possibles, débarrassée des voitures et autres camions qui l’encombrent, la ville respire.

Depuis deux jours, chaque matin, toutes les villes se réveillent aux quatre coins du pays et Cognac comme les autres s’étire comme un chat dans un chai.

Les rares passants, souvent plus souriants qu’à l’ordinaire, ne s’en aperçoivent peut-être pas, mais la ville, au lever du soleil, se détend et s’étend un peu plus, imperceptiblement.

L’atmosphère a changé, l’air a meilleur goût. Sur les toits, dans les arbres, j’entends piailler les moineaux, sur les toits pigeons et tourterelles roucoulent. Ce matin j’ai perçu l’ordinairement inaudible, et même le bruit des pas, celui des très rares passants.

Ce n’est rien et c’est tout à la fois.

Et les gens, mes concitoyens, aux réactions trop souvent autocentrées, égoïstes, qui pillaient les grandes surfaces hier encore, ont-ils retrouvé leur esprit, ont-ils compris que nous voguions sur la même galère, et qu’il nous faut nous serrer les coudes, faire front, faire face, ensemble, être proches compréhensifs, solidaires, généreux et nous unir, d'autant plus que nous sommes confinés, donc, de fait, séparés ?

Peut-être, sans doute, je l'espère.

Ces quelques jours auront peut-être suffi, à détendre les sphincters, à conjurer la peur. Pour un temps.

Car je suis, vous êtes, nous sommes, des animaux, en nous la violence ne dort que d'un œil ! Tout en baguenaudant vers la boulangerie, un frisson me traverse. J'ai peur, oui peur, pour toutes ces femmes, ces enfants, ces hommes aussi, ces gens démunis, coincés dans leurs petits appartements, au cœur des grandes villes, des banlieues surtout, mais aussi des campagnes. Les frustrations s'accumulent, les ressorts se tendent.

Et le danger, hors celui du virus, sommeille.

La violence, du fait des humains, guette, elle aussi.

Plus grave encore la fragilité des précaires, des SDF, livrés à eux-mêmes, encadrés par quelques éducateurs, sans vraiment de protections malgré le virus.

Puissions-nous, jour après jour, trouver des solutions, inventer de nouvelles générosités, de nouvelles solidarités, pour que tous, nous soyons en sécurité.

CONFINEMENT JOUR 4.

Vendredi 20 mars 2020.

Étrange sentiment ce matin. Presque indicible. Obligé de creuser, de plonger en soi, de se décalaminer le cœur et l'esprit. Oui, l'engourdissement me gagne, c'est ça, rien de plus. À me forcer à rester à l'écoute des palpitations fiévreuses du monde, je m'anesthésie et me laisse pénétrer par la peur insidieuse qui lentement pollue l'humanité entière.

Ici, au cœur d'une province française perdue dans les vignes, à Cognac, on devrait tenir un peu plus longtemps.

Parce qu'en bien des endroits ça craque, les superstructures du vaisseau France grincent déjà. Le respect des mesures de confinement n'est pas total, Une partie de la population n'a pas encore compris que seule l'application absolue du relatif confinement auquel elle est soumise peut ralentir la pandémie et éviter l'hécatombe.

On en viendra sans doute à des mesures plus strictes.

Mais l'État, lui, combien de temps tiendra-t-il ?

Les fonctionnaires, toutes catégories confondues, mal protégés, sont en première ligne et assurent les tâches essentielles. Les fonctionnaires des services publics, ces fainéants, vilipendés depuis des lustres tiennent la baraque.

Pour le moment.

Les maaaaasques, où sont les maaaaasques ?

On dirait du Patrick Juvet !!!

Indispensables masques protecteurs que nous devrions TOUS porter ?

Mais mieux vaut pour le moment arrêter la petite musique délétère des craintes et l'angoisse des temps à venir.

Inventons nos rituels pour structurer notre enfermement. Ne nous avachissons pas sur nos canapés, avec ou sans « chips et bières » à la main.

Bougeons dans nos habitations, autant qu'elles le permettent, car les inégalités demeurent, hélas.

Entre le confinement dans un studio sous les toits, dans une banlieue privée de ciel et de verdure, et le confinement dans un hôtel particulier, ce n'est pas la même chose.

De la même façon, les citadins, et sans doute moins encore les banlieusards dans leurs cités, n'ont pas tous de la famille en province, à la campagne, ou un pied-à-terre sur l'île de Ré ou à La Baule.

Il est scientifiquement prouvé que deux rats dans une cage d'un mètre carré cohabitent. Fourrez-en cinquante dans le même espace…

Alors, dansons ! Dansons !

Sur une musique entraînante, rock'n'roll échevelé, comme les capilliculteurs sont fermés, ce sera bientôt le retour de la mode des cheveux longs, Zumba, ou danses traditionnelles de salon.

Dansons ! Dansons ! Dansons !

Seul, à deux, en famille, pendant 10 minutes, ½ heure, plus, en fonction de nos possibilités physiques, ça rapproche les cœurs et les corps, c'est excellent.

C'est bon pour tout le monde, sauf pour les tétraplégiques et les os fragiles du grand âge.

Et ça tue les démons humains qui depuis l'origine de l'humanité resurgissent périodiquement de leur torpeur apparente.

Et luttons, luttons, luttons contre ce microscopique virus couronné, ce roi du monde, qui a, en quelques jours, fait trembler le système libéral et ses dogmes, et secoué violemment la Bourse (cette invention stupide qui ne fonctionne qu'à l'irrationnel), les marchés, les sacro-saintes « valeurs » dont on nous bourre le crâne depuis les années 50 : la croissance, l'argent roi, la consommation frénétique, la course à l'échalote….

À Cognac, avec modération, attaquer le virus, c'est boire un petit verre, quelques centilitres de Cognac par jour. De moins l'infini à 30 ans, le VS est conseillé, pour la tranche 31-50, le VSOP, pour les adultes en voie de mûrissement, de 51 à 60 ans, le XO, pour les autres de 61 à plus l'infini, le Hors d'Âge est impératif !!!

Alors : espérons, espérons, espérons...

CONFINEMENT JOUR 5.

Samedi 21 mars 2020.

Ce matin, petit tour côté boulangerie. Pas très loin, à 400/500 mètres. J'y suis allé en allongeant la route et le temps, histoire de faire un peu de chemin, mais sans jamais sortir du périmètre imposé.

Des rues que j'ai prises mille fois livrent au piéton que je suis devenu des secrets qui m'avaient échappé.

Oh, pas grand-chose, des petits riens, des traces sur les murs, des couleurs, des herbes, des fleurs qui croissent au pied des maisons, un chat méfiant qui traverse la rue à courtes foulées élastiques, tous évènements lilliputiens que je ne voyais pas jusqu'ici.

Et le ciel, oui le ciel, d'un bleu pur sous la petite brise d'est, prend une densité nouvelle.

Pouvoir marcher en plein milieu de la rue, sans crainte ou presque, les yeux fixés sur le ciel, ce ciel oublié en temps ordinaire.

Marcher ainsi, c'est retrouver l'immensité.

Au bout de ma rue au nom optimiste (l'avenir !), un poteau de béton, avec un lampadaire qui l'embrasse au troisième quart de sa hauteur et des fils électriques tout en haut. Un poteau survivant qui me parle des kilomètres de fils qui couraient jadis de poteau en poteau, le long des rues des villes.

Partout en France, les villes, vues de haut, il y a quelques lustres, ressemblaient un peu à des toiles d'araignées tissées par des aranéides ivres.

Ce matin, après avoir été salué par des moineaux piailleurs perchés sur le rebord des toits, je suis arrivé au pied de ce fameux poteau.

Un gros pigeon ramier, les plumes gonflées par le petit vent d'est, roucoulait en regardant passer les rares humains. J'ai levé la tête vers lui — je prends, avec ces rares sorties dans le presque silence de la ville, l'habitude de scruter les façades et les hauteurs en général — et je l'ai observé un moment. L'oiseau a penché la tête et du haut de son trône de béton il m'a regardé lui aussi, du moins m'a-t-il semblé, tout en continuant à caracouler.

J'ai continué mon chemin, toujours en marchant au milieu de la rue.

C'est nouveau ça aussi, les voitures ne sont plus reines.

En me retournant plusieurs fois vers le pigeon, je me suis dit qu'il me suivait du regard.

Sans doute que non…

Mais je l'entendais toujours chanter. Que me disait-il ? Peut-être de ne pas perdre espoir, de continuer à vivre, tête haute, le temps nécessaire. Et aussi d'en profiter pour me sevrer de la consommation, trop souvent excessive, voire inutile, des achats compulsifs dont candidement nous croyons qu'ils nous soulagent des petites misères de l'existence.

Pauvres petits hommes naïfs que nous sommes.

Quatre personnes faisaient la queue devant la boulangerie, sur la rue, bien loin les uns des autres comme s'ils étaient fâchés. Du fond de sa boutique, la boulangère, ronde comme une miche, que je surnomme amicalement la « bougenlère », m'a hélé :

— Entrez, entrez, ces gens attendent les baguettes « ordinaires », mais j'ai encore des « traditions ».

Je me suis avancé, les gens se sont écartés. En souriant, je les ai remerciés de me faire ainsi une sorte de haie d'honneur. Ils ont souri.

En sortant de la boulangerie, même haie, je n'ai rien dit.

À nouveau, ils ont souri.

Comme quoi la distance n'empêche pas le rapprochement…

CONFINEMENT JOUR 6

Dimanche 22 mars 2020.

Le bleu a blanchi. Passé à la lessive, le ciel a perdu sa pureté.

Sortie matinale, boulangerie oblige, je croise un grand nombre de sens interdits que je ne savais pas si nombreux.

Je les trouve plus rouges que les jours précédents et recouverts d'une fine pellicule d'humidité. Se seraient-ils multipliés dans une infernale bacchanale pendant la nuit, malgré le presque couvre-feu ?

Sans doute.

De toute façon, comment interdire quoi que ce soit à un sens interdit, il s'en fout, il est l'essence même du confinement. Et puis les interdits se multiplient, pour le bien de tous certes, mais se multiplient.

Il est donc essentiel que les sens interdits copulent comme des bêtes toutes les nuits.

Pour notre bien à tous, bordel de merde !

Il faut vous le dire en quoi, en moldo valaque, en Mandarin !!??

Reste le problème de la gestation, l'urgence a beau être urgentissime, chez le sens interdit, comme chez tous les mammifères métalliques, il faut le temps qu'il faut.

Ouvrez les yeux, vous reconnaîtrez les femelles pleines, elles sont cabossées, fatiguées, exténuées, à moitié rouillées pour certaines…

Elles bossent !

J'ai quand même acheté ma baguette et je suis rentré en faisant le grand tour, mais, mais, mais... sans exagérer, sans partir en balade.

Sur mon chemin j'ai croisé mon ami Jean-Louis, un vrai frère, un « frami », quoi.

Nous étions face à face, lui sur le trottoir descendant, moi sur le trottoir montant (comprenne qui pourra), un peu comme si nous étions sur les deux rives opposées du Tigre, de l'Euphrate, du Yang Tsé Xiang, ou plus sûrement du fleuve Amour.

Entre nous, hélas, ce n'étaient que les eaux figées de la rivière bitume.

Nous avons conversé un moment, de tout, de rien, de nous, de la façon dont nous nous réapproprions ce temps de confinement, ce long temps, un peu visqueux parfois, qui s'étire et résiste comme la pâte à berlingots (j'aime cette image) quand elle est chaude. Nous nous sommes embrassés de loin, en faisant de grands gestes.

J'ai continué mon chemin, j'ai tourné à droite, au feu, vers la rue de Paris en marchant bien au milieu. On pourrait d'ailleurs revendre les trottoirs, ils ne servent plus à rien.

Dans le faux plat du début de la rue, dont je n'avais jamais remarqué qu'il était faux — moi je le croyais plat — deux joggers sont passés tour à tour.

Le premier courait avec son chien en laisse, un superbe animal roux au pelage brillant. Le Setter, irlandais je présume, n'avait pas l'air de forcer. Pour lui, c'était une simple balade. De sa belle foulée souple, sans effort apparent, il avalait la route.

Son maître, lui, au bout de la laisse, un peu tendue la laisse, en chiait grave. Penché en avant, ahanant comme un lutteur de foire, ses pieds semblaient courir derrière sa tête. Après qu'il fut passé, j'ai pensé que d'ici une petite centaine de mètres, ses dents se briseraient sur l'asphalte.

Le second jogger, l'archétype du jogger tip-top à la page, avait tout de la gravure de mode sportive.

Le bandeau « machin » sur le front, le tee-shirt « bazar » dry running, bien moulant, le short « bidule » à échappement latéral en tissu léger flottant autour de ses cuisses de langoustine, et les pompes « zinzin », dernier modèle à suspension surcompensée.

Pourtant, malgré son équipement high-tech, le zig tirait grave la langue, avançait à petites foulées économes et suait comme un docker des années 50 après qu'il a coltiné des sacs de blé sur son dos, la journée durant.

Les deux gars devaient être pourtant à un paquet de kilomètres de chez eux.

Trois secondes plus tard, juste avant de tourner sur Émile Zola, une voiture de gendarmerie est passée…

Les jours se succédaient, Antoine se réfugiait dans sa chronique qu'il décida de titrer « Stupeur et confinement ». Rien à voir, non rien, avec Amélie aux chapeaux fous, pas plus qu'avec le beau film de Bergman. Il ne voulait que synthétiser l'ambiance particulière de cet épisode, de ce temps gelé par un nanovirus tout puissant.

CONFINEMENT JOUR 8.

Mardi 24 mars 2020.

Le mardi, ma bougenlère fait relâche.

Mon petit théâtre est fermé.

Je ne la verrai pas aujourd'hui, souriante, ronde et farinée comme une miche du matin, répondre du tac au tac à mes provocations amicales, me tendre d'un geste, menaçant quand je l'agace, ma tradition toute chaude.

La femme du boulanger n'a pas de chatte, pas de Ponponnette, pas de fuite à craindre avec un berger de passage, non, mais elle a un petit yorkshire bien peigné qui surveille du coin de l'œil le business de la patronne.

Le week-end, le fils étudiant est là. Un petit bonhomme d'un mètre 95 pour 120 kg.

Le bébé à sa maman.

Il se la taquine, il se la bisouille, il se l'énerve la maman, la maman énamourée qui roucoule de plaisir, en secouant, en houspillant son gamin. Faut vous dire que derrière le comptoir, très peu de place, alors, entre l'accorte petite boulangère, la souriante bougonne bien en chair et le fils prodigue, avec ses bras gros comme des bâtards, sa stature de pilier de rugby et la grande gueule qu'il tient de sa mère, ça chauffe grave sa race.

Quand je vous disais que j'allais au théâtre !

Le patron, lui, c'est autre chose.

Avec son tee-shirt à la Raimu, blanc, tendu sur une brioche levurée à point, son short maculé de farine, ses longues jambes fines, les deux pieds à chaussettes plantés dans une paire de sandales, c'est un taiseux au regard doux et à la calvitie galopante.

Entre la patronne et le pilier de l'USC, difficile pour lui d'en placer une. Bien sûr, il parle peu, mais chacune de ses brèves interventions percute.

Ce grand enfariné sympathique a de l'humour, il pique maman d'un mot, comme il marque ses pains à coups de lame de rasoir avant de les enfourner. La patronne sursaute et le menace de représailles douloureuses du haut de sa petite taille.

Et les deux complices sourient.

Voilà, je rêvasse dans ma tanière…

Sur le côté de mon bureau, dans son panier, à ras la fenêtre, Nani l'énigmatique ne bouge pas, elle regarde le monde.

Que voit-elle, que ressent-elle ?

Les anciens Égyptiens révéraient les chats, la déesse à tête de chat, la déesse Bastet (de l'égyptien Bast) était la déesse égyptienne de la joie du foyer, de la chaleur du soleil, de la maternité, et aussi la déesse protectrice des femmes enceintes et des enfants.

Et je soupçonne Nani la chatoune, pauvre fille de la rue, issue d'un refuge et maltraitée ensuite par les irresponsables qui l'avaient recueillie, d'être une lointaine descendante, mais une descendante particulière, de la déesse.

Bastet veille sur elle.

Et Nani, le regard fixé sur la rue désertée, silencieuse, qui ne résonne plus que du chant sonore des oiseaux, veille sur moi, sur nous, sur la (sa) maison.

Comme tous les propriétaires de chat, depuis six mois j'habite chez elle.

Elle va mieux. Un peu.

Lentement le temps du chat n'est le temps speedé des humains — elle redevient chatte.

Elle ne bronche pas, le regard perdu.

Que voit-elle, je n'en sais rien ?

Un autre monde sans doute ?

Ma main s'égare de temps en temps et la caresse furtivement, elle se retourne, me dévisage de son regard énigmatique, ses yeux couleur d'huître au sortir du bassin ne cillent pas. Elle me gratifie d'un coup de langue rapide et retourne à sa méditation.

J'ai appris, me suis renseigné.

Le chat interprète le regard direct comme une possible menace. Pour lui signifier que mon intention est pacifique, je cligne lentement des yeux.

J'ai patienté un bon mois, puis un jour, elle a papillonné des prunelles, elle aussi, doucement, à plusieurs reprises. Quand je me suis approché de cette petite chatte — elle a dans les deux ans — elle a frotté son museau contre ma main.

Nani a ronronné.

Je me souviens encore de la joie qui m'a envahi.

Il lui reste encore de la crainte, il lui arrive de mordre et de griffer.

Elle a peur et se défend.

Mais de loin en loin.

Nous aussi, nous avons peur.

CONFINEMENT JOUR 9.

Mercredi 25 mars 2020.

Je ne sais pas bonnes gens, familles confinées, si vous savez, si vous vous rendez compte que Jules César fut assassiné aux Ides de mars en 44 avant Jésus-Christ, sans avoir tenu compte des prédictions de l'haruspice étrusque Titus Vestricius Spurinna et du rêve de sa femme Calpurnia Pisonis !!!

Je ne sais pas si vous vous rendez compte, jeunes et moins jeunes gens, dandies, fashion addict et autres tendanceurs en voie de possible disparition, qu'il vous faudra peut-être arrêter d'afficher vos auto suffisances satisfaites, vos babils inconséquents, si le virus vous couronne !!!

Je ne sais pas si vous vous rendez compte, députés, sénateurs, édiles en tous genres, que vous ne pourrez pas continuer comme avant, si vous en réchappez !!!

Je ne sais pas si vous vous rendez compte, winners arrogants, financiers encostumés, entrepreneurs prospères, pétroliers qui ne sentent pas toujours très bon, planqués dans vos résidences soi-disant secondaires, que vous ne serez peut-être plus les rois du monde après la tempête !!!

Ouf, ça va mieux !

Je ne crois pas à tout ce qui précède, mais je suis chaud là !

Le matin, le réveil musculaire, c'est important, ça dérouille la carcasse. Après l'immobilité de la nuit, il faut remettre le véhicule en route.

Il en va de même pour la tête, je veux dire la bouillasse molle, grise et blanche, le sac à neurones.

Ce désembrumage est essentiel.

Primordial.

Se décrasser les neurones, dans le monde dangereux des semeurs d'infox à tout va, tous les matins sans exception, il faut s'y astreindre.

C'est absolument vital.

Faute de quoi, le nez plongé dans mon bol de thé, de café, de vodka, etc. je serais une proie facile pour les crétins complotistes de toutes obédiences. Fort heureusement, mes neurones réchauffés fonctionnent, mon sens critique est affûté, je traque très vite les élucubrations des « spécialistes » de tout et de rien.

Deux ou trois vérifications plus tard, hop, à la poubelle !

Mais quand donc, foutre de cardinal vérolé, ceux qui parlent et ont des avis sur tout, sans rien savoir de rien — il faudrait être Pic de la Mirandole pour être au fait de tous les savoirs humains — fermeront leur putain de gueule !

Ce matin, en rasant les murs, j'ai osé deux courses indispensables.

Le ciel avait retrouvé ce bleu lagon des jours derniers.

Pas de ramier sur son poteau au coin de la rue, hélas. J'espère qu'il va bien, à l'abri dans son nid.

La bougenlère n'était pas là.

— En course, m'a dit Arthur, son colosse de fils, il faut bien qu'on mange, nous aussi !

J'ai traversé l'avenue Victor Hugo, direction la pharmacie. Besoin de médocs. Un cachet d'IPP de temps à autre, faute de quoi les remontées gastriques me rongeraient l'œsophage.

Les deux pharmaciennes, deux sœurs, sont d'une amabilité et d'une patience sans faille. Souriantes, elles écoutent, sans aucune impatience apparente, la litanie des petites ou grandes misères des gens.

Les curés ne sont plus ce qu'ils étaient !

Je les admire. Je les fais rire. Elles aiment ça et se fendent de bon cœur.

À chacune de mes visites, une fois par mois, je plaisante, ça les déstabilise parfois, mais elles sont intelligentes, comprennent mes contrepieds, mes coqs à l'âne et s'en régalent.

Ce matin, un client toussait devant l'une d'entre elles, elles ne portent pas de masque ni aucune sorte de protection. Agacé, j'ai demandé au quidam s'il était manchot. Surpris, il m'a lancé un regard terne. Manifestement, il ne comprenait pas. J'ai expliqué :

— On tousse dans son coude, monsieur.

Nouveau coup d'œil éteint. J'ai bien cru parler à une sole abandonnée trois semaines sur un étal de poissonnier. Au bout d'une bonne dizaine de secondes, il m'a répondu :

— C'est pas grave, je fais une rhinite postérieure, c'est le médecin qui l'a dit.

— Ben alors, tournez-nous le dos, on vous entendra mieux et vous serez plus proche de votre coude.

Dans son regard, j'ai lu de la panique. Il a failli s'énerver, mais non, il est sorti en faisant demi-tour.

Les deux pharmaciennes, tout le temps de l'échange, étaient un peu crispées. À la fin de l'envoi, toutes deux m'ont néanmoins gratifié d'un sourire soulagé.

Hélas, trois fois hélas, une cliente est entrée. Non contente de ne pas respecter la distance d'un mètre, elle s'est à demi allongée sur le comptoir. La pharmacienne s'est reculée jusqu'à devoir s'adosser au mur de médocs derrière elle.

— On ne sert pas de bière ici, madame, ce comptoir n'est pas un comptoir de bistrot. Gardez la bonne distance, bon sang, on vous le répète à longueur de journée sur toutes les chaînes, toutes les radios, partout !

Réponse de la dame :

— J'écoute pas la télé, c'est tous des menteurs.

Elle s'est quand même relevée et s'est reculée d'un mètre.

Je suis sorti en pensant à tous ces gens qui sont sur le front.

Comme mes deux petites pharmaciennes.

Et je suis rentré chez moi, triste et inquiet…

CONFINEMENT JOUR 10.

Jeudi 26 mars 2020.

Et cet azur limpide qui s'accroche au ciel. Il brille le ciel, il rutile, il a l'air joyeux.

La terre respire quand les hommes se taisent. Elle en profite pour faire son grand nettoyage de printemps.

Pendant ce temps-là, pendant que Gaïa élimine les miasmes qui la polluent depuis trop longtemps, au sol, au ras des pâquerettes, l'animalcule, le tout petit, l'invisible, le nano nain, j'ai nommé le Couronné, laidement surnommé Covid-19 par ceux qui tentent d'arrêter son implacable avancée, beau comme une orange moisie piquée de clous de girofle, fait le boulot.

C'est qu'à force de mépriser les écosystèmes, de maltraiter et d'abattre tout ce qui vit, au nom du progrès, de l'économie, de la croissance, de la consommation effrénée, l'homoncule concon qui ne pense qu'à la hauteur de son profit a peut-être libéré des petites vies qui ne demandaient qu'à se balader, peinardes, dans leur environnement naturel.

Va savoir ?

L'homme serait un géant s'il n'était pas mortel.

C'est sa faiblesse, au bout de quelques années de vie, une nano fraction de seconde au regard du temps, cet infini, ou face à un nano nain, à ce couronné qui se promène, tranquilou, le pygmée crève.

Vite fait.

Dans l'indifférence, le silence absolu des espaces infinis.

Et ce n'est pas Pascal qui me contredira, il est mort.

Le temps est le maître, le nano nain est le bourreau de service.

Des nano naninous comme lui, il y en a des milliards.

D'autres espèces, avec ou sans couronne, qui peuvent se pointer à leur tour, un jour ou l'autre, et semer la panique chez les avortons concons.

La camarde se marre.

Mais ne craignez rien, nous avons pour nous défendre ou prendre conscience de nos insupportables vanités, trouvé des solutions, des Trump-Bolsonaro, un peu partout.

Ce jour 10 n'est pas un jour gai.

Pendant ce temps, installée à son aise sur une confortable couette, le corps en boule, une patte délicatement posée sur les yeux, la petite Nani roupille comme une bienheureuse.

CONFINEMENT JOUR 11.

Vendredi 27 mars 2020.

Sous le regard de Nani la ronronnante.

« C'était de très grands vents sur toutes faces de ce monde,

De très grands vents en liesse par le monde, qui n'avaient d'aire ni de gîte,

Qui n'avaient garde ni mesure, et nous laissaient, hommes de paille,

En l'an de paille sur leur erre... Ah ! Oui, des très grands vents sur toutes faces de vivants ! »

Saint-John Perse, extrait de *Vents*.

Voilà de quoi méditer un moment.

Lire et relire, se laisser pénétrer par le sens métaphorique de ce court poème.

Éboueurs, soignants, enseignants, postiers, et tous ceux qui assurent le minimum indispensable ou soignent celles, ceux, qui ont reçu le baiser, mortel pour certains, du nano nain couronné qui se répand comme lèpre ou peste des « anciens » temps.

Qu'elles, eux, tous, soient reconnus et remerciés.

Se pourrait-il que nos milliardaires hexagonaux, sortant de leur radinerie ordinaire, ouvrent les cordons serrés de leurs pourtant si larges bourses, et contribuent à la hauteur de leurs immenses fortunes au combat que mènent leurs concitoyens ? Non, mais tu rêves Estève !

Pendant ce temps-là, ma bougenlère boulange à bras raccourcis.

Mes deux pharmaciennes pharmacopent en silence, sans protections.

Les éboueurs chargent les poubelles, sans masques, sans combinaisons. Des poubelles que certains inconscients, dit-on, remplissent en vrac, sans distinction, sans même utiliser de sacs dédiés !

Ailleurs et dans maints endroits, des anonymes discrets, des jeunes et des moins jeunes, apportent leur aide gracieuse aux anciens, aux pauvres, aux isolés, à tous ceux qui ont besoin d'aide, quelle qu'elle soit.

Le paradoxe humain, immuable.

Il se répète, à longueur de siècles, depuis les origines de l'humanité.

Ombres et lumières.

Mais parfois, nous dit Soulages, l'ombre reflète la lumière…

Ne croyez pas ceux qui vous disent que tout est simple.

Dans nos villes, nos quartiers, dans notre beau pays de France, d'autres anonymes chassent des infirmières de leurs appartements.

Elles sont dangereuses, elles pourraient les infecter.

L'ombre de Vichy plane à nouveau.

Pourtant cette crise sanitaire remettait en lumière les injustices, les errements, les aberrations, les déséquilibres des sociétés humaines. Sauraient-elles en tirer les leçons ou se replongeraient-elles dans le consumérisme nombriliste effréné ?

Oui, pensait Antoine, vous avez compris que rien n'était bien gai par ces temps de confinement, alors pour terminer sur un sourire, il s'efforça de sourire.

CHAPITRE 11

En vérité, la source était tarie. L'encre avait séché. « Les Filles » étaient muettes. À nouveau, les garces ! Ces silences périodiques, impossible de les éviter. C'était comme ça, Antoine, depuis le temps, en avait pris son parti. Mais, il lui fallait écrire, n'importe quoi, sur tout, sur rien, mais faire couler sa plume, de peur que les mots, les phrases, le récit ne coagulent et se dessèchent dans l'encrier.

Je sais, ce n'est pas bien d'écrire ça, mais cette putain de pandémie tombait à pic pour Antoine. À défaut de suivre ses héroïnes dans leurs tribulations, il taillait sa plume sur Marcel le Coro.

Ce matin du 1er avril 2020, il s'attela à sa chronique du jour et pondit un texte auquel il ne s'attendait vraiment pas. En panne d'encre, il y déversa sa bile, sa frustration, le manque, son impossibilité à poursuivre le voyage prétendument littéraire de « Les Filles ». Ça lui fit le plus grand bien :

CONFINEMENT jour 16.

Mercredi 1er avril 2020.

Quand Verlaine a trop bu, Rimbaud prend le relais.

Ceux que la poésie défrise peuvent toujours résoudre une équation, une intégrale, ou faire un sodoku, ou un sodo d'autre chose, en attendant que ça me passe.

« On n'est pas sérieux, quand on a dix-sept ans.

Un beau soir, foin des bocks et de la limonade,

Des cafés tapageurs aux lustres éclatants !

On va sous les tilleuls verts de la promenade.

Les tilleuls sentent bon dans les bons soirs de juin !

L'air est parfois si doux, qu'on ferme la paupière ;

Le vent chargé de bruits, la ville n'est pas loin,

A des parfums de vigne et des parfums de bière. »

Arthur Rimbaud, extrait de *« Roman »* dans le recueil Cahier de Douai.

(En guise de préambule, vous dire que faire ce travail quotidien pour 10/15 lecteurs maxi, c'est peu cher payé. Je dis cela, parce que par expérience, je sais que sur Facebook beaucoup de gens passent, lisent, ou plutôt consomment et s'en vont. Ce n'est pas même simplement poli. Mon journal n'est pas un supermarché. Alors, ceux qui se servent en silence pourraient avoir la politesse de signaler leur passage par un signe qui peut ne pas être forcément positif. Même les appréciations négatives comptent et encouragent à poursuivre. Merci).

La parenthèse refermée, vous dire pourquoi cette petite chronique sans grande importance depuis quinze jours ?

Tout simplement parce que je ne suis ni en première, ni en dixième, ni sur aucune ligne d'ailleurs dans la lutte contre Marcel le Coro.

Hors d'âge je suis, et l'étant, ne suis plus bon à grand-chose.

De là à me sentir « coupable », il n'y a qu'un frémissement de la conscience que je franchis et ose exprimer à voix haute.

Certes, je ne suis pas plus en ligne qu'au fond du trou.

Je n'avale pas des boites d'anxiolytiques, d'anti-dépresseurs pour masquer (parce que ces cachous-là ne changent rien au fond, ils ne font qu'aider à faire l'autruche, à plonger la tête dans le sable, un temps), pour masquer mes petits états d'âme de vieux machin, bien à l'abri de surcroît, et dans des conditions particulièrement supportables.

Mais il est impossible de s'empêcher de ressentir ce qui remonte des abîmes.

Autant on peut argumenter, lutter, défendre des idées, autant on ne peut modifier, changer, contrarier, nier les sentiments que l'on éprouve.

Me suis trouvé ainsi face à la conscience claire de ma « déchéance », de mon inutilité de fait, face aux ravages occasionnés par cet enfoiré de Marcel le Coro.

Vous dire aussi que, pour qui pose régulièrement — je veux dire plusieurs pages tous les jours — des mots sur le papier, l'état de confinement est un état naturel, même s'il ne dure que quelques heures par jour.

Car écrire, c'est se mettre en retrait, c'est se retirer du monde, c'est se confiner volontairement (bis repetita blablabla).

Le temps passant, les pages se succédant, cela devient facile, plus, cela devient agréable.

Écrire c'est oublier les réalités du monde pour mieux les retrouver, c'est s'enfermer pour se libérer des lieux communs et autres truismes, c'est plonger au cœur saignant de ses propres ombres pour tenter de retrouver sa petite lumière.

Écrire, c'est mentir pour retrouver des vérités, ses propres vérités, et, dans l'idéal quelques vérités communes à l'espèce humaine.

Écrire, c'est tout cela, et d'autres choses encore…

Alors, agir ne pouvant, j'ai pensé apporter ma petite contribution à la morosité ambiante en publiant chaque jour une petite fantaisie (plus ou moins réussie), une petite histoire, plus ou moins réelle, plus ou moins imaginée, en un mot, une petite fiction. Une petite contribution sans ambition particulière, une petite réalité revisitée. Voilà, c'était simplement pour vous dire qu'aujourd'hui je n'avais rien à dire en dehors de mon essentiel de l'instant…

Le vingt-quatrième jour, ma boulangère à nouveau, Dame Farine, le surnom qu'elle s'est trouvé elle-même.

CONFINEMENT jour 24.

Jeudi 9 avril 2020.

« Délire d'écume. Folie d'embruns. Noces de l'abîme et de l'humain. Délire d'embruns. Folie d'écume. La vague épouse le rivage. L'oursin s'unit avec le sable.

Le crabe affole l'anémone. Le poulpe enflamme les coraux. La seiche courtise l'astérie. Délire d'écume. Folie d'embruns ».

Jacques Lacarrière, extrait du poème *Grossesse de la mer* » dans l'anthologie *À l'orée du pays fertile*.

Hier soir, 17 h 38, un avion est passé, très haut, absorbé par l'azur triomphant, au-dessus de chez moi.

Vous me direz, c'est bien banal, pas de quoi fouetter un canard.

Certes, oui !

Mais le plus extraordinaire, c'est que j'ai distinctement entendu le bruit de l'oiseau rigide qui luttait, tous réacteurs bandés, contre la pesanteur et les grands vents des altitudes !

Dans les arbres, chardonnerets, mésanges, tourterelles et toutes sortes d'oiseaux, becs levés vers l'azur, chantaient à tue-tête en regardant passer le gros balourd tout raide qui ne sait même pas gazouiller.

C'est bien la peine de faire le fier !

Enfin, c'est ce que j'ai cru comprendre.

Ce matin, plus haut dans le ciel, les martinets piquent, plongent et remontent à grande vitesse.

Leurs trilles stridents découpent le silence qui règne au-dessus de la ville.

J'ai même vu un faucon crécerelle passer au-dessus du toit.

Encore plus haut, une buse a tourné longuement en planant, elle n'en revenait pas de voir les villes désertes et la terre débarrassée un temps des hommes.

Mais ce matin, il m'a bien fallu sortir.

Une baguette à deux, tous les trois jours, c'est peu certes, mais ça nous suffit largement.

Ce matin donc, je suis retourné chez ma bougenlère.

Sur le chemin, collée sur les vitrines de tous les magasins aux vitres aveugles, toujours la même affichette : « fermé jusqu'à nouvel ordre, fermé pour cause d'épidémie, fermé « à cause que » le coronavirus, etc. etc. »

Victor Hugo est triste, son avenue aussi.

À bonne distance, j'ai attendu, j'ai pris racine, j'ai végété, j'ai fait le poireau, vingt bonnes minutes, l'esprit ailleurs.

Hors du temps et de l'espace, j'ai laissé vagabonder mon esprit.

J'ai regardé défiler mes pensées (?) en foule et les images étranges qui jamais ne cessent de se bousculer.

L'homme est ainsi fait, qui se croit libre, mais qui est incapable de maîtriser son esprit.

La vacuité n'existe pas.

Quand j'ai entendu grogner autour de moi, je me suis aperçu que mon tour, et non pas mon heure, pas encore, oui mon tour était venu. Alors je suis entré, le sourire amical de la Dame Farine m'a accueilli.

Nous avons fait semblant de nous chicaner un peu, comme d'habitude…

Elle et moi pratiquons l'amour vache.

Celui qui privilégie le fond à la forme.

Et elle m'a dit :

— Au lieu de rêvasser, vous auriez pu lire mon affiche. Elle est pourtant assez grande ! Vous l'aviez au ras du nez et vous ne lisiez même pas !

Avec ce sens de la répartie qui n'appartient qu'à moi, j'ai répondu :

— Haha ?

Elle m'a tendu la baguette d'un air désespéré en soupirant :

— Mon pôvreeee.

Elle m'a suivi de l'œil pendant que je sortais.

Et ne m'a pas lâché tout le long de ma lecture.

J'ai lu en grimaçant, en me grattant l'occiput, en faisant semblant de déchiffrer son écriture.

D'un œil je la voyais vociférer sans l'entendre.

Elle m'a montré du doigt tout du long, en prenant à témoin le client, prisonnier dans la boutique, qui s'efforçait de regarder ailleurs.

En repassant devant l'entrée grande ouverte, j'ai passé la tête, histoire de lui balancer une dernière vacherie :

— Ben, ben, ben, dites donc la bougenlère, l'agrég de grammaire, c'est pas pour demain !

Nom d'une miche ! Elle a réagi au quart de tour en agitant les bras :

— Hé, hé, hé, l'école c'était il y a longtemps, j'ai oublié, c'est quoi mes fôtes ?

— Presque rien, pilier ne prend qu'un « l » et il ne faut pas employer « mes » pronom possessif à la place de « mais » conjonction de coordination, enfin ! Mais quelle ignare cette mitronne !!

Elle a ri de bon cœur en répondant

— J'y comprends rien, Haaahhhaaaaaha !

Avant de m'éloigner, j'ai ajouté :

— À part ça, votre affichette est superbe, vous avez un joli style. En tout cas, c'est la plus originale de toutes celles que j'ai lues.

— Allez, allez, filez donc avant que je me fâche.

Mais j'avais déjà décampé en rigolant.

Les gens qui faisaient la queue sur le trottoir m'ont regardé d'un air bizarre…

Antoine, en prévision d'autres épisodes d'enfermement plus ou moins sévères, ne changea pas le titre de sa chronique quotidienne « Stupeur et Confinements ». Et c'est ainsi qu'il traversa le « grand confinement », oui, comme ça, en trempant sa plume dans la ouate des jours. Incapable d'écrire quoi que ce soit d'autre, il entretint le débit de son calame, s'efforçant, jour après jour, de mettre sur le papier son quotidien morne. Cet exercice qu'il s'imposa le tint en éveil. Chaque matin il se devait de ne rien perdre de ce qu'il ressentait, observait, de lui comme des autres. Cela lui fut salutaire. Ses sens s'aiguisèrent, s'affinèrent. Lui qui observait la vie de ses semblables et s'en nourrissait depuis de longues années, gagna en finesse, en acuité. Et surtout, il en oublia Gontran, Fulgence et son abracadabrante et supposée appartenance à la tribu des « Fils de l'Orage ». Tous ces jours, Antoine eut beau se creuser les méninges, il ne comprit décidément pas pourquoi la « bande d'oragés » déserta les cieux comme son écran, sa porte de douche comme les miroirs de sa maison, pendant cette étrange tranche de vie gelée. Et chose encore plus extraordinaire, il ne caucherêva pas une seule fois pendant ces presque deux mois.

Le 11 mai 2020, la France « déconfina ». Ce matin-là, il prit conscience de la disparition des phénomènes électrostatiques qui l'enquiquinaient depuis ce fameux soir de novembre 2019 quand la foudre lui était tombée sur le râble, place François 1er.

De ses cinquante-six petites chroniques, il avait fait un recueil illustré. À chaque jour son image et son texte ? C'était bien la première fois qu'il tenait un journal. Il lui avait fallu ce moment hors du temps habituel pour qu'il s'y mette, pour qu'il conjure sa peur en la nourrissant. En cas de rebond, il reprendrait le cours de ses chroniques. Connaissant son « Marcel », cela pourrait bien arriver, un rebond, bien saignant après quelques semaines de fausse accalmie.

Dans la nuit du 11 au 12 mai, il fit un rêve étrange et surprenant. Tout ce qu'il avait vécu depuis ce jour du salon de Littératures Européennes de Cognac, quand ce samedi, au sortir de la Salamandre, dépité et rageur, il avait été fulguré par un éclair survolté. Oui, il revécut chaque seconde, chaque jour jusqu'à sa dernière rencontre avec Fulgor. Curieusement, le rêve occulta les huit semaines de confinement.

Ce rêve lui parut très clair. Fulgor reviendrait très vite. À moins qu'il ne reçoive la visite de cette andouille de Gontran. Antoine espéra très fort que ce serait le « Maître ».

CHAPITRE 12

Deux jours s'écoulèrent. Au-dehors, la vie reprenait doucement son cours. Rien n'avait changé. Consommer, produire, retrouver la croissance. La sainte trilogie, comme si rien n'était advenu, recommençait à dominer les hommes. La peur avait changé d'âne. En vérité, Antoine s'en tamponnait, sa misanthropie naturelle s'en trouvait renforcée. Jamais il n'avait été aussi heureux d'être « vieux ». Avec un brin de chance, à l'allure où l'humanité aveugle fonçait, de justesse sans doute, mais il échapperait à l'écroulement général.

Fulgor lui avait assuré que le nanovirus — « son pote Marcel » — au cas où la pandémie redoublerait, lui foutrait la paix, comme il l'avait épargné déjà pendant le confinement. Personne n'en savait ni n'en saurait rien, mais c'était bien ce sentiment de totale impunité qui lui avait dicté ses cinquante-six étranges chroniques.

Puis le temps d'Antoine, sans crier gare, se mit à filer à toute allure. Le temps de soulever ses paupières, elles se refermaient déjà, la dernière fourchetée de midi à peine avalée qu'il se ruait aux chiottes pour faire de la place aux premières cuillérées du soir. Les heures, les jours, les mois passèrent si vite qu'il ne vécut rien, la conscience anesthésiée, incapable de suivre ce rythme effréné. Un matin, alors qu'il venait à peine de prendre le petit déjeuner de la veille et n'avait pas plus de souvenirs de la journée écoulée, il fut estomaqué de retrouver une vision nette du monde. C'est que le temps accéléré floute tout, le réel stroboscopé est insaisissable, l'œil humain, dépassé par la vitesse, « perd pied », le cerveau s'affole et se met en survie, en veilleuse, pour que la panique ne le gagne pas. Antoine eut le sentiment d'avoir repris du poids, alors qu'il s'était senti léger comme une plume pendant un temps indéfini. C'est ce matin-là qu'il crut comprendre la relation entre la vitesse et le temps. Plus ça accélère, plus tu es léger, plus ta conscience s'effiloche, moins tu stresses, comme tu n'as plus les moyens de t'arrêter, donc de réfléchir, moins tu risques d'être malheureux. Mais tu n'es pas heureux pour autant, tu redeviens ce que tu n'as jamais cessé d'être, une poussière sans intérêt dans l'espace éternel infini.

Antoine — deux mois s'étaient écoulés — venait de faire l'expérience de la perte totale de l'ego. Tous les souvenirs antérieurs à ce fragment de vie lui revinrent d'un coup : le salon des Littératures Européennes, l'orage, Gontran, Fulgor et tout le toutim.

Autour de lui, les gens s'enlisaient à nouveau dans leur train-train, ils ne paraissaient pas avoir vécu l'étrange et écrasante compression du temps qu'il avait subie. Sa femme lui parla d'évènements vieux d'un mois, de deux, etc. qu'il était censé connaître : ils avaient fait-ci, rencontré untel, machin, couffin, et patatitata. Lui, acquiesçait, prenait un air entendu, souriait, hochait la tête, jetait des regards complices, fallait bien qu'il donne le change. Le nez baissé sur son bol de céréales, Antoine réfléchissait et eut en même temps une révélation : ce qu'il est convenu d'appeler orgueilleusement « la faculté de penser » venait de lui revenir. Un choc, ça lui fit un putain de sacré choc ! Et en même temps, les sensations, les émotions, les sentiments l'envahirent à nouveau. En bref, son ego avait regonflé, il venait de retomber dans ce qu'il croyait jusqu'alors être « le temps normal », le seul existant, le temps humain.

Mais pourquoi cette parenthèse étrange, cette déconnexion d'avec les autres, les autres qui ne s'étaient rendu compte de rien, les autres qu'il n'avait pourtant pas quittés ? Antoine n'en savait foutre rien, il constatait qu'en reprenant le cours ordinaire des jours, il ressentait à nouveau toute la merdasse consubstantielle habituelle des douleurs, des souffrances, du doute, de l'indécision, enfin tout ce que traîne ordinairement l'espèce humaine. Il en eut des haut-le-cœur une journée entière. C'était le bordel partout sur terre, son pote Marcel le Coro reprenait du poil de la bête, déjouait toutes les analyses scientifiques. Au nom de leurs idoles, les bipèdes, fidèles à leur millénaire stupidité, sans broncher d'un poil, vénéraient leurs dieux, s'embrochaient, s'éventraient au nom de l'Amour. Toujours aussi obtus, aussi naïfs, aussi cons, ils obéissaient aux injonctions distillées depuis des lustres par les économistes de l'ultralibéralisme. Un seul mot d'ordre, consommez bande de veaux, c'est la clé de la prospérité, l'idéal ultime. Le vingt et unième siècle sera celui de la croissance sans fin ou ne sera pas !

Misère de toutes les misères, Antoine, écrasé par l'état du monde et de la planète en déconfiture, tête basse et cuillère en l'air, n'arrivait pas à se lever de sa chaise. L'idée lui vint de se baquer dans le fleuve Charente avec une bonne grosse gueuze de cinquante kilos dans la poche. Comme le vieux lâche qu'il était, il s'enferma dans les toilettes en attendant, et que ça sorte et que le dégoût du monde lui passe.

Au sortir des gogues, Nani, assise et patiente, la queue enroulée autour du fondement, l'attendait. Elle se coula, fit le huit entre ses chevilles en mraouchant, se frotta, leva la tête vers lui. Dans ses yeux de jade vert pâle, il lut la vraie sagesse, il se pencha et caressa sa fourrure soyeuse. Nani venait de le rabibocher avec la vie.

Plus aucune manifestation, plus aucune trace des soi-disant Fils de l'Orage depuis plusieurs mois, Antoine finit par se dire qu'il avait tout inventé, que tout cela n'avait été qu'une manifestation de son imagination délirante. On approchait de la fin août 2020 et pas plus de « vie d'après », différente de la « vie d'avant » telle que les naïfs — puissamment aidés par les médias, toujours avides — les avaient baptisées, que d'Amazonie épargnée par les incendies. La vie reprenait son cours délétère, et le 22 août 2020 l'humanité avait déjà dévoré une planète entière. Marcel le Coro continuait en douce son petit bonhomme de chemin. Les imbéciles ordinaires, sans faiblir, continuaient à crier au complot, hurlaient contre l'atteinte à leur liberté chérie dès qu'on leur demandait de sortir masqués après qu'ils eussent tempêté contre la pénurie de protections trois mois plus tôt. En bref, de quoi conforter, et même amplifier chez Antoine, cette méfiance de l'espèce, de sa propre espèce. Antoine se laissait emporter par une misanthropie rageuse.

Il relisait et relisait sans relâche la cinquantaine de pages qu'il avait péniblement pondues : Les Filles tome 2, en espérant relancer la machine à écrire, mais bernique, la panne sèche ! Depuis trois jours, Nani, ce qui n'était pas dans ses habitudes, ne le lâchait plus d'une semelle. Le jour, quand elle ne dormait pas sur le bureau d'Antoine, la tête posée sur le pavé numérique de son clavier, elle ne s'éloignait pas, revenait régulièrement jeter un coup d'œil à la porte, s'asseyait sur son joli petit cul et le regardait fixement. Antoine clignait lentement des yeux, elle répondait, s'allongeait et repiquait un petit somme en ronronnant. La nuit, elle sautait discrètement sur le bout du lit, se faisait toute petite et roupillait en boule. Antoine dormait comme on saute à la corde, c'est dire qu'il se prenait souvent la tête dans ses cauchemars, ça le réveillait et il sursautait en surprenant Nani assise contre son oreiller, les yeux grands ouverts, quand elle ne s'affairait pas à lui mordiller doucement les orteils ou à lui lécher les cheveux. C'était comme si elle faisait corps, rempart entre lui et il ne savait pas trop quoi.

Un après-midi, il devait être dans les seize heures, en rentrant de sa séance de cardio, Antoine, trempé comme un boudoir tombé dans un bol de thé, s'enferma dans la salle de bain. Nani gratta à la porte, mais il ne l'entendit pas. Ce jour-là, le thermomètre flirtait avec les quarante degrés, une vraie fournaise dans une atmosphère lourde, humide, collante. Les yeux clos, Antoine, sous le jet d'eau froide, se calmait en s'astreignant à respirer très profondément. Petit à petit, les battements de son cœur s'alignèrent sur le rythme de sa respiration, il commençait à se sentir mieux, quand quelque chose lui chatouilla la plante des pieds tandis que le sommet de son crâne le démangeait jusqu'à ce que ça lui devienne insupportable.

Il ouvrit les yeux. Sur la céramique blanche, sous ses pieds, une résille d'électricité violette se déformait en grésillant. Malgré l'eau froide, Antoine souffrait. La porte de verre de la douche vira au blanc aveuglant puis au noir profond et Fulgor l'encapuchonné apparut dans sa robe rouge. Derrière la porte, Nani grattait comme une furieuse. En vain.

— Non, tu n'as pas rêvé, tu es bien un Enfant de l'Orage, petit homme.

De sa voix de contrebasse, Fulgor murmurait, son visage, noyé dans l'ombre de sa capuche, restait invisible.

— Voilà que ça recommence cette histoire stupide de Mythographe Maître des Orages. Allez pitié, casse-toi l'ectoplasme, tu n'existes pas, tu n'es qu'une invention de mon cerveau en surchauffe. D'ailleurs Mythographe, c'est une erreur de copiste, au mieux tu devais être Chorégraphe dans une troupe miteuse, à gagner ta pitance dans les pires bouges crasseux de ton époque ! Au 1er siècle, la danse ce n'était pas très au point et tes chorégraphies devaient être minimales, poursuivit Antoine en colère, tout en tressautant sur la céramique.

Fulgor ne bougeait pas d'un pixel, il restait là, immobile dans sa bure écarlate, palpitant comme un cœur de bœuf égorgé sur l'écran de verre. Un éclair violet traversa l'espace, la résille et la douleur disparurent.

— C'est bien Enfant de l'Orage, tu ne manques pas de sang petit néo, j'aime ça, répondit Fulgor de sa voix éraillée en riant doucement, d'un rire caverneux. Mais peu importe ce que je fus, je ne le suis plus. Il y a si longtemps — au sens où toi, microbe, tu comprends le temps — c'est-à-dire des siècles et des siècles que j'ai oublié mon bref passage au sein de l'espèce humaine. Depuis lors, je suis devenu le Maître des Orages. Sache-le une bonne fois pour toutes, je pourrais d'un seul geste te réduire en cendres à jamais. Cesse donc tes enfantillages, ta rébellion à deux sous, ne fais pas ton petit franchouillard gâté surprotégé et travaille à grandir, à devenir Frère puis Fils de l'Orage. Tu ne sembles pas mesurer la chance qui t'est offerte. Bientôt pour toi, jeunesse, vieillesse, passé, présent, avenir n'auront plus de sens. Dès que tu te sentiras prêt, mais seulement avec mon approbation, tu pourras quitter quand bon me semblera l'enfer de la vie humaine. Alors, tu verras…

Antoine reçut en plein plexus solaire les derniers mots de Fulgor, mais parvint néanmoins à répondre :

— Certes, certes, je verrais bien ce que tu prétends, mais en attendant, pour l'amour des félicités éternelles, ne voudrais-tu pas m'épargner en me libérant de cet insupportable Gontran qui se dit mon ancêtre, ce que je ne crois pas, il est si bête, je l'exècre ce crétin !

— Il est pourtant ce que tu étais en ce temps-là, et la réponse que tu viens de me faire laisse à penser que tu n'as pas beaucoup changé, vieux prétentieux !

Antoine, mouché par la répartie cinglante de Fulgor, décida de la boucler. Qu'il fiche le camp le « Maître » et fissa. Ce que Fulgor, bien sûr, lui répéta mot à mot.

— Tu ne retiens donc rien de ce que tu apprends de jour comme de nuit. Tu devrais avoir compris que pas la moindre de tes pensées ne m'échappe, pas plus qu'à Gontran. Crois-tu que ton cauchemar, ta fuite, les escaliers, les couloirs, les salles, les scènes auxquelles tu as assisté, la terreur que tu as vécue, que tout cela est gratuit, complètement dénué de sens ? Ce n'est que le début d'un très long apprentissage. Innocent que tu es !

À l'instant où Antoine, passablement excédé, poussait la porte de la douche, Nani engagea son museau et Fulgor disparut, mais Antoine eut le temps de l'entendre pester.

CHAPITRE 13

Antoine se séchait. Enroulée dans la vasque, la chatoune au regard de marée haute en mer du nord, l'énigmatique Nani, l'observait. Puis elle se leva, grimpa sur le rebord, pencha la tête vers le robinet en attendant que son bipède comprenne. Antoine s'exécuta, il ne savait ni ne pouvait résister aux demandes subtilement exprimées de sa petite féline.

L'eau coulait, un très fin filet comme elle aimait. Nani se tortillait dans tous les sens pour boire sans se mouiller. Les gouttelettes l'éclaboussaient, aspergeaient sa fourrure, elle se secouait pour échapper à l'eau. Antoine riait de bon cœur en silence — surtout ne pas la vexer — devant le spectacle et cela l'apaisait. Le bipède finissait sa toilette, la quatre pattes de velours était sortie de la salle de bains. Il s'apprêtait à quitter les lieux lui aussi quand son miroir flamboya, l'aveuglant à demi. Fulgor réapparut, le visage invisible sous sa capuche écarlate. Antoine ne lui laissa pas le temps de parler, il se carapata en claquant la porte. Dans le vestibule, étincelant dans la grande glace aux bords biseautés, Fulgor l'attendait. Sa bure rouge ondoyait sous l'effet de la colère, mais son visage restait dans l'ombre. Antoine le toisa sans faiblir et osa :

— Un problème avec les chats ?

— Non, pas avec les chats, avec « Ce » chat, hurla le Maître des Orages.

— D'ailleurs, ce n'est pas un chat, mais une entité autre dans la peau de cette saleté de félin. Je l'ai bien connue cette foutue garce ! Où as-tu trouvé cette bestiole ? Méfie-toi de cet animal, il causera ta perte.

Cette dernière réplique enchanta Antoine qui rit aux éclats.

— Nani, cette petite fourrure arrachée à la misère qui causera ma perte ? Cette minette qui fait fuir le grandissime Maître des Orages ? C'te bonne blague ! Le tout puissant démiurge effrayé par une ex-chatte de gouttière, c'est à pleurer de rire. Comment veux-tu que je te prenne au sérieux ? Va-t'en, libère-moi, oublie-moi, trouve-toi d'autres gogos qui croiront à tes tours de magie.

Alors le tonnerre éclata, la maison trembla du sol au plafond, un fin nuage de poussière recouvrit le sol d'un léger voile de plâtre. Sous le ciel noir d'encre, ça claquait de tous côtés, des éclairs blancs, bleus, rouges, violets, zébraient les cieux. Antoine à genoux, la tête entre les mains, s'attendait à ce que la maison s'écroule et que la ville entière s'effondre sur elle-même, avant que la planète implose en projetant dans l'espace des milliards de milliards de tonnes de roches, de débris et de vies pulvérisés. Le silence, maintenant, qui venait de succéder à l'apocalypse, le décontenança tout autant ; il se redressa et rouvrit les yeux. La maison était intacte, le carrelage blanc était net, propre, la lumière du soleil éclairait la pièce principale qui s'ouvrait devant lui, le ciel était d'azur. Nani, ondulant du sot-l'y-laisse, traversait la salle lentement, le miroir avait retrouvé son éclat, Fulgor et son cortège orageux s'étaient évanouis. La féline s'arrêta aux pieds d'Antoine, se coucha sur le sol. Elle respirait vite, ses flancs se soulevaient à mesure. Puis Nani braqua ses grands yeux d'estuaire limoneux sur les siens, Antoine lui répondit en clignant à plusieurs reprises. Rassurée, elle bâilla longuement, s'étira et s'assoupit en ronronnant. Penché sur la petite, Antoine caressait doucement son pelage tigré, elle respirait paisiblement maintenant et dormait profondément. Bien qu'il lui parlât à voix basse — toute une tirade d'amour — elle ne broncha pas. Antoine divaguait et questionnait la tigrette :

— Comment as-tu fait, ma Nani, pour chasser ce fou dangereux ? Pourquoi te craint-il autant ? Je ne comprends pas.

Il répéta cette phrase en boucle, encore et encore. La chatte sommeillait, il la caressait. À l'instant où il allait se relever, sans ouvrir les yeux elle lui lécha furtivement la main. Il la prit dans ses bras et l'installa sur le divan à son côté. Et s'endormit lui aussi, bercé par le son de la télévision.

La nuit régnait quand il se réveilla. Nani reposait toujours en zonzonnant imperceptiblement. Sur l'écran, face à lui, des images d'incendies terribles, gigantesques. En Australie, disait la voix off, des forêts d'eucalyptus s'embrasaient et avec elles des milliards d'animaux mouraient, menaçant de disparition des espèces endémiques. Des images de koalas brûlés, estropiés, que des civils et des pompiers courageux tentaient de sauver, et toujours cette voix off qui commentait l'horreur :

— Les températures extrêmes de l'été caniculaire déclenchent des orages de chaleur qui incendient les forêts australiennes…

Cette phrase finit de le réveiller. Les orages de chaleur, Fulgor et sa bande à l'ouvrage, ils sont partout, ils ont rallié à leur cause les volcans, ils se sont unis aux chaleurs estivales, que veulent-ils ? Détruire la vie ? Et m'entraîner avec eux dans leur folie destructrice ?

L'écran de la télé brasilla, Gontran apparut.

— Ah non, pas toi !

Pour toute réponse l'ectoplasme énervé, comme à son habitude, ricana sur un ton aigu, aigre, dans un grésillement qu'Antoine détestait :

— Haaahhhaaaaaha ! Coucou c'est moi. Il va falloir te calmer crétinos, si tu veux, un jour encore lointain, passer les étapes et devenir un Fils de l'Orage abouti, digne de travailler au sein de la confrérie.

— Mais je ne veux pas, je n'ai rien demandé, lâche-moi la grappe bordel de merde d'abruti de mes deux, brailla Antoine à bout de nerfs.

Nani tourna la tête, ouvrit les yeux un instant, avant de retourner à sa sieste. L'écran noircit, Gontran éclata en mille pixels, l'émission reprit son cours normal.

Épuisé par ces émotions successives, Antoine se réfugia sous sa couette. Nani, installée à ses pieds frémissait par instant en laissant échapper de petits gémissements aigus. Elle chasse sans doute en rêve, pensa Antoine qui ne trouvait pas le sommeil. Mais, le bipède anthropomorphe ne se doutait pas de ce qui se passait sous le crâne de sa féline.

Elle avait déjà vécu des milliers de vies, revêtu des milliers de formes et expérimenté bien des espèces vivantes. Arrivée à ce sommet, après avoir balayé la vie sous presque tous ses aspects, elle avait acquis le pouvoir, le seul qui compte, celui de choisir « sa peau » en toute liberté et connaissance de cause. Elle serait chatte, souffrirait un peu, connaîtrait quelques mauvais traitements, puis vivrait le reste de ses jours chez un bipède qu'elle choisirait elle-même. Alors, dites-moi donc les gens : comment Antoine, tout imaginatif qu'il était, aurait-il pu pressentir ce qui se passait sous les charmantes oreilles duveteuses de celle qu'il appelait abusivement « ma chatoune » ? Jamais il ne se douterait que c'était Nani et elle seule qui l'avait choisi, lui, l'humain, pour l'accompagner, le protéger, l'aider, voire le guider, autant qu'elle le pourrait ? Qu'elle était le maître et qu'il était l'élève !

Outre le pouvoir de choisir son incarnation, la conscience qui habitait le corps de la minette avait accès à loisir, quand elle le décidait, à toutes les expériences traversées au cours des siècles. Non, Nani n'extravaguait pas, non, elle ne coursait ni souris ni merle moqueur, Nani s'était plongée dans une très précise et très ancienne ressouvenance, celle de sa vie du 1er siècle, quand elle n'était qu'une très jeune fille, une presque enfant qui avait croisé le chemin de Fulgence, le Fulgence d'avant le Mythographe. Elle se prénommait

Thelchilde, vivait quelque part au nord de la Seine, était une jeune niaiseuse que Fulgence avait gentiment déflorée dans un bosquet sans même lui dire une douceur. Rien d'étonnant à cela en ces temps-là. Elle pensa ne jamais le revoir, et à peine eut-elle rabattu sa jupe qu'elle se força à l'oublier.

Quelques années plus tard, la jeune Thelchilde, devenue femme, se promenait le long des berges de la Seine. Devant elle à une dizaine de mètres, Childéric son mari et ses deux jeunes enfants jouaient à se poursuivre en riant très fort. Depuis quelque mois, ils avaient baptisé ce jeu nouveau, « jouer à chat ». Nani souriait dans son sommeil : « jouer à chat », quelle merveilleuse intuition ! L'après-midi radieux tirait à sa fin, le ciel d'azur disparaissait au fur et à mesure que de lourds nuages aux panses noires de cornemuses distendues se regroupaient au-dessus de leurs têtes. La lumière du jour, filtrée par l'épais tapis boursouflé, faiblit, tourna à l'orange électrique, Thelchilde frissonna, un bruit assourdissant déchira l'atmosphère. L'orage, un orage d'une rare violence, éclata. Un éclair rouge sang la traversa de la tête aux pieds. Thelchilde vacilla, mais ne s'effondra pas. Non loin d'elle maintenant, ses enfants, protégés par leur père, hurlaient, elle se tourna vers eux qui eurent du mal à la reconnaître. Les vêtements en lambeaux, les cheveux noirs hérissés et dressés sur la tête, les yeux hagards et injectés de sang, les iris couleur lapis, d'un bleu sombre, proche de l'encre des mers profondes. Thelchilde était méconnaissable. Le père et les deux petits s'attendaient à la voir tomber en cendres. Au lieu de quoi, elle leur sourit et les rassura de quelques mots tendres. Tous les quatre s'enlacèrent. Childéric et les enfants pleuraient de joie, comme dans un monde à l'envers Thelchilde les consola. L'orage redoubla de violence. Tous quatre coururent sous la pluie, à la recherche d'un abri, vers une grange toute proche. Thelchilde entra la première, les petits, poussés par leur père, la suivaient de peu quand un éclair violet, suivi à la seconde par un coup de tonnerre assourdissant, faucha Childéric sur le pas de la porte. Quand Thelchilde se pencha sur lui, un sang noir sourdait de son nez et de ses oreilles, dans ses yeux délavés brillait encore une étincelle de surprise. Il était mort sur le coup, la bouche grande ouverte, sans avoir eu le temps de pousser le moindre cri.

Thelchilde survécut en louant ses services. Au hasard des demandes, elle acceptait des ménages, gardait des enfants, faisait le commis de cuisine, surveillait vaches et chèvres. Rien ne la rebutait. Dans la masure en terre battue qu'elle habitait avec ses deux petits, ce n'était pas le luxe, juste le nécessaire pour dormir et manger quand il y avait de quoi. Les travaux ménagers, ceux de la terre, et la faim, la vieillirent prématurément ; à vingt-cinq ans elle en paraissait cinquante et avait perdu la moitié de ses chicots. Un matin, très tôt, pour le compte d'une fermière bien grasse, elle battait le linge au lavoir près de cette foutue maudite Seine qui, pensait-elle, avait fait son malheur. L'eau, limpide comme un miroir, lui renvoyait son image, une image triste à pleurer. Elle plongea ses mains dans l'eau claire et se rafraîchit le visage, l'onde frisa, son visage disparut. Étrangement l'eau se mit à bouillir, une épaisse vapeur s'éleva dans les airs, puis elle brilla d'une lumière éclatante, aveuglante. Quand elle rouvrit les yeux, le visage de Fulgence jeune flottait sur les eaux du lavoir. Il la regardait en souriant.

CHAPITRE 14

Antoine ne dormait pas. À ses pieds, Nani s'agitait en couinant. Étonné de la voir aussi nerveuse, Antoine se contorsionna et s'adossa à la tête de lit, la pleine lune éclairait la minette, la chambre était silencieuse. Il se leva. La rue brillait, déserte, silencieuse, inquiétante. En prenant mille précautions, il s'assit près de Nani et la caressa doucement du bout du doigt. La chatte soupira en pédalant des pattes arrière. Antoine eut de la peine à réprimer le fou rire qui le gagnait. Comme l'andouille d'humain transi d'amour qu'il était, il pensait que sa chérie continuait à chasser en rêve, coursait un mulot, sautait sur une merlette distraite, Antoine était, une fois encore, loin de se douter de ce qui agitait la petite Nani.

Thelchilde crut à une apparition diabolique, elle ferma les yeux et appela Dieu à la rescousse. Ainsi qu'il avait l'habitude de faire depuis les premières secondes de sa création supposée, car en vérité (sic) personne n'en a jamais rien su, Dieu ne se manifesta pas. Thelchilde, les yeux toujours clos et les paupières serrées autant qu'elle en avait la force, continuait d'implorer le seigneur auquel elle croyait autant sinon plus qu'à sa vie.

— Ne me reconnais-tu pas, enfin souviens-toi, tu m'as donné ta fleur au creux d'un bosquet. Tu n'étais alors qu'un tendron appétissant et je me suis empressé de te satisfaire.

Terrifiée, Thelchilde entendait cette étrange voix, et sa peur augmentait. Jamais elle n'oserait raconter ce qui lui arrivait, on la torturerait puis on la brûlerait en l'accusant de sorcellerie.

— Ouvre les yeux, voyons, n'aie pas peur bêtasse ! Tu n'as rien à craindre de moi. Bien au contraire, je t'ai choisie pour devenir une fille de l'Orage, la première du nom. Tu as reçu le baptême de l'éclair, il t'a transpercée et tu es restée vivante, alors que ton nigaud de mari est mort sur le coup. Étrange, non ? Foutre de moine bossu, ouvre donc les yeux. Regarde-moi, je suis Fulgence, ton déniaiseur !

Ce visage quelconque ne lui dit rien. C'était donc ce souffreteux qui l'avait culbutée ? Elle avait alors une douzaine d'années. Treize ans après cet épisode de sa jeune vie, qu'elle avait, sinon oublié, du moins qui ne l'avait pas croyait-elle marquée plus que ça, voilà qu'elle découvrait dans l'eau du lavoir un visage ingrat, des cheveux frisés plantés bas sur le front, des petits yeux de travers qui louchaient un peu, une peau grisâtre, une bouche en lame de rasoir aux lèvres absentes. Bref, le visage du jeune homme sans grâce qui l'avait forcée naguère la fixait intensément. Cette découverte ne lui fit ni chaud ni froid, le souvenir de ce coït de lapin lui revint à peine. Rien de plus. Un petit regret quand même, que celui qui l'avait violée fût si laid. Thelchilde se retourna vers cet homme dont le visage tremblait sur le miroir liquide du lavoir, mais elle ne vit personne. Elle était seule, agenouillée, le battoir à la main. Thelchilde hurla, le diable, c'était le diable !

— Calme-toi ma petite, je suis Fulgence, le Maître des Orages jusqu'à la fin des temps, et je t'offre de m'accompagner, car je te dois bien ça. C'est fait, tu n'y peux plus rien, la foudre t'a transformée. Oublie ta vie misérable, quitte-là quand tu le souhaiteras, tu es immortelle désormais. Tu m'appartiens nigaude !

La voix de celui dont le visage apparaissait maintenant sur le mur du lavoir la fit sursauter. Thelchilde se signait à toute allure en marmonnant à toute vitesse une purée de prières mécaniques. Pater et Ave allaient bon train, mais l'ectoplasme incrusté dans la pierre était toujours là, son regard noir ne la quittait pas.

— Va-t'en, fiche le camp, laisse-moi tranquille, je ne suis qu'une misérable pauvresse sans intérêt. Va-t'en plutôt chasser les jeunettes, les dames des châteaux. La vie ne m'a pas épargnée. Diable, écarte-toi de mon chemin ou alors tue-moi, qu'on en finisse.

— Allons, tu es devenue bien plus que toutes les reines et princesses du monde, désormais tu es Enfant de l'Orage, la première de ton sexe, c'est un honneur, et tu ne mesures pas le cadeau qui t'est fait.

Fulgence lui avait répondu d'une voix forte et puissante, le mur de pierres, chauffé aux fers, avait rougi et son visage était maintenant noyé dans l'ombre sous une capuche rouge informe. Thelchilde ne distinguait plus ses traits. La bouche grande ouverte, les yeux exorbités, terrorisée, elle ne priait plus, mais balbutiait sa terreur en bavant un peu.

— Aie pitié de moi grand Prince. Satan, je t'en supplie, je ferai tout ce que tu voudras, mais épargne mes petits. Ne te…

La foudre tonna, un éclair pourpre fit voler en éclats le lavoir, Thelchilde fut projetée dans l'eau. L'image tremblante de Fulgence n'avait pas disparu elle flottait maintenant dans l'air. Thelchilde se releva, elle était indemne, sa robe trempée dégoulinait. Sa peur avait disparu, une colère noire lui avait succédé.

— Je te hais sale diable, je te pisse dessus, toi qui m'as forcée voilà treize ans ! Tu es encore plus laid que dans mon souvenir, je n'avais alors pas même eu le temps de voir ton visage ingrat, et maintenant que je la découvre, ta sinistre face de rat porte-peste, la rage me gagne. Tu as gâché ma jeune vie. Enceinte tu m'as mise, du village on m'a chassée à coups de pierres. Si ce benêt de Childéric — puisse Dieu l'accueillir en son paradis — ne m'avait pas sortie de la forêt où je dépérissais, pour m'épouser moi et mon ventre rond, je serais morte !

— Trop tard, ce qui est fait ne peut être défait. Oublie ton passé de pauvresse, tu es maintenant à mon côté, tu es et sera la première et seule fille de l'Orage. Je te le dois. Tu seras ma reine. Ensemble nous ferons de grandes choses.

Et Fulgence de rire aux éclats. Le ciel noircit à nouveau, au point que le soleil s'éteignit. Dans cette obscurité qui régnait en plein jour, un orage monstrueux fulgura. La foudre tombait en rafales, les éclairs raturaient le ciel autour d'eux, le tonnerre infernal roulait, le bruit effrayant mit Thelchilde à genoux.

— Tu es à moi pauvre fille. Pour l'éternité. Je t'offre la puissance et toutes les vies que tu voudras vivre jusqu'à ce que tu te décides à me rejoindre. Prends ton temps, choisis ce que tu veux être, expérimente, peu m'importe. Tu finiras par comprendre et me rejoindre. D'ici là, j'initierai beaucoup d'autres Fils de l'Orage. Mais sache que je ne t'attendrai pas outre mesure. Je te donne cent vies, après cela, ou tu m'accompagneras ou je te détruirai à petit feu, et tu souffriras. La mort te sourira, te frôlera, mais ne te prendra jamais tout à fait.

Les forces de l'Orage sont en toi, pour toujours ! Sers-t'en, ou pas, au cours des siècles à venir, à ta guise.

Une dernière bordée d'éclairs s'abattit sur Thelchilde qui s'était relevée pour invectiver Fulgence. La foudre redoubla, la transperçant de tous côtés, la transformant en silhouette éblouissante qui se découpait sur le ciel de jais. Sous les chocs répétés, elle s'agita comme un pantin désarticulé. La mitraille semblait ne jamais devoir cesser. Thelchilde, malgré cela, un doigt pointé sur Fulgence, éructait, insultait l'apparition qui tremblait sur l'eau du lavoir.

— Vois comme l'orage te rend forte, pauvre idiote, il te charge et décuple tes énergies. N'oublie rien de ce que je t'ai dit, tu es fille de l'Orage, il te faudra bien l'accepter, mais rien ne presse.

L'orage se tut, le ciel retrouva son azur éclatant. Fulgence avait disparu. Thelchilde mourut à trente-cinq ans, la peste l'emporta en quelques jours. Elle n'avait jamais revu Fulgence, mais elle fit le vœu, s'il avait dit vrai, de revivre dans la peau d'un homme. Des hommes, elle en connut plus d'un, autant que d'incarnations féminines. De temps à autre, Fulgence, rebaptisé Fulgor le Maître des Orages, lui rendait visite. Thelchilde ne cédait pas et l'insultait copieusement. Une femme violée n'oublie jamais. L'ectoplasme avait beau insister, usant de tous les stratagèmes, faisant miroiter l'immortalité qui l'attendait, elle ne baissait jamais la garde. À chacune de leurs rencontres, Fulgor la bombardait de millions de volts, tentait de la convaincre, quel que fût le corps qui l'abritait.

À chaque nouvelle peau qu'elle revêtait, elle oubliait les affres de la précédente. Un seul souvenir lui restait collé à l'âme, comme un poison qui courrait à jamais dans ses veines : Fulgence sur son ventre, la forçant, sans un mot, avec une brutalité qui l'avait si profondément marquée qu'elle ne parvenait pas à l'oublier. Avec le temps, elle avait imaginé une riposte à laquelle elle ne dérogea jamais. Lorsque Fulgor se manifestait, elle ne l'écoutait pas et répétait en boucle sans faiblir une seconde :

— Crève, sale violeur, je te hais !

L'ectoplasme tentait à chaque fois de la convaincre, mais il ne parvenait pas à l'atteindre, elle n'entendait rien. Alors Fulgor tempêtait, hurlait, menaçait de la détruire, tout en sachant que cela lui était impossible, car la foudre l'avait rendue immortelle, et personne ne pourrait inverser le processus, pas même lui, le « Maître » ! De tous les Fils de l'Orage qu'il avait recrutés au cours des siècles, elle était la seule âme qu'il ne parvenait pas à dompter. Et plus elle se cabrait, plus elle lui était chère. De guerre lasse, il battait en retraite. Jusqu'au jour où il ne se manifesta presque plus. De vie en vie, elle traversa les siècles.

CHAPITRE 15

Le beau temps ne faiblissait pas. Depuis la fin du confinement, le bleu régnait en maître. Quelques gouttes de pluie, par-ci par-là, trop rares pour soulager la terre assoiffée. Trop heureux de sortir enfin le nez de leurs appartements étroits, les bipèdes s'émerveillèrent de tout et n'importe quoi. C'était l'été, le soleil, la mer, le farniente, ils appelaient ce trio de « valeurs » la vraie vie. Les réflexes, érodés par le confinement, reprenaient leur rythme de croisière, et les humains, consommateurs frénétiques comme fêtards à courte vue, en bons moutons de Panurge abrutis par près de soixante-dix ans de conditionnement, reproduisaient les mêmes comportements mécaniques d'avant le grand enfermement.

Antoine caressait doucement Nani. Elle dormait toujours d'un sommeil agité. Il ne comprenait ni ses mouvements sporadiques ni les petits cris inhabituels qu'elle poussait. À la réflexion, c'était sans doute plus inquiétant qu'amusant. Il eut peur de la perdre, elle était peut-être malade, et lui, ce bougre d'imbécile à deux pattes ne voyait rien. La petite chatte frissonna longuement avant de se réveiller. Elle lui jeta un regard de mer calme, un regard vert clair, brillant, et lui lécha la main.

— Ne t'inquiète pas, je suis là.

C'est ce qu'Antoine crut lire dans ses yeux.

— Non, mais, voilà que je prête à cette Nani des propos humains, je délire ! Ce Fulgor, avec cette foudre à répétition qui me chamboule la chair et les os, va finir par me faire perdre la boule !

L'été s'installa sans transition, un été torride, sec, étouffant, ponctué de périodes caniculaires. À la grande joie des hordes de vacanciers, qui, à défaut de lointains voyages, impossibles du fait de la pandémie, envahirent la France comme autant de gnous en troupeaux serrés. Qui aurait pu imaginer que la Creuse deviendrait une destination prisée du tourisme de masse ? Alpes, Pyrénées, Massif central, Jura connurent un afflux inhabituel de citadins en mal de fraîcheur. Même les campagnes, perdues au fin fond des départements jusqu'alors réputés sans attraits, souffrirent des joies du tourisme. Les Français découvraient leur pays. Impensable, une première ! Sur toutes les côtes de France, de Dunkerque à Menton, malgré les interdictions, les jauges et les messages de prudence, les fêtes privées remplacèrent les boites de nuit et les clubs à la mode.

Fulgor, Gontran, disparus ! Trois gouttes de pluie, guère plus, et pas un de ces orages qui ponctuent d'ordinaire les étés très chauds. Antoine, emporté par ses écritures, ne s'en plaignit pas. Un mauvais rêve sans doute confondu avec la réalité, et comme il s'égarait souvent dans ses intrigues, les mondes changeants de ses personnages, il ne s'en étonna pas. Cette étrange aventure, ces irréels Fils de l'Orage que seule sa petite chatte pouvait maîtriser, il trouverait bien moyen de s'en servir un jour prochain.

Thelchilde naquit-mourut maintes fois. Elle expérimenta les deux sexes, parfois le troisième, voire le quatrième et toutes les combinaisons possibles. C'est dire qu'elle accumula les expériences humaines, des plus nobles aux plus atroces, pour les oublier aussitôt que la camarde l'emportait pour la déposer ailleurs, au couvert d'un nouvel habit de chair tendre. Elle fut maintes fois sorcière et se tordit de douleur sous les flammes des buchers, elle vécut sous les traits d'un grand inquisiteur, matelot, elle découvrit l'Amérique sur la Santa-Maria, et traversa mille autres vies différentes au cours desquelles Fulgence, de loin en loin, tentait de l'influencer pour qu'elle rejoigne les Fils de l'Orage. Sans qu'elle le sache ou puisse se souvenir de quoi que ce soit, à l'exception du traumatisme originel, son âme s'était enrichie au cours des âges. Certes, elle ne se souvenait pas précisément du viol qu'elle avait subi sous les traits de Thelchilde, mais la simple apparition de Fulgence la mettait dans une rage terrible. Il en fut ainsi à chaque fois au cours des siècles. L'apparition avait beau la bombarder, ce qui ne faisait que la renforcer, elle l'insultait sans faiblir jusqu'à ce qu'il rompe et disparaisse.

Le 5 novembre 1709, Thelchilde/Thomas-François Dalibard vit le jour à Crannes-en-Champagne. Ce physicien, naturaliste de surcroit, s'intéressa très tôt à la présence d'électricité dans les nuages orageux. Six mois avant Benjamin Franklin, il dressa dans le jardin de sa maison de Marly la Ville (Val-d'Oise) une grande verge de fer pointue reliée à une bouteille de Leyde, inventant ainsi le premier paratonnerre. Il fut aussi le premier à répéter les expériences de Benjamin Franklin sur l'électricité atmosphérique et traduisit ses écrits. Dès lors, Thelchilde maîtrisa Fulgence devenu Fulgor. Un seul regard le faisait se dissoudre et disparaître.

Après tant de siècles et de vies passés, Thelchilde voulut tenter une dernière expérience, connaître une existence de chat auprès d'un bipède qu'elle choisirait et qu'elle protègerait des attaques possibles de Fulgor le nuisible. Et c'est ainsi qu'elle reparut dans le corps d'un chaton, au sein d'une portée de six frères et sœurs. Six petites vies fragiles qu'une grosse main fourra dans une boite à chaussures, laquelle atterrit, sous une pluie glaciale, dans une pâture en pleine campagne. Le carton se délita très vite et les petits chats succombèrent rapidement. Une petite bâtarde aux grands yeux de mer gelée, cachée sous les cinq autres cadavres, au soleil revenu, se traîna jusqu'au bord du fossé. Elle miaula à se déchirer la gorge.

Tous les après-midis, après sa sieste, Georgina promenait son vieux Youki autour de chez elle. Pas trop loin. Accablé par l'âge et les rhumatismes, le clabaud à la voix cassée lambinait péniblement, soupirait souvent, s'arrêtait tous les deux mètres en reniflant le bas-côté. Ce jour-là, Youki, à la grande surprise de Georgina, accéléra, descendit dans le fossé, s'accroupit et se mit à glapir comme le chiot qu'il n'était plus. À le voir frétiller sa courte queue, Georgina s'approcha : un chaton maigrelet léchait, en couinant d'une voix à peine audible, le museau de son Youki interloqué qui n'osait plus bouger. Force bols de pain mouillé de lait le requinquèrent en quelques jours. Youki l'avait adopté, jouait à la vieille mère de substitution et suivait patiemment le minuscule. Le soir, la chatounnette se collait, bien au chaud, entre les pattes du vieux chien et s'endormait très vite sous les grands coups de langue du clabaud énamouré.

Quelques mois plus tard, au début du printemps, Georgina ne se réveilla pas. Nul ne sait ce que Youki devint, mais la chatounnette, transportée par un voisin paterne, se retrouva dans une cage, perdue dans un refuge bruyant. Elle y survécut tant bien que mal, jusqu'au jour où une femme dont elle ne connut jamais le nom l'adopta. Las, les deux chats de la maison ne l'acceptèrent pas et la jeune chatte connut le martyre. La dame sans nom l'enfermait tout le jour dans un réduit sombre, froid et humide. Le soir elle la mettait dehors près de la place Beaulieu et la mistigrette errait toute la nuit en tâchant d'éviter les humains malfaisants, les chiens et chats errants. Elle n'avait pas loin de deux ans, quand Antoine, alerté par un de ses amis qui chaque soir nourrissait les félins du quartier accompagna celui-ci dans sa maraude et fut présenté à la minette cachée entre les roues d'une voiture parquée sur la place Beaulieu. Attendri, Antoine accepta d'adopter la pauvresse. C'est ainsi que Nani, ainsi baptisée, passa de l'enfer de la rue au nid douillet qu'Antoine et sa femme lui offrirent.

Il importe que vous sachiez une chose importante : Nani était une vraie chatte et non pas Thelchilde planquée sous une peau de minou. À chacun de ses recommencements, elle était celui (ou celle) dans la peau duquel elle se retrouvait, sans l'avoir toujours pu choisir, mais riche — inconsciemment bien sûr — de toutes les expériences qu'elle avait engrangées au cours des siècles. C'est cela, et cela seulement, qui expliquait l'aversion « instinctive » qu'elle éprouvait pour Fulgor en particulier, et pour les Fils de l'Orage en général. Seul Antoine échappait à ce rejet qui lui venait de la nuit des temps. C'est que ce pauvre Antoine n'était comme elle qu'une victime innocente de ce foutu ectoplasme vêtu d'écarlate, et surtout son bipède refusait, tout comme elle jadis, d'entrer dans cette stupide confrérie d'abrutis congénitaux. En cela, ils s'entendaient à merveille. Alors, à chaque apparition d'un de ces maudits électriciens du diable, Nani, la guerrière paratonnerre, poussait le bout de son nez et les cracheurs de volts s'enfuyaient aussitôt. C'est que la foudre est aux Fils de l'Orage, ce que l'éjaculation est au badaud moyen, et c'est pour cette raison qu'ils détestaient tant Nani, l'empêcheuse de bander en rond !

Antoine continuait à perdre la notion du temps, au sens où les humains l'entendent. Il se réveilla un matin, mit sous tension son PC après avoir déjeuné, l'esprit ailleurs, c'est-à-dire nulle part en particulier. Comme à l'habitude, il divaguait, présent et absent à la fois, subjugué par le flot continu d'images vides de sens, de pensées mortes qui l'assaillaient, pendant qu'il avalait mécaniquement des céréales dont il ne sentait même pas le goût. Un humain comme un autre, un matin, triste comme celui de la veille et celui du lendemain. Morose, Antoine était morose. Son écran s'illumina, il eut un coup au cœur, suivi d'un haut-le-cœur, quand il vit la date du jour s'afficher : jeudi 1er octobre 2040.

— Putain de bordel de merde ! Mais qu'est-ce qui m'arrive ? Je deviens dingue ou quoi !?

Il avait crié si fort, que Céleste sa femme qui accourait faillit tomber, alors que Nani, effrayée, venait de sauter du bureau et lui passait entre les jambes. Antoine prit un savon d'anthologie, mais se tut à la pensée que son explication ne serait pas comprise. Sa pauvre femme, qui se demandait ce qu'elle foutait encore avec cet homme devenu inquiétant et qu'elle ne comprenait plus, quitta le bureau en lui lançant un regard mi-courroucé, mi-navré. Nani, la queue basse, pointa le bout de son museau à l'embrasure de la porte. Il l'appela tristement, elle s'assit au pied du bureau en bâillant. À la vue de son palais rose, de ses dents d'ivoire étincelant et de sa langue retroussée, Antoine prit à nouveau conscience qu'une fois de plus il « anthropomorphisait » et prêtait à sa chatte des pensées, des peurs et des comportements humains. Bien assise sur son cul, la queue paisiblement enroulée autour de ses flancs, en position « Bastet au Louvre », elle le regardait de son œil d'outre monde.

Persuadé qu'il avait mal lu la date, il tourna la tête vers son écran, histoire de se rassurer. Un éclair blanc l'aveugla, il ferma les yeux et la voix désagréable de Gontran, « son autre », le fit sursauter.

— Crétinos, hahahaha, je t'ai bien eu ! En 2040 tu es mort depuis longtemps. Tu es dans les limbes sans le savoir, HAHAHAHAHA ! Tu es devenu un vrai Fils de l'Orage. Toi qui ne voulais rien entendre, tous les choix te sont possibles, maintenant que tu as atteint la maîtrise : te réincarner en concombre de mer, en néo-Trump, en migrant, en concierge, en disciple de Nicolas Hulot, en Black Block, en cafard ou en cloporte, si tu veux, comme tu veux, ou alors, me tenir compagnie et trouver par-ci par-là quelques bipèdes à initier ? Décide.

Nani, d'un coup de reins dont l'élégance resta gravée dans la mémoire d'Antoine (il en eut même le frisson dans l'instant, tant le geste était parfait, beau, d'une grâce totale qui l'émut au profond), Nani sauta sur le bureau en mraoulant. Gontran crachouilla, se désagrégea et disparut. À droite, en bas de l'écran, Antoine lut : jeudi 1er octobre 2020.

Dans un coin du garage, le parapluie abandonné, qui n'avait pas bougé depuis près d'une année, tomba sur le sol. Sans raison.

CHAPITRE 16

Les autorités, devant la remonté, lente, mais inexorable de la pandémie, décrétèrent un nouveau confinement à date du 30 octobre 2020. Antoine, dans la ligne droite du premier enfermement le baptisa « saison deux », et se remit à ses chroniques quotidiennes qu'il publiait chaque jour sur le réseau social caprin. Avec toujours le même immense succès. Douze lecteurs en moyenne. Cela le décevait bien sûr, son ego en souffrait, mais cela ne le découragea pas pour autant. Il tint les 29 jours, sans faiblir.

Cet exercice quotidien empêcha sa plume de rouiller. Bien au contraire, l'exercice qu'il s'imposait lui décrassait les neurones et le tenait éveillé, tout en lui graissant le porte-plume. Chaque matin, il commençait son billet par un poème, ce qui l'obligea à en lire et en relire plusieurs centaines, et à poétiser lui-même en secret dans son coin.

Antoine avait un goût naturel pour la musique des mots, pour les fracas étranges et toujours renouvelés qu'il inventait, en mélangeant au gré de ses vagabondages dans la jungle luxuriante de la langue, termes courants et vocable rares. D'ailleurs, il n'écrivait qu'en musique. Sans qu'il s'en aperçût, elle l'influençait subtilement, il cadençait en mots, les rythmes, les couleurs et les émotions qui le gagnaient. Selon qu'il écoutait — distraitement croyait-il — La 5ᵉ de Beethoven sous la baguette de Karajan, les concertos de Mozart sous les doigts virevoltants de Maria-Joao Pires, Horowitz égrenant comme une grenade mûre les délicates sonates de Scarlatti, Miles Davis cuivrant So What, Jarroussky enflammant le « Ombra mai fu » du « Serse » de Händel et bien d'autres délices encore, sa poésie galopait dans la plaine, gravissait les sommets, sautillait le long des torrents qui lui graissaient la gorge comme un chocolat fondant.

Mais tout cela n'était que fariboles humaines, les mots se moquent de ceux qui prétendent les dominer. En vérité (sic), les mots s'unissent à leur gré, la force qui les attire les uns vers les autres s'appelle l'amour. Et l'homme se rengorge, son ego se nourrit de l'illusion de son talent. D'ailleurs, en lisant certains textes, de ces textes qui souvent émeuvent aux larmes, le lecteur ne se doute pas que l'émotion qui lui monte à la gorge, si forte, si intense qu'elle déborde de ses yeux, n'est pas due au génie de l'auteur, mais au simple fait que l'écrivain a laissé faire, et sans en avoir une conscience claire, s'est contenté de coucher sur le papier les enlacements du langage. Le beau n'est pas œuvre humaine. Qu'on se le dise une bonne fois pour toutes !

Novembre 2020 le garda éveillé. Malgré le demi-confinement, jamais il ne sombra dans l'indolence molle. À force d'écrire chaque jour ses petites « confinettes » autour du virus, « celui » qu'il avait baptisé Marcel le Coro, Antoine avait fini — c'était toujours comme ça avec les personnages qu'il croyait inventer — par aimer Marcel. Petit à petit, il avait aussi créé une petite troupe d'animaux, très potes avec le Coro, qui vivaient dans le jardin de la maison. Il y avait là, batifolant sur la pelouse, Alain le pangolin, Valérie la chauve-souris, Edmond le hérisson, Nicolas le lama, Yvette la civette, Siméon le vison, Solange la mésange, Roro le moineau, tous gravitaient autour de Nani la maîtresse de maison. Une belle équipe de bestioles martyrisées qui, par la grâce de son imagination, s'étaient réfugiées derrière les murs de son enclos arboré. Extrait :

CONFINEMENT SAISON 2.
Jour 17
Dimanche 15 novembre 2020.

En ce deuxième dimanche
Après le deuxième
Confinement,
Bonnes gens,
Il pleut
Des hallebardes,
Alors,
Allons-nous-en
Voyager en poésie
Outre-Méditerranée.
Chut,
Hugh, j'ai dit,
C'est ainsi !

LE CINQUIÈME BAR.
« Au cinquième bar
Une chanson d'amour montait jusqu'à la peur
La lanterne rouge était le soleil permanent de la nuit
La pluie qui tombait des pupilles de la fenêtre
abandonnée
Était l'histoire du créateur du vin.
Et la musique du premier amour
L'échanson connaissait toute la sagesse
Le verre, les mollets de la neige étaient l'époque
Et le bar le monde entier
Dans un coin, un étranger riait jusqu'à la peur
C'était juste un décor
Une représentation
Il n'y avait rien de l'amour
Rien de la sagesse

Rien de l'homme
Rien du monde ».

Abdelkrim Tabbal, poète marocain.

Il y a des milliers
D'années,
Au commencement
Du commencement,
Dès son apparition
Sur terre,
Le chasseur-cueilleur
A très vite compris
— C'était vital en ces
Temps d'alors —
Que jamais
Il ne survivrait,
S'il ne s'unissait pas
À quelques-uns
De ses semblables,
Pour faire,
Non pas
Bande à part,
Mais bande ensemble.

D'autant qu'en
Ces époques reculées,
Ça procréait
Tous azimuts.

Pour avoir une infime
Chance de
Survivre,
Les mâles
Sautaient
Sur toutes
Les femelles
Qui passaient
À proximité
De leurs continuelles
Bandaisons.

Sans cette exubérance
Sexuelle,
— il fallait bien,
Au bas mot,
Cinquante saillies
Pour qu'un enfant
Ait une chance
D'atteindre
L'âge adulte —
Ni vous ni moi
Ne serions là !

Autrement dit,
Et très vite,
Les hommes
Ont inventé
L'union et
La solidarité.

Essaie donc
De zigouiller un
Mammouth
À toi
Tout seul !!!

La solidarité
Était, non pas
Une vertu,
Mais une nécessité
Vitale.
S'unir, s'entraider,
Se serrer les coudes,
Pour prospérer
Et ne pas disparaître.

Depuis lors,
Zyva ta race,
Ça a grave
Involué !

Cent vingt mille ans
Après Julien
Le Néanderthalien
Puis Prince le Sapiens,
L'ultime vertu
Autocentrée,
C'est le Selfie,
Moi avec moi

Et rien que moi
Et moi(ns) que rien.

Faudrait pas
Que le ciel nous
Tombe sur la tête,
Nous risquerions
De disparaître
Bien plus vite
Que nous sommes apparus.

C'est peut-être
Aussi,
Car ce n'est pas
Le seul,
Ce message-là
Que Marcel le Coro
Nous glisse,
À voix murmurée,
Dans le creux
De l'oreille.

Pendant ce temps-là,
Sur l'herbe verte
Du jardin,
Sous un soleil
À la Vermeer,
La petite bande
Des animaux,
Alain le Pangolin,

Valérie la chauve-souris
En équilibre
Sur son dos,
Edmond le hérisson,
Nicolas le lama,
Yvette la civette
Et Nani la chatoune,
Font joyeuse ronde.

Et moi qui les
Regarde
Derrière la fenêtre,
J'ai cru,
L'espace d'un instant,
Sous les larges feuilles
D'acanthes
Qui balancent
Mollement
Sous le vent léger,
Apercevoir
Les regards étonnés
De Julien le
Néanderthalien
Et de Vince le
Sapiens.

C'est dire qu'Antoine était pessimiste. Plus les fêtes approchaient, plus la pandémie reprenait du poil de la bête. Marcel le Coro, injustement féminisé et rebaptisé « la » Covid-19 par les hommes de pouvoir — à croire qu'ils détestent les femmes — croquait à nouveau les humains imprudents. Ce bon Marcel avait décidément le chic pour mettre en lumière l'extrême fragilité des sociétés humaines. Lui et ses semblables, comme une armée de David silencieux, étouffaient, faisaient trembler le système économique mondial jusqu'alors tout-puissant. Sur le passage des hordes virales invisibles, la précarité augmentait, la misère était proche de gagner les nations insolentes et leurs gouvernements dépassés par les cadrages débordements imprévisibles de Marcel et ses clones.

Antoine s'interrogeait, que se passait-il ? Le monde des humains triomphants allait-il s'écrouler, comme une termitière sous la patte d'un éléphant ? La troisième vague, de probable devenait certaine. Entre l'inimaginable pandémie et cette abracadabrante histoire, la survenue de Fulgor le Maître des Orages accompagné de Gontran, son second couteau qui prétendait être son ancêtre, Antoine se croyait transporté dans un roman d'anticipation, une de ces improbables dystopies, une mauvaise aventure imaginée par un esprit tordu.

CHAPITRE 17

Décembre 2020, le mois des fêtes. Ah les sacro-saintes fêtes, fêtes des goinfres plus que fêtes sacrées. C'est le temps des ripailles de Noël en famille, le temps des « bamboches » quasi obligatoires, organisées entre meutes d'amis assoiffés, avec pour point d'orgue les vœux, la vraie fausse fraternité d'après le 12e coup de minuit, au moment de la bascule dans l'année nouvelle qui sera — que dire d'autre — bonne, voire excellente, c'est du moins ce que les humains se souhaitent, mécaniquement — la sincérité n'a rien à voir là-dedans, avec, pas de raison de souhaiter mollo, la santé, le bonheur, etc.

Ah oui, les vacances aussi ! La neige, le ski, et à la nuit tombée, les grandes tablées autour de l'abominable raclette. Tous les cadres moyens sont dans les starting-blocks et grattent du sabot en attendant l'heure de la délivrance, l'heure du départ en troupeaux compacts vers les grands champs immaculés. Mais cette année, Marcel a mis le bazar dans cet immuable et triste ordonnancement des sociétés riches. Marcel poursuit son petit bonhomme de chemin viral, un chemin si buissonnier, et les scientifiques, attachés à ses basques comme autant de chiens hurleurs au cul d'un pauvre cerf, bâtissent à longueur de jour des hypothèses que le Marcel déjoue à chaque fois. Jusqu'à présent, rien n'y fait, c'est Marcel qui est à la baguette, c'est lui le boss !

Antoine attendait que ça se calme. Le gouvernement, dépassé il est vrai, gouvernait à la française, entre lenteur et complications administratives il avait à chaque fois deux ou trois trains de retard.

Tout novembre et presque tout décembre sans apparitions de Fulgor, sans éructations de Gontran, Antoine s'étonnait, s'inquiétait même. Que lui préparaient-ils ? Sa résistance les exaspérait sans doute. Il allait le payer cher. C'est ce qu'il soupçonnait. Et c'est au moment où il serait ailleurs, bien loin, perdu dans ses pensées, noyé dans son écriture qu'il se ferait déchirer par un éclair rouge sang, un éclair comme jamais la terre n'en avait connu, dans un assourdissant grondement qui résonnerait jusqu'aux confins de la galaxie. Oh, mais ça lui plairait de n'avoir pas le temps de sentir la mort le mordre. Oui, exploser en un milliardième de seconde, tomber en poussière sur la terre des origines, ne plus être sans pouvoir se souvenir de l'avoir jamais été, et d'une certaine façon faire la nique à la mort, disparaître sans qu'elle ait eu le temps de brandir sa putain de faux rouillée.

Alors, toute cette fin décembre, Antoine s'en remit à sa plume et fit courir « Les Filles » à perdre haleine. C'était vachement bon de pouvoir mentir, oui mentir, explorer les multiples vérités ignorées. Écrire, c'est renier la fausse réalité du moment, c'est ne plus être soi pour retrouver ses vérités enfouies, ses propres laideurs, écrire, c'est être lâche en chargeant en toute bonne conscience ses personnages des pires crimes, c'est se libérer de ses noirceurs enfouies tout au fond de l'intime, en leur donnant la parole, en les extrayant de la chair du papier. Écrire, ce n'est pas se libérer, c'est bien plus accepter de se regarder tel quel, dans les yeux, sans ciller, c'est voyager au bout de sa nuit. Écrire c'est revêtir les écailles du Diabolus ex-machina.

Antoine ferma les yeux, il les rouvrit et se retrouva mi-janvier 2021. Et ce qu'il vit le glaça : au-dehors, avec force et vigueur, Marcel le Coro reprenait le dessus et sautait allègrement de bipède en bipède. C'est que ce petit virus ne veut pas s'éteindre sans lutter, il lui faut trouver des cellules fraîches pour se répliquer. Marcel est autonome, il ne connaît pas l'amour, pas besoin de femelle pour se reproduire, Marcel est un geek qui pratique le copier-coller à grande échelle. Il est si pressé qu'il se trompe en recopiant son génome, mais ses erreurs font sa force.

Depuis une poignée de jours, quelques-uns de ses clones ratés gagnaient en célérité, renforçaient son pouvoir d'infection et sa résistance aux poudres de perlimpinpin. Un grand malin ce Marcel ! Avec ses fils consanguins, Archibald l'Anglais, Lefu le Sud-Africain, Thiago le Brésilien, Butch le Californien et d'autres avatars à venir, il galopait et la planète s'affolait. Antoine comprit que la fête était loin d'être finie. Ça recommençait à sentir le confinement, diablement. Les hôpitaux s'engorgeaient lentement, les lits se faisaient rares. Les deux dingos lui avaient bien affirmé qu'il était protégé, que Marcel lui foutrait la paix, il n'y croyait pas trop, la trouille lui chatouillait la nuque de plus en plus souvent.

Tant qu'à mourir, autant crever vivant. Antoine décida d'accepter ce que les Fils de l'Orage lui proposaient, ne plus leur résister et tenter l'aventure. Une chose le chiffonnait pourtant, convertir dix humains, les choisir et leur envoyer la foudre, leur balancer sur la tronche des millions de volts. Les « initier » disait l'autre braillard, comme il l'avait lui-même été un soir d'orage sur la place François 1er, ça l'inquiétait. Et même, ça lui foutait une grosse pétoche. Comment faire ? Et si ça ne marchait pas, si le pauvre bougre mourait calciné sur place ? Antoine n'avait pas vocation d'assassiner qui que ce soit. Et puis, encore faudrait-il que les deux ectoplasmes, Gontran et Fulgor, veuillent bien se repointer et lui expliquer la manœuvre !

Le 15 janvier 2021, Antoine se coucha tôt. Les dernières infos l'avaient achevé, la pandémie reprenait de plus belle, Marcel et ses enfants se répliquaient à toute berzingue. Au chaud sous sa couette, il rêvassait, sombrait dans cet engourdissement particulier qui précède le sommeil. Antoine avait beau mobiliser toute sa vigilance, jamais il n'avait réussi à vivre la mystérieuse microseconde du passage d'un état à l'autre. Tous les soirs, sans se décourager, il s'évertuait à vivre cet instant fugace, c'était pour lui comme une préparation à la mort. Antoine s'était juré d'être le premier homme à vivre sa mort. En attendant que Morphée fasse le job, il s'enfonçait doucement dans la ouate. Les pensées sans suite fusaient, s'entrechoquaient, si vives et fugaces qu'elles avaient à peine le temps de l'imprégner. Souvent il ressassait ce qu'il baptisait pompeusement dans le secret du silence noir de la nuit, ses « échecs littéraires », et la tristesse l'envahissait. Ainsi va la littérature, la madeleine s'est faite pâtisserie. Gallimard avait bien loupé Proust, alors lui n'avait bien sûr aucune chance ! Et de rire sans un bruit sous la couette ! Ce soir, le souvenir d'Émeric, disparu depuis quelques jours déjà, étouffé par ce bâtard de Charcot, comme tous les soirs ne le quittait pas. Antoine s'en voulait, il n'avait pas osé. Merde, il aurait dû céder aux injonctions de Gontran depuis longtemps. La dernière nuit, juste avant qu'Émeric ne parte, il lui aurait lâché la foudre sur le crâne, cent millions de volts et d'amour mêlés, et qui sait ce qu'il serait advenu ? Émeric aurait survécu, il en était maintenant certain, Charcot aurait explosé en vol, la camarde se serait retrouvée à poil comme une conne, la garce. Antoine la voyait de dos, bien nette, la salope de blême, son cul décharné, ses bras osseux, galopant entre les mondes, avec ses nichons vides qui lui battaient les flancs ! Émeric endormi n'aurait rien senti et se serait réveillé le lendemain le corps parcouru de frissons légers, il aurait bougé un doigt de la main droite, puis deux.

Le surlendemain, sa main gauche refermée s'ouvrait, peu à peu il retrouvait son souffle, un mois plus tard, il se redressait et balbutiait quelques mots maladroits. On lui enlevait cette saloperie de sonde gastrique, il déglutissait de mieux en mieux, le premier carré de chocolat craquait sous ses dents et l'envoyait au paradis des plaisirs revenus. Antoine pleurait en silence, les larmes coulaient et mouillaient son oreiller, il s'en voulait de n'avoir pas osé. Merde, au pire Émeric serait mort, ça n'aurait rien changé, de toute façon le lendemain après-midi son pote cessait de respirer, devant lui, sans qu'il ne puisse rien faire !

— La vie n'est que solitude, tout le reste n'est qu'artifices, illusions, masques et mensonges.

Cette phrase l'obsédait et ne le quittait plus. Chaque soir, elle le marquait au fer rouge. Antoine souffrait en secret.

— C'est au bord de l'endormissement que l'on rencontre son vrai moi, pensait-il.

— Mais dès le réveil, on l'oublie, ou plutôt, on le fuit !

Comme il le faisait chaque soir, Antoine chercha Nani de la main, une caresse lui ferait du bien. Il ne la trouva pas à sa place habituelle. C'était la première fois !

CHAPITRE 18

Disparue, introuvable ! Antoine fouilla la maison, explora toutes les cachettes. Rien, Nani semblait s'être volatilisée. Elle était bien là, la veille, assoupie sur l'accoudoir du sofa, il avait fermé les volets, vérifié que la maison était en sécurité, puis il l'avait frôlée du doigt.

— Allez, Nani, on y va, on va faire dodo.

Cela suffisait, il se préparait dans la salle de bain, se couchait et la chatte sautait à sa place, à côté de lui, sur sa serviette rouge fatiguée d'être brossée chaque matin. Hier soir, le cœur chagriné, il n'avait pas fait gaffe, elle ne l'avait pas suivi.

Pas faim ce matin. Où était donc passée sa petite Nani ? Antoine ne pensait qu'à ça. Ses tempes et ses dents cognaient, un mal de tête aussi brutal que soudain lui serrait les os. Machinalement il lança sa bécane.

Avant que Windows ne réagisse, son écran l'aveugla, une lumière blanche illumina son bureau plongé dans la nuit d'un petit matin d'hiver. Aussitôt, le rire grinçant de Gontran satura les hauts-parleurs de l'ordinateur, avant de rebondir un peu partout dans la maison.

— Alors crétinos, Petit-Enfant de l'Orage, mon autre, ça y est, tu t'es décidé, tu es des nôtres ? Ben, t'en as mis du temps. Je dis ça, mais j'ai bien aimé que tu résistes, que tu prennes le temps, c'est bon signe, t'as de la moelle, mais maintenant il va te falloir passer aux actes et nous initier dix bipèdes !

— Oui, ça je le sais, mais comment faire ? Comme ça, au hasard ? Comment déclenche-t-on la foudre, tu dois m'expliquer tout ça et d'autres choses encore, je suppose ?

— Bien sûr que oui ! Allez ne perdons pas de temps. Première leçon : pour déclencher la foudre, rien de plus simple, tu es déjà prêt à rugir, mais tu ne le sais pas. Souviens-toi, depuis le premier soir sur cette place, combien de fois t'es-tu fait roussir le poil ? Je sais, tu n'as pas compté, mais, sans que tu t'en aperçoives, chacun des éclairs qui t'a transpercé a accru tes capacités. Tu as reçu ce dont tu avais besoin pour désengorger tes facultés rouillées.

— Ah bon ? Il est vrai que je me sens très bien, que j'ai retrouvé une pêche du feu de Zeus. Mais dis-moi, comment faire pour balanstiquer la foudre sur un quidam, pour ne pas louper mon coup et le réduire en confetti ?

— Simple ! Tu prends le temps, tu l'observes bien. La première fois, tu fais gaffe, tu attends qu'il s'arrête, tu t'assures qu'il ne bouge pas pendant les quelques secondes dont tu auras besoin pour retenir ton souffle, les yeux fermés pour te concentrer. Puis, tu raccourcis tes abdominaux, plus tu contractes plus la foudre sera puissante. Au moment où tu serres les dents et les muscles, sous tes paupières closes, tu vois défiler les six couleurs spectrales de la lumière visible qui vont du violet au rouge profond, mais l'intensité de tes efforts musculaires peuvent en ajouter d'autre comme le jaune d'or et le noir sépulcral : jaune c'est quand tu es à moyenne puissance, noir total c'est quand tes muscles sont bandés à péter. Là, tu y es. Allez, essaie !

Docile, Antoine rentra la tête dans les épaules, ferma les yeux et se raidit progressivement. Sous ses paupières, les couleurs défilèrent à toute vitesse : blanc, violet, bleu vert, jaune, orange, rouge… jusqu'au noir absolu, les dents prêtes à se briser et les abdos au bord de la crampe.

— C'est pas mal pour une première, va falloir t'entraîner un moment, les couleurs doivent passer lentement, que tu aies le temps de choisir et de déclencher. Je serai avec toi les premiers temps, je contrôlerai ton travail, je verrai la même chose que toi, au même instant. C'est un processus précis qui ne souffre pas l'approximation. Si nécessaire, je te bloquerai avant que tu ne fasses une erreur. Le temps venu, tu passeras à l'action et tu pourras initier un bipède. À ton premier converti, tu passeras d'Enfant à Frère de l'Orage, après le dixième, et si tu es jugé apte, tu deviendras Fils de l'Orage, tu seras autonome et tu travailleras à ta guise. Mais sache que jamais Fulgor, le Maître, ne sera loin, il saura et verra tout tes actes. Au moindre écart grave, si tu enfreins les règles, il te détruira. Réfléchis à tout ça, exerce-toi, je reviens vers toi d'ici quelque temps.

— Attends Gontran, j'ai deux trois choses à te demander !

Mais déjà Gontran avait quitté l'écran, Antoine peina à remettre son ordinateur sous tension. Il débrancha, rebrancha, déconnecta, reconnecta sa box, plusieurs fois en vain. Puis, sans qu'il sache pourquoi, tout revint à la normale. Au même instant, Nani sauta sur son bureau, le regarda, cracha, lança un coup de patte rasoir qu'il évita de justesse.

— Ah te voilà toi ! Où étais-tu passée, je te cherche partout depuis ce matin ou hier soir, je ne sais plus.

Assise devant lui, la minette le fixait sans ciller de ses yeux couleur Marennes en eau claire. Puis elle cligna deux fois, lentement. Antoine fit de même. Elle s'approcha et frotta sa tête contre la sienne en piaulant d'une voix plaintive. Elle savait, Antoine s'en persuada quand la chatte le toucha. Elle lui lécha le bout du nez, malgré cela. Trois fois, avant de sauter d'un bond gracieux sur le parquet du bureau. Un violent éclair d'un bleu aveuglant attaqua la minette au moment où elle traversait le vestibule, un éclair silencieux qui s'arrêta au ras de ses oreilles, sans la toucher, puis l'entoura d'un halo bleu électrique avant de disparaître dans l'épaisseur du carrelage. Nani ne broncha pas d'un poil et continua paisiblement son chemin en tortillant élégamment du croupion, tête levée bien haute, queue pointée au plafond. Gontran poussa un cri de rage et d'impuissance que seul Antoine entendit.

Qu'allait-il se passer maintenant ? Antoine se posait beaucoup de questions auxquelles il ne parvenait pas à répondre. Gontran le tenait par le licol, il ne pouvait qu'attendre que celui-ci veuille bien se manifester à nouveau pour l'accompagner et guider ses premières foudres d'Enfant de l'Orage. Entraîne-toi lui avait-il dit, je reviendrai en temps utile. Et Antoine décida de s'entraîner. Dans le jardin, quand il serait seul chez lui.

Le soir de ce jour-là, il sommeillait devant la télé. À côté de lui, étendue de tout son long, Nani dormait. Elle ronflait comme un Farman F.222, ses pattes avant s'agitaient par moment. Entre quatre vrombissements, elle poussait de petits cris aigus inattendus. Elle devait avoir la boite à ronrons abimée, vestige de son passé tumultueux de rodeuse effrayée, jetée à la rue tous les soirs par tous les temps. Qu'avait-il bien pu se passer au cœur d'une sorgue sinistre, place Baulieu ou aux alentours ? Une bagarre entre grippeminauds énervés, une nuit particulièrement hormonée ? Va savoir Édouard ! Nul n'a jamais rien compris aux vies mystérieuses des chats des rues. Antoine avait échafaudé toutes sortes d'aventures félines, toute une série de rocamboles dont Nani aurait fait les frais un soir de pluie fine, alors que la petite se cachait, à l'abri sous une voiture. Il avait passé des heures fiévreuses à imaginer les pires scénarios, mais aucun ne l'avait convaincu. À l'écouter grincer comme une tôle rouillée sous le vent, il avait fini par se dire que ce genre d'abomination ne pouvait qu'être l'œuvre d'un de ces humains tordus, un de ces désaxés qui prennent un plaisir malsain à torturer les animaux. Quand les souffrances supposées de la petite martyre l'avaient bien mis en rage, il se voyait débouler sur la place et briser les jambes de cette ordure d'inhumain à grands coups de batte de base-ball.

Antoine éteignit la télé. C'était une nuit sans lune. Dans le jardin, l'air était calme et anormalement doux pour la saison, il sortit sur la terrasse et prit le temps de s'accoutumer au noir, puis il visa un point de la pelouse, ferma les yeux, se concentra jusqu'à ce que l'intérieur de ses paupières se tapisse de jaune d'or. Rien ne se passa, pas le moindre petit pet de foudre, pas même la lueur subreptice d'un éclair nain. Quand il rouvrit les yeux, il distingua dans la pénombre des nuées de minuscules lucioles vertes qui voletaient en tous sens. Marcel et ses clones. Par réflexe, il ferma la bouche. Dépité et un peu effrayé, Antoine rentra, et suivi de Nani, partit se réfugier sous sa couette-utérus. Sa chambre, elle aussi, était piquetée de petits points verts lumineux. Une voix éraillée lui parla.

— Ne crains rien Antoine mon pote, il ne t'arrivera rien.

Antoine ouvrit les yeux. Juste devant son nez, posé sur l'oreiller, Marcel le Coro le rassurait.

— Ne crains rien, crois-moi. Quant à mes frères, ceux que les humains, ces cons, ont baptisés « variant anglais, sud-africain, brésilien et tous les autres à venir… », ils savent aussi qui tu es. Et tu sais, il y en aura d'autres, des gentils et des méchants.

— Mais dis-moi Marcel, ça va durer longtemps cette pandémie ? Tu vas quand même finir par nous foutre la paix ?

— Mais, je ne sais pas ce que c'est que le « temps », et ça m'amuse de faire le tour de la terre. De toute façon, vous êtes trop nombreux, trop fats et trop imbus de vous-mêmes, vous les humains. La planète souffre, vous maltraitez celle qui vous nourrit généreusement, aucune espèce vivante ne trouve grâce à vos yeux cupides, vous êtes les pires nuisibles qui soient.

Alors tu vois, en éradiquer quelques milliards, c'est faire œuvre de « salubrité publique » comme vous dites. Quand mes clones et moi nous serons fatigués de vous bouffer les éponges, nous nous retirerons. Voilà !

— Bah, je ne trouve rien à redire, certes je ne le dirais pas à haute voix, mais je te comprends, et même je t'approuve. Dis donc, Marcel mon pote, autre chose, les Fils de l'Orage, ça te dit quelque chose ?

Le Coro clignota trois fois sur l'oreiller et disparut.

CHAPITRE 19

Ni Fulgor ni Gontran, à l'horizon de janvier 2021 languissant. Depuis la fin décembre et l'arrivée des premiers vaccins homologués, les pays se les disputaient à fleurets mal mouchetés. Sur les écrans, sur les ondes, sur les réseaux sociaux infestés par les victimes, en mal de sens caché, de la conspiration mondiale, on ne parlait plus que de ça, les infox pleuvaient, les esprits faibles tremblaient. Incapables de supporter le climat d'incertitude généralisée, ils gobaient tout et n'importe quoi.

Antoine écrivait chaque jour, ça coulait tout seul, « Les Filles » lui confiaient leurs aventures, il se contentait de les suivre. Un vrai bonheur.

Régulièrement, il furetait sur le Net à la recherche d'informations sur les orages. Plus d'un milliard d'éclairs sont répertoriés chaque année à travers la planète. Les orages sont partout, le 10 août dernier, la foudre était tombée plusieurs dizaines de fois à moins de 500 kilomètres du pôle Sud. Un phénomène rare, paraît-il ? Ça le laissait songeur. Fulgor et ses sbires devaient être nombreux. Et vraiment très affairés. Voilà sans doute pourquoi Gontran n'avait pas reparu.

Un éclair monstrueux le tarauda du sommet de la tête à la plante des pieds, puis disparut dans le sol. La déflagration fut si forte et douloureuse qu'il crût devenir sourd. Pourtant, Nani allongée près de son bras droit ne bougea pas d'un poil. Céleste sa femme, assise non loin dans la pièce attenante, ne leva pas la tête et continua tranquillement sa lecture. Incroyable ! Mieux, invraisemblable ! Antoine était bien sûr indemne, rien n'avait bougé, son écran était intact. Il relut sa dernière phrase, il n'y manquait pas un pixel. Antoine n'en revenait pas.

— Voilà que j'ai des hallucinations maintenant ! Putain de merde de chiasse d'ectoplasme de mes deux !

Antoine détestait la vulgarité de l'esprit et ses manifestations de toutes natures, mais se régalait à jurer comme un bon et ne s'en privait pas. Comme la plupart des gens confondaient grossièreté et vulgarité, les mortels n'appréciaient pas, surtout les plus vulgaires d'entre eux. Antoine se régalait et ne se privait pas d'en rajouter plusieurs couches. C'était pour lui une façon amusante de séparer le bon grain de l'ivraie.

Gontran se matérialisa face à lui sur le mur rouge framboise de son bureau, en recouvrant — coquetterie suprême — une œuvre de qualité à laquelle Antoine tenait beaucoup. Gontran s'y encastra parfaitement, son image vibrait au ras du cadre. C'était au sens littéral un tableau vivant. Cette impression lui mit le sourire aux lèvres.

— Je t'en ai remis une dose, tu avais la batterie un peu basse. Mais j'ai un peu loupé mon coup. J'ai dérapé, je cherchais le jaune moyen et je t'ai envoyé du rouge ardent. HAAAAHAAAHA ! Mais ça n'a pas eu l'air de t'émouvoir, tu n'as pas bronché, signe que tu progresses. N'importe quel autre bipède aurait explosé en vol. Pas toi.

— Mais comment se fait-il que ma femme ne se soit aperçue de rien, pas même du coup de tonnerre, alors que moi, j'en ai encore les oreilles qui sonnent ? Nani n'a pas bronché non plus !

— Suffit de changer de vibration petit frère, un chouia suffit. Tu es toujours visible dans le monde ordinaire des humains, tu ressens la foudre, tu entends le tonnerre, mais dans un espace vibratoire à peine différent. Les autres n'entendent ni ne voient rien. Et ça suffit. Pigé, mon petit frère ?

— Ben ? Oui, en théorie je comprends, en réalité ça marche aussi puisque je viens de le vivre, j'étais donc à cheval, ou à la fois, sur deux espaces-temps très proches l'un de l'autre ?

— Exactement ! HAAAAHAAAHA !

— Mais dis-moi Gontran, tu ne pourrais pas arrêter de ricaner comme un gros con ? Et m'expliquer comment déclencher la foudre. J'ai bien essayé, sans résultat. Un pet foireux rien de mieux. Rien, nothing, nada, que dalle !

— Je sais, je t'ai vu te vautrer dans ton jardin. T'inquiète, c'est normal. Je vais te faire bosser. Après ton pet de lapin, que s'est-il passé, qu'as-tu ressenti ?

— Rien de particulier, si ce n'est un mal de crâne qui s'est estompé au bout d'un quart d'heure.

— Je m'en doutais, tu as fait un rétro.

— ???

— Oui, tu as oublié de diriger la foudre. Il t'aurait fallu choisir la couleur — jaune en l'occurrence —, ça c'est l'intensité que tu souhaitais, tout en visualisant ta cible. Enfin, quand tes abdominaux se seraient retrouvés bien contractés, au dernier moment tu aurais dû crisper brutalement ton sphincter anal, et c'est cela qui aurait expulsé la foudre vers la cible. Et là fut ton erreur, tu n'as pas envoyé la foudre à l'extérieur de toi, tu as inversé la vapeur, d'où ton mal de tête ! Crétinos, HAAAAHAAAHA ! L'avantage, c'est que tu n'auras pas de mal à aller aux toileeeettes ce soiiiirrr !

— Mais c’est toi abruti de Gontran qui ne m’a pas clairement expliqué le déroulement des opérations. Tu ne m’as jamais parlé des sphincters !

— Hé, ho, calmos crétinos, tu n’apprendras qu’en affrontant les conséquences de tes erreurs. Le coup du mal de crâne, c’est très bon pour toi, tu n’oublieras plus jamais de serrer les fesses avant de balancer la purée ! HAAAAHAAAHA, bien fait pour toi bizuth !

Nani, queue battante et oreilles aplaties, bondit dans la pièce et fixa Gontran enchatonné dans le tableau. Dans un chuintement électrique, l’ectoplasme se volatilisa.

Antoine n’en croyait ni ses yeux ni ses oreilles, un vrai cauchemar cette histoire. Déclencher la foudre en crispant son trou de balle ! Quelque chose avait dû se passer à son insu, quelque chose qui l’avait projeté dans un autre monde, un monde semblable au sien à un détail près, un détail qui faisait toute la différence. Antoine hésitait entre mourir de rire et pleurer de rage. Pour se remettre la tête à l’endroit et le cœur au bonheur, il chercha La Folia de Vivaldi sur son PC et poussa le son à fond. Cette Folie-là qui lui vrillait les tympans, il l’aimait cette Folia qui lui susurrait que rigueur et égarement de l’entendement ne sont pas incompatibles, et qu’il suffit de peu de choses pour que survienne ce délicieux dérangement de l’esprit que personne ne remarque tant il est proche de la raison communément admise. Antoine prit alors conscience que c'était exactement ce qu'il vivait, tout était « normal », à une présence supplémentaire près, encore fallait-il faire partie des très rares êtres auxquels les fous se dévoilent. Et il était de ceux-là. Devant lui, les Fils de l'Orage avaient mis bas le masque.

Les deux pieds dans les deux mondes, deux mondes si proches qu'ils semblaient n'en faire qu'un. Seuls ceux que la foudre avait frappés et épargnés auraient pu comprendre ce qu'il venait de découvrir, mais il ne connaissait pas d'autres frappés que lui, sauf cette petite vie en peau de chat, la Nani bien sûr. La chatoune, assise sur son bureau, douce comme une chatte de Renoir, immobile dans son manteau tigré d'hiver, le regardait. Quelque chose en lui avait sans doute été modifié, la foudre avait rebattu les cartes, mélangé ses atomes, ajouté ou retranché des chromosomes, il ne savait pas vraiment, mais il se sentait autre, différent, modifié, subtilement, sans que cela se voie. Antoine fut surpris par les larmes qui perlèrent subitement au coin de ses yeux, avant de ruisseler à grands rus sur ses joues. Il n'était plus tout à fait lui-même, sans être tout à fait autre.

CHAPITRE 20

Antoine se réveilla en sursaut, chercha prudemment Nani du bout des doigts, c'est qu'elle n'aimait pas être surprise et le coup de griffe ne tardait pas, mais il ne la trouva pas. Les chats se moquent de la nuit, ils y voient parfaitement. Elle devait sans doute se balader dans la maison en se régalant de quelques croquettes au passage. C'était trois heures du matin.

Antoine se rendormit, rouvrit les yeux, très vite, lui sembla-t-il. Cinq heures ! Et toujours pas de Nani. Il se leva et se dirigea à tâtons vers les toilettes. La nuit, Antoine n'allumait jamais une lumière. Depuis son plus jeune âge, il se déplaçait à l'aveugle ; l'idée de se manger un chambranle ou un angle de meuble en plein dans le ventre, voire un bord de table basse dans les genoux, l'excitait. Il redoublait de prudence. Avec les années, il avait développé une vision nocturne supérieure à celle du bipède moyen. Lorsqu'il lui arrivait de dormir chez des amis, il visualisait et mémorisait les lieux sans même s'en rendre compte, et il pouvait déambuler de nuit aussi facilement que chez lui. En revanche, il n'avait aucun sens de l'orientation, au point de souvent s'égarer dans sa petite ville de Cognac.

Il chercha Nani sans la trouver. Étrange, ça l'inquiéta un peu. Malgré le froid cinglant — dehors, cette nuit du 10 février 2021, ça gelait allègrement — il explora tous les recoins du jardin et termina par le garage. Elle ne bougea pas quand il ouvrit la porte. Assise, la queue enroulée autour de la croupe, immobile, Nani contemplait le parapluie abandonné contre un mur depuis novembre 2019. Antoine l'avait presque oublié, ce foutu pépin. Ce soir-là, il l'avait déposé dans un piteux état en rentrant du salon des Littératures Européennes. Il s'approcha, Nani se frotta contre ses chevilles et se rassit. Antoine eut l'impression qu'elle l'attendait depuis des nuits.

Il éclaira le garage et empoigna prudemment le parapluie qui lui parut tout neuf ! La toile avait retrouvé sa couleur noire d'origine, les baleines étaient intactes, et chose étrange, il était parfaitement enroulé. Antoine l'examina de plus près. La poignée de bois dont il se souvenait du vernis usé était neuve. Pourtant la foudre l’avait bien déglingué ce soir-là, et depuis novembre personne n’y avait touché !

Paumé l’Antoine. Où suis-je, se demandait-il ? Dans son garage, en pleine nuit. Indubitablement. Sa voiture dormait là, intacte. Autour d’Antoine, rien ne semblait avoir changé, tout était comme à l’habitude. Cinq heures quinze du matin, et Nani, le regard fixé sur ce putain de pépin, celui de l’orage, ça il en était certain, mais qui semblait comme remis à neuf, juste échappé d’un magasin de pébrocs. Même l’étiquette ! Non, pas possible, un petit morceau de carton frappé du sceau du marchand, accroché à la poignée du riflard, balançait sous le vent léger qui venait du jardin par la porte ouverte. Vingt-trois euros cinquante, y’avait même le prix ! Antoine jura de bon cœur, abondamment. La tête lui tournait, il s’assit à côté d’elle, elle ne broncha pas.

Son hypothèse hasardeuse se confirmait, il se trouvait, sans l’avoir décidé, dans un autre espace-temps, tout proche du monde réel, balloté de l’un à l’autre sans pouvoir rien contrôler. C’était à la fois exaltant et terrifiant. La foudre avait dû modifier son propre champ vibratoire, lui permettant ainsi d’accéder au plan immédiatement supérieur ou inférieur ? Certes, il n’était pas certain de ça, pourtant, confusément, ou plutôt intuitivement, il en était persuadé et se sentait à cet instant précis, ailleurs et autre. À peine, mais autre.

Antoine se releva, regagna la cuisine, Nani lui emboita le pas, comme si de rien n'était. Toujours aussi paisiblement, elle retourna à ses croquettes en froufroutant comme un diesel au ralenti. Antoine but un grand verre d'eau, subitement il avait grand-soif. Puis il retourna se coucher. Après avoir gigoté un bon quart d'heure, inquiet et énervé, le sommeil ne venant pas, il se releva. Dans le garage, le parapluie n'avait pas bougé, mais il avait retrouvé son exacte et triste allure d'après l'orage, sa toile défraîchie, roussie par endroit, pendait, et sa poignée dévernie et tordue faisait la gueule.

Comment communiquer avec un chat ? Impossible dans ce monde compartimenté, ce monde qui sépare les espèces plus qu'il ne les unit, ce monde qui voit les uns martyriser les autres. Antoine était persuadé que Nani aurait pu lui expliquer quelques-uns de ces mystères. Pourquoi avait-elle ce pouvoir sur les Fils de l'Orage, pourquoi la craignaient-ils au point de se carapater dès qu'elle apparaissait ? Et ce ronronnement étrange, rauque, rouillé qui ne ressemblait pas aux miaulements d'un chat, d'où lui venait-il ? Antoine avait beau se creuser les méninges, il ne voyait pas d'explication rationnelle possible. Pourtant, cette chatte comprenait tout, était là à chaque fois au bon moment, s'évaporait sans crier gare, toutes portes closes. Et le plus intrigant, c'est que ni Gontran ni même Fulgor ne pouvaient rien contre elle ! Plus surprenant encore, elle naviguait aisément entre les mondes. Nom de Zeus, comment cela se pouvait-il ?

À moins de tomber dans l'irrationnel, de croire en je ne sais trop quelle réincarnation ? Non, non, pas la réincarnation, plutôt la métempsychose hindoue ou la métensomatose des Grecs anciens, qui l'une, professe la migration des âmes d'une vie à la suivante, animale ou humaine, et vice-versa, et l'autre, la transmigration de quelques éléments psychiques d'un corps vers le prochain. Encore faudrait-il qu'Antoine consentit à s'ouvrir à ce qu'il considérait comme de pures élucubrations métaphysico-mystiques.

Antoine rumina le reste de la nuit. Le lendemain matin, après bien des hésitations, il se décida et partit en chasse. Sans but précis, au hasard des rues, il sillonna la ville, attendant que l'envie le prenne de mettre en œuvre les conseils de Gontran. Alors qu'il descendait l'avenue Victor Hugo vers le centre-ville, il tourna au feu sur sa gauche vers le boulevard de Paris et aperçut immédiatement à droite, adossé au mur blanc de la clinique vétérinaire, un jeune couple enlacé. Antoine se gara sur la gauche, à contresens. Il ne distinguait pas leurs visages, tant ils étaient collés l'un à l'autre. Le garçon, cheveux longs graisseux, vêtu d'un jogging noir à capuche, dévorait comme un mort d'amour le museau d'une petite, cambrée à se casser les reins sous sa doudoune blanche. Antoine les observa un moment. Sans doute deux pauvres mômes, deux paumés. Déposés à leurs pieds, il distingua deux sacs à dos crasseux auxquels étaient accrochés deux duvets enroulés serrés.

— J'y vais, j'y vais pas ?

Antoine hésitait, il avait chaud, il crevait de trouille et son cœur battait à grands coups, si fort qu'il le sentait rebondir contre ses côtes. Il ferma les yeux un instant, puis contracta ses abdominaux en s'efforçant de ne pas serrer les mâchoires. Sous ses paupières translucides, la lumière grise de cette matinée d'hiver filtrait à peine. Quand il se raidit, comme agitées par les battements d'un éventail invisible, les couleurs défilèrent à toute vitesse. Il avait beau mobiliser toutes ses forces mentales, il ne parvenait pas à stopper le carrousel fou qui tournait sur l'écran fragile derrière ses cils. Une crampe le saisit au bas ventre, il se relâcha, la douleur reflua, le ballet des couleurs ralentit d'autant. Antoine se calma, serra, desserra sa ceinture abdominale jusqu'à ressentir le point précis qui lui permettait d'arrêter à sa guise l'une ou l'autre teinte du riche nuancier dont il disposait. Un beau jaune d'or s'afficha un instant, passa au rouge, revint, la cadence s'accéléra, ralentit, repartit à toute blinde. Antoine en avait oublié de respirer, il suffoqua et rouvrit les yeux. À quelques mètres de lui, les deux égarés n'avaient pas faibli. Deux pauvres gosses. Et s'il loupait son coup ? Antoine frémit, se raisonna, le ciel était noir, une pluie fine commençait à graisser le bitume ; il respira profondément jusqu'à ce que le calme revienne. Ses yeux se fermèrent au ralenti, il se tassa lentement, les fibres de sa ceinture abdominale, un peu surprises de n'avoir pas à risquer la contracture, apprécièrent les ordres progressifs qu'elles recevaient cette fois-ci. Quand un bouquet de boutons d'or tapissa l'intérieur de ses paupières, Antoine enregistra inconsciemment le rythme de sa respiration. Plusieurs fois, il recommença la manœuvre. Parfait, il maîtrisait maintenant les diverses tensions de son corps. Pas facile de détendre ses muscles faciaux tandis qu'il serrait lentement le bide ! Les deux lascars, tout à leur dévoration, lui facilitaient bien la tâche. D'un geste brutal, il mobilisa son sphincter anal externe, si violemment qu'il en frissonna de plaisir. Ce fut comme un orgasme fugace.

Dans les rues alentour, les gens s'arrêtèrent, inquiets et surpris par la déflagration qui venait de les assourdir. Un éclair jaune, comme échappé de l'enfer, venait de surgir des cieux, zigzagant et s'épaississant, tandis qu'un coup de tonnerre déflagrait. Le sol trembla. Les deux mômes blanchirent sous le choc, la capuche noire du garçon retomba. La fille roula des yeux qui n'en revenaient pas, puis elle s'écroula lentement en tournant sur elle-même. Dans le dos du gars, la tête de mort qui ricanait sur son sweater fumait et ne souriait plus ; sa tronche rouge brique, ses yeux veinés de sang et ses cheveux en pétard dégraissés par la foudre rappelèrent à

Antoine sa propre gueule illuminée du mois de novembre. C'était bon pour lui comme pour Antoine, ils avaient tous deux réussi leur exam sans le savoir. Après l'exaltation, plus que ça même, après l'orgasme atomique qui l'avait envahi jusqu'au cœur des os, Antoine, fort heureusement assis dans sa voiture, s'affaissa sur lui-même. Sur le trottoir d'en face, tétanisé, le grand gars regardait la petite, étendue sur le bitume. Une ambulance déboula et les embarqua tous les deux. Antoine, la cuisse molle, s'extirpa de sa voiture, personne ne lui prêta attention. Les badauds refluèrent.

Bon sang, pourvu que la môme s'en sorte, Antoine n'osait même plus démarrer sa voiture, il avait l'impression que toute la ville savait et le dévisageait. Ils n'allaient pas tarder à le lyncher. Mais non, la rue s'était très vite vidée, le train-train avait repris. Un rayon de soleil cru creva le ciel noir. Antoine leva les yeux. Dans la trouée bleue, Gontran, hilare, le regardait.

CHAPITRE 21

Denya, d'Orange Blossom, résonnait dans la maison.

De bon matin, après une nuit blême. Batterie lourde, darbouka, cuivres surchauffés, voix entêtantes, consonnes râpeuses et voyelles sensuelles, violons suraigus et rythme syncopé, un cocktail sonore mixé à la sauce électronique dont la puissance envoutante protégeait Antoine des miasmes lourds des cauchemars, qui, refusant de le quitter, lui collaient à l'âme comme les tentacules visqueux d'une pieuvre obstinée. La dernière envolée d'un Ney, une pluie de notes cristallines, acheva de le libérer.

Il fallait qu'il sache, vite ! En page régionale de la Charente Libre, il connut enfin l'épilogue de son aventure de la veille. La petite, qui s'était écroulée d'un bloc sous la foudre qu'il avait crue assassine, était toujours en observation à l'hôpital, mais elle était SAUVE ! Elle avait tout oublié, disait l'article, une amnésie souvent constatée dans ce genre d'accident. Une parfaite inconnue, une môme de dix-sept ans, sans papiers, une fugueuse certainement, aux souvenirs évaporés. Elle se remémorait son âge et son prénom : Saphir. Rien de plus. Le garçon se portait comme un charme. Passé l'énervement, il avait disparu sans un mot. Alertée, la police l'avait recherché, sans plus insister. Une miraculée, cette Saphir, elle avait frôlé la mort, mais son cœur avait résisté. C'est à cela qu'Antoine pensait, en lisant et relisant l'article du journal sur son PC.

Retrouver cette Saphir, s'assurer qu'elle était bien indemne, il ne pensait qu'à ça. Après avoir réfléchi un moment, il décida d'aller rôder du côté de l'hôpital. Il démarra en trombe, regagna l'avenue d'Angoulême et fonça tout droit. À fond les manettes. Rien ne pouvait lui arriver, il le sentait, sans trop savoir pourquoi, mais il en était certain. Étrangement, alors qu'il était près de midi, la circulation était fluide, il ne croisa que quelques rares véhicules et les trottoirs étaient quasi dépeuplés. « Bizarre, vous avez dit bizarre ? », cette célèbre citation de « Drôle de drame » lui traversa l'esprit, le visage soupçonneux de Jouvet se matérialisa une milliseconde sur son pare-brise. « Bon sang, mais c'est bien sûr ! », il roulait dans le monde d'à côté, ce ne pouvait être que ça.

— Foutre de moi ! se dit Antoine, mes perceptions, insensiblement, s'affinent, à chaque instant je sais où je suis, je ne confonds plus le monde dit « réel » avec cet espace parallèle, tout proche, que seule une infime variation vibratoire différencie.

Les vibrations de la terre sont très basses, de l'ordre de 8 Hz, c'est du moins ce qu'Antoine avait retenu des articles scientifiques complexes, des lectures ardues dont il ne comprenait que quelques bribes, tant il était ignare dans ces domaines. Mais, peu importait ce qu'il en avait compris, il avait la certitude que la Terre, l'une des plus denses expressions connues de la matière, vibrait bas, et que plus les vibrations étaient hautes, plus la matière gagnait en subtilité. Mais l'homme ne supporte pas les hautes vibrations, et n'a donc pas accès à ces états subtils, alors que lui en était capable depuis qu'il avait été plusieurs fois soumis aux 100 000 000 de volts de la foudre. C'est du moins ce qu'il avait déduit de ses recherches.

Et basta ! Cette explication succincte lui suffisait amplement. Il n'habitait plus le monde de la spéculation, non, il vivait à son gré dans l'un des siens qui n'était plus l'ancien. Et, tandis qu'il passait comme un fou le rond-point, entre la boulangerie Victor 1er et le supermarché

Auchan, Antoine, et rien ne l'en aurait fait démordre, était persuadé qu'il ne risquait absolument rien ! Il approchait de l'hôpital quand sa vision se modifia, le monde devenait plus net et la circulation reprenait son rythme habituel, les gens étaient plus nombreux et les parkings alentour étaient bondés. Antoine venait de redescendre (?) dans le réel ordinaire.

Parqué devant l'hôpital, bien à l'abri des véhicules qui l'entouraient, Antoine observait les abords de l'établissement. Rassuré, tout semblait normal, il s'approcha des portes coulissantes. Ce qu'il vit à l'intérieur le dissuada : un vigile filtrait les entrées et vérifiait les rendez-vous. Impossible, pandémie oblige, de passer entre les mailles du filet protecteur. Déçu et contrarié, Antoine regagna sa voiture.

Avec un peu de patience, une infirmière finirait bien par sortir du bâtiment. Au bout d'un gros quart d'heure, une jeune femme s'approcha d'une voiture proche de la sienne. Sous son manteau déboutonné, Antoine reconnut l'uniforme. Pendant qu'elle fouillait dans un énorme sac à la recherche de ses clés, Antoine s'approcha, se mit à tanguer, heurta la voiture de l'infirmière et se laissa glisser sur le sol humide.

— Monsieur, monsieur ! Ne bougez pas, j'appelle du secours !

— Non, non, mademoiselle ! Ce n'est qu'un simple léger malaise vagal. C'est fini, je respire, je vais mieux, ne vous inquiétez pas. Rentrez chez vous. Avec tout ce qu'il se passe, vous avez bien besoin de repos.

La jeune femme, une petite boulotte au regard doux, s'agenouilla pourtant près de lui, mais Antoine s'était déjà redressé en riant. Il était assez fier de son stratagème, elle avait marché, le contact était établi, il pouvait maintenant l'interroger en douceur.

— Dites-moi mademoiselle, vous travaillez à l'hôpital ? Infirmière ?

— Non monsieur, pas tout à fait, je suis aide-soignante.

— Ah ! Alors j'ai eu de la chance que ce soit vous qui soyez là. Vous avez l'air un peu fatiguée, mais je comprends ça. Avec cette pandémie !

— Oui, bien sûr monsieur. Merci beaucoup.

La jeune femme, au teint pâlichon et aux yeux cernés, lui sourit timidement, elle semblait avoir apprécié la gentillesse et la sollicitude d'Antoine. Celui-ci en profita pour lui poser la question qui l'avait amené jusqu'au parking de l'hôpital.

— Au fait cette jeune fille, vous savez, celle qui a reçu la foudre ce matin, j'espère qu'elle n'a rien de grave. C'est fou cette malchance, quand même !

— Oui, oui, elle est dans mon service, pas de blessure ni de dégâts internes, mais elle fait une amnésie post-traumatique, elle ne se souvient de rien, même pas de son nom ni d'où elle vient. Je l'ai vue ce matin, elle reste en observation au premier étage pour le moment. La pauvre petite, toute fragile, toute perdue, elle est touchante.

Antoine remercia la jeune femme et fit mine de démarrer en attendant qu'elle s'en aille. Une fois seul, il déboucla sa ceinture et soupira machinalement en fermant un instant les yeux. En les rouvrant, il fut stupéfait de voir le parking presque vidé de ses véhicules et les abords de l'hôpital — une vraie ruche quelques secondes auparavant — pratiquement déserts ! Ce qui ne l'étonna pas, il sut de suite qu'il venait, par la magie d'une toute petite modification vibratoire, de changer de monde. Était-ce lui qui l'avait incidemment provoqué ? Antoine en était persuadé, mais il se demandait comment il avait procédé, sans même l'avoir consciemment voulu, pour passer en une seconde d'un monde à l'autre. Il avait fermé les yeux et soupiré profondément, en tout pas plus de deux secondes. Et s'il faisait l'inverse, en inspirant cette fois deux secondes, retrouverait-il le monde des autres ? Oui, ça marchait ! Quand il souleva lentement les paupières, le parking était bourré et ça courait dans tous les sens !

— Je progresse, putain je progresse !

Antoine, sans pouvoir s'arrêter, se mit à rire comme un enfant qui vient de lâcher le guidon de son vélo pour la première fois. Il s'amusa comme un fou en passant à toute vitesse d'un monde à l'autre, puis s'arrêta à nouveau dans le monde du parcage au deux tiers vide.

Pas une âme qui vive dans le hall de l'hôpital, une seule blouse blanche, à l'abri derrière les guichets vides de l'accueil, bricolait sur un ordinateur en lui tournant le dos. Mieux, le vigile de l'entrée le regarda sans le voir ! Au premier étage, le calme complet, il croisa une seule infirmière qui ne lui accorda pas un regard. Top de chez top, hurla Antoine, c'est moi le patron ! Au fond d'un couloir, sur la droite, une chambre, un prénom, Saphir, suivi de trois points de suspension et d'un point d'interrogation.

Elle était là, la rescapée, juste derrière cette porte. Antoine frappa timidement. Pas de réponse. Que faire ? Oser ? Entrer ? Il hésita, fit un pas un arrière, allait lâcher l'affaire quand sa main lui échappa et ouvrit doucement. Une petite maigrelette vêtue d'une chemise d'hôpital, assise dans un fauteuil, le regarda d'un air étrange, un regard de chat, un de ces regard qui voient autre chose que ce qu'ils regardent. Deux pupilles grandes ouvertes entourées d'une paire d'iris vert bronze intense, piquetés de taches dorées, deux grands yeux apparemment dénués d'affect, deux lacs ternes qui ne bronchèrent pas, ne clignèrent même pas quand Antoine osa un timide bonjour. De longs cheveux bruns, fins et raides, tombaient tout droit de chaque côté du visage étroit de la jeune femme, un petit visage aux joues creusées, au nez fin, aux lèvres rouges et charnues qui choquèrent Antoine. De la chemise, trop grande pour elle, sortaient deux bras osseux. Sous le tissu de la blouse, les clavicules saillantes accentuaient la maigreur de la fille. Devant elle, totalement inexpressive, Antoine, les bras ballants, eut honte. De quel droit était-il là ! Il rougit. Elle ne réagissait toujours pas.

CHAPITRE 22

— Bonjour, mademoiselle, je me trouvais près de l'endroit où la foudre vous a frappée. J'ai tout vu de la scène, ça m'a fait quelque chose et je me suis inquiété, c'est pourquoi je me suis permis de passer prendre de vos nouvelles.

Silence, un silence lourd. Antoine eut l'impression qu'elle ne l'avait pas entendu. Il répéta. Sans plus de succès.

Mais ! C'est qu'elle ne me voit même pas, pensa Antoine devant l'apathie de la jeune femme ! L'esprit encalminé par les forces entropiques des habitudes, Antoine paniquait. Que se passait-il, le cerveau brûlé par les volts reçus, cette petite était-elle perdue pour la vie, était-elle réduite à l'état de poireau ?

— Bonjour Saphir, comment allez-vous ce midi ?

Aussitôt, la jeune fille répondit par un sourire. Une infirmière venait d'entrer dans la chambre. Elle se dirigea vers le fauteuil en passant devant Antoine sans paraître le remarquer. À voix forte, sans que l'une ou l'autre se retourne vers lui, Antoine, qui venait de comprendre, se traita de tous les noms. C'était pourtant d'une évidence à lui crever les yeux. Saphir et l'infirmière se trouvaient dans le monde juste à côté du sien, comme l'hôpital tout entier, la ville, etc. Le monde « normal », avec ses artères bourrées de bagnoles et ses trottoirs saturés de piétons. À la décharge d'Antoine, à première vue c'était à n'y plus rien comprendre. Puis il se souvint de son expérience sur le parking, alors il soupira profondément pendant deux secondes en fermant les yeux. Quand il entrebâilla prudemment ses paupières, déformées par ses cils humides, il s'aperçut que les deux jeunes femmes le regardaient d'un air apeuré.

— Bonjour. J'allais vous saluer, je suis entré juste derrière vous, mademoiselle l'infirmière. De ce fait, la jeune fille ne m'a pas vu, elle n'a pas pu, vous me masquiez. Puis j'ai fait deux pas sur la droite, et là, vous m'avez découvert toutes les deux en même temps. Je vous présente toutes mes excuses, je ne voulais surtout pas vous effrayer.

Hélène, son nom était épinglé sur sa blouse bleue, souffla un grand coup.

— Ouf, j'ai eu très peur monsieur, et Saphir aussi. Comment êtes-vous arrivé jusqu'ici ? Enfin, nous sommes en pleine pandémie ! Les entrées sont filtrées et on vous a laissé passer ? C'est tout à fait interdit, vous le savez bien et vous, sans vous soucier de rien, vous vous baladez, entrez dans une chambre occupée par une patiente, sans aucune protection !

— Mais, je n'ai rien vu, le hall d'entrée était vide, alors je suis monté à la recherche de cette jeune femme.

— Qui êtes-vous, monsieur, vous êtes de la famille ?

— Non, j'étais présent au moment de l'accident, j'ai tout vu, ça m'a bouleversé. J'ai voulu savoir, avoir des nouvelles. Quand je l'ai vue, fauchée par la foudre, j'ai cru qu'elle ne s'en sortirait pas. Voilà, rien de plus. Mais je comprends votre colère, ne vous inquiétez pas je m'en vais.

— Pas question, monsieur, j'appelle la sécurité, vous vous expliquerez avec la police.

Antoine comprit qu'il lui fallait déguerpir au plus vite. Il se retourna, marcha vers la porte. L'infirmière et Saphir hurlèrent en même temps. Coincé, il était coincé, quand il eut une idée, faire machine arrière pour disparaître. Prendre une grande inspiration, un soupir profond quelques secondes, les yeux fermés et hop, disparu sans laisser d'adresse ! Pourvu que ça ait marché, pensa-t-il, au moment où il entrouvrait prudemment les paupières.

Devant lui, les deux femmes, bouches ouvertes, avaient l'air stupéfaites, elles tournaient dans tous les sens. Il crut un instant qu'elles le chercheraient jusque sous le lit. Ce bonhomme bizarre, il avait disparu, comme ça, d'un seul coup ! L'arrivée de deux gros vigiles essoufflés ne les rassura pas. Elles répondirent aux questions des deux gardes qui n'y comprirent rien. Soulagé, Achille assistait à la scène. Histoire de vérifier, il s'interposa, répondit aux questions, personne ne le vit ni ne l'entendit. Il était pourtant bien là, dans la chambre, tranquillement assis sur le bout du lit, un lit dont les draps avaient changé de couleur !

Antoine se marrait franchement. En quelques secondes, il pouvait désormais changer de monde à volonté ! Invisible, il devenait invisible à volonté. La tête lui tournait. Surtout ne pas se laisser griser et emporter par un ego dont il risquait de perdre le contrôle. Rester lui-même, ne rien changer à sa vie. Ces idées lui traversèrent l'esprit, et ça le calma.

Il fit chemin inverse, tout tranquillement, ne croisa quasiment personne, reprit sa voiture après avoir soupiré en se concentrant pendant deux bonnes secondes. De retour dans le monde ordinaire, il démarra et rentra prudemment chez lui. Sur l'avenue Victor Hugo, tout était à nouveau normal. Histoire de vérifier, il s'arrêta devant un passage clouté et fit signe de traverser à la vieille dame craintive qui attendait au bord du trottoir. Elle le remercia d'un sourire et d'un geste de la main.

Les jours passèrent, plus trace des Fils de l'Orage. Prudent, Antoine évitait de soupirer en fermant les yeux, il résistait à l'envie d'user de ce nouveau pouvoir. Quand un agent de police l'arrêta et le verbalisa pour vitesse un quart de poil excessive, il aurait pu soupirer, se volatiliser, et basta ! Mais non, comme un citoyen ordinaire il se laissa verbaliser sans discuter.

Cela faisait quelques jours que Nani avait disparu une fois encore. Antoine furetait matin midi et soir dans les rues proches. Au fur et à mesure, il élargit le champ de ses recherches en l'appelant d'une voix douce, tout en agitant dans sa poche un petit paquet de croquettes. Les chats ont une ouïe très développée, entendent de très loin, il n'est pas besoin de crier, cela les effraie. Alors, Antoine murmurait et faisait cliqueter les croquettes, ce qui lui attirait parfois les regards étonnés ou inquiets des passants. Mais il s'en contrefoutait. Chaque jour, c'était devenu un rituel, après une matinée de maraude, il déjeunait vite fait et repartait sans faiblir. Sa jolie compagne lui manquait horriblement, des envies de pleurer l'assaillaient de plus en plus souvent. Le cinquième jour, il parcourut bien dix kilomètres, le septième, vers quinze heures, il n'était pas loin d'avoir erré près de vingt kilomètres. Passablement assoiffé, il s'arrêta à l'angle du boulevard de Javrezac et de la rue du Repos, et but longuement à la gourde d'eau fraîche qu'il sortit de son sac à dos. Fatigué, il ferma les yeux et soupira. Machinalement. Longuement. Les jambes lourdes et les reins douloureux, il décida de rebrousser chemin et rouvrit les yeux. Les rues étaient désertes, l'instant d'avant ça roulait bon train malgré le confinement, et d'un coup presque plus rien. Plus un gosse dans le coin, il y en avait pourtant une petite bande qui jouait l'instant d'avant dans la cour d'une maison proche. Sa montre s'était arrêtée, son portable ne fonctionnait plus, batterie vide ! Il se traita de crétin des Alpes, c'était pourtant évident, il avait basculé dans le monde d'à-côté ! Devant lui, assise « à la chat », la queue enroulée autour de la croupe, Nani le regardait. Son air énigmatique l'énerva, Antoine, en bon bipède idiot, d'une voix dure, lui fit des reproches.

— Une semaine que je galope à ta recherche ! Et toi, tu ne fais rien pour m'aider. Tu aurais pu me laisser un indice, m'envoyer un SMS, ou alors me faire comprendre que tu étais partie faire un tour dans l'autre espace-temps, conne de chatte !

Nani paraissait l'écouter, mais avec un chat rien n'est jamais certain. La ronronnante le fixait sans bouger. Antoine, comme un imbécile, l'agonit de plus belle, allant même jusqu'à la traiter de « chienne de chatte » ! Au bout d'une bonne minute, elle se leva et vint se frotter délicatement contre ses chevilles. Puis elle se volatilisa. À petits pas fatigués, Antoine décida de rentrer. Marre, il en avait marre de tout, de cette histoire de fou à laquelle il ne comprenait rien, beaucoup trop de choses lui échappaient et ça l'agaçait.

Tout en marchant, il regardait autour de lui, il finit par conclure qu'il était bien dans le « monde normal ». Ce qui venait de lui arriver ces quelques jours derniers, la fille à l'hôpital, la technique du soupir pour changer d'espace, Nani qui se balade à son aise d'un monde à l'autre, quelque chose clochait, il lui manquait des éléments de compréhension et ça le dérangeait. Pourquoi, parfois, voyait-il le monde ordinaire quand il était passé de l'autre côté, et pourquoi, comme ces jours-ci par exemple, n'avait-il pas pu voir Nani dans l'espace mitoyen. Putain, quelle prise de tête ! Il se mit à jurer à nouveau en gueulant comme un dingue. Les passants se retournaient, le dévisageaient, certains, affolés, accéléraient le pas, d'autres l'insultaient ou le menaçaient. Antoine, à hauteur du pont de Crouin, quitta la route pour suivre le chemin blanc qui longeait la Charente vers le pont de Saint-Jacques. Il réfléchissait, échafaudait des théories sophistiquées, sans grand succès, à chaque fois quelque chose lui manquait qui ne permettait pas d'expliquer les évènements récents. Sans réfléchir, il soupira de dépit en fermant les yeux. Et changea d'espace-temps ! Devant lui Nani tortillait du croupion.

L'évidence lui apparut. Deux paramètres permettaient de changer de fréquence vibratoire : la longueur du soupir et le temps pendant lequel il gardait les yeux clos. Il en déduisit aussitôt qu'il avait l'accès potentiel à plusieurs mondes. Jusqu'à présent, le hasard l'avait balancé dans telle ou telle strate du mille-feuille temporel, des mondes proches bien sûr, des mondes mitoyens accessibles en même temps, il pouvait y être et voir dans l'autre, et inversement. Un soupir bref de deux ou trois secondes, guère plus. Mais, quand il plongeait profond dans l'épaisseur des champs vibratoires, arrivait un seuil au-delà duquel il ne pouvait ni voir ni être vu dans le réel ordinaire. Mais un soupir long, les yeux fermés, et il s'évanouissait, disparaissait aux yeux des gens du réel qui eux aussi sombraient, obscurcis par les strates des mondes empilés.

Antoine, seul dans l'obscurité montante de la nuit tombante, décida de s'y mettre sans tarder, il avait du pain sur la planche, du taf pour un moment ! En attendant le retour de Gontran, il se promit de s'exercer à changer d'espace-temps et surtout de contrôler tout ça. Au poil près. Nani sauta sur ses genoux, le temps de trois caresses, pas plus, puis elle s'en alla sans se presser.

CHAPITRE 23

Nani ? Antoine était perplexe, cette petite chatte ne laissait pas de l'intriguer. Tous les chats se promènent-ils comme ça, naturellement et sans effort, d'un espace-temps à l'autre ? Ces petits félins élégants, gracieux, que l'on croit souvent domestiqués, mais qui ne le sont jamais, qui sont-ils ? Que sont-ils en vérité ?

Harassé après sa longue marche du jour, Antoine somnolait devant l'écran de sa télé. Il avait coupé le son et se laissait bercer par le défilé incessant des images. Allongée près de lui, Nani dormait en bourdonnant, un bourdon gras, un peu métallique qui ne ressemblait en rien au ronronnement doux des chats ordinaires. Et ce bruit étrange, plus semblable à celui d'un titre de Gesaffelstein qu'à celui, caressant, d'une chatte heureuse, le maintenait dans un demi-sommeil, dans un état de conscience particulier, à la limite instable entre le plaisir et la souffrance. C'est alors qu'il eut l'intuition d'être en harmonie avec ce que sa complice à poils doux ressentait à cet instant précis. Cela lui fit peur et le réveilla.

Antoine, ouvrant les yeux, rencontra le regard de Nani. Elle s'était à demi levée sur le flanc et le fixait. Elle cligna des yeux plusieurs fois, doucement. Il crut déceler dans son attitude une volonté, une intention particulière, comme si elle savait qu'il était en phase avec elle et qu'elle voulait qu'il le sache.

— Non, non, c'est impossible, je rêve à moitié !

Antoine s'ébroua et refusa cette idée. Mais, la petite féline ne le quittait pas du regard, elle ne clignait plus, mais le fixait, sans ciller, avec une intensité particulière, telle, qu'Antoine baissa les yeux.

Il se mit à bêtifier, à lui dire des mots doux, d'une voix aiguë — les chats aiment les voix hautes — tout en lui grattant le sommet de la tête entre les oreilles. Elle laissa faire, mais ne répondit pas à la caresse. Elle ne le lâchait pas des yeux. Antoine se laissa retomber contre le canapé en fermant les siens. Sous son crâne, les idées les plus loufoques défilaient à toute allure. Impossible de leur échapper, de faire taire les explications folles qui l'assaillaient. Il se redressa une nouvelle fois et rouvrit les yeux. Nani n'avait pas bougé d'un poil, son regard brillant, vert huître de pleine mer, ne l'avait pas quitté.

Soudain l’écran noircit, bleuit, verdit, Gontran apparut en ricanant gras. La chatte se redressa d’un bond. Queue basse, oreilles en position arrière toute, le poil hérissé, elle cracha vers l’écran. Elle, qui ne miaulait jamais, grogna de colère et de rage, un son grave bref et puissant. L’ectoplasme se désintégra aussitôt. Jamais Antoine n’avait entendu un tel son. Céleste, sa femme, accourut l’air inquiet. Antoine la rassura :

— Ce n’est rien, un grand chat est apparu derrière la vitre, il s’est levé sur ses pattes arrière en miaulant comme s’il voulait entrer. Nani s’est fâchée et l’a chassé. Rien de grave.

Nani avait repris sa position « entre deux », Antoine appelait ça la position du chat lapin, c’était son attitude de chatte inquiète, cela durait un moment, puis elle se détendait. Ce soir-là, elle ne s’allongea pas, resta en veille, la tête tournée vers l’écran. Antoine eut beau faire, beau dire, elle ne relâcha pas d’un poil sa vigilance. Soudainement, elle disparut ! Cette fois, Antoine ne s’inquiéta pas. Elle était sans doute partie faire un tour dans le monde d’à-côté, ou sous d’autres vibrations encore plus hautes. Ou basses !? Combien de mondes pouvait-elle visiter ? Antoine se posait la question. Et le cas échéant, comment résistait-elle aux très hautes vibrations ? Autant de mystères pour lui, autant d’interrogations auxquelles, en l’état actuel, il était incapable de répondre. Une idée saugrenue lui vint à l'esprit. Et si Nani, pour d'obscures raisons, s'amusait à poursuivre les Fils de l'Orage jusqu'au fin fond des univers ? Faute de souris, elle chassait l'ectoplasme ! Antoine rit, un peu jaune, mais de bon cœur. Et si c'était le cas, pourquoi les poursuivait-elle ? Cela lui faisait un bon paquet d'interrogations sans réponses. Rien, nada, il n'en savait foutrement rien, il ne pouvait que supputer, échafauder des explications, certainement bancales, à moins qu'il s'arrache à l'empire de la raison en lâchant la bride à son imagination. Certes, il n'en manquait pas, mais à se foutre du tiers comme du quart, à renier ses vagues réminiscences scientifiques, il risquait de partir dans les délires les plus extravagants. Et mystère des mystères, les « Zeus » effrayés quittaient la place dès que la minette pointait le bout de ses moustaches. Trop forte la chatounnette !

Une autre idée, toujours aussi sotte que grenue, piqua l'esprit embrouillé d'Antoine. Entre Nani et les Fils de l'Orage, se pourrait-il qu'il y eût un passif, un très lourd passif ? En voilà un postulat loufoque, se dit-il, un peu honteux de tomber dans de telles élucubrations, mais au point où il en était, pourquoi pas ? Ben oui, sinon comment expliquer cette antipathie réciproque entre la minette et ces enfoirés d'orageux, et même pire que ça, les Fils de l'Orage et la greffière se haïssaient carrément. Jamais il n'avait vu Nani dans un tel état de colère, elle qui snobait les chiens et se montrait indifférente aux chats, sa Nani câline, hors d'elle à ce point dès qu'un ectoplasme pointait le bout de son nez. De quoi estomaquer Antoine. À défaut d'une bonne explication, orthodoxe, rationnelle et bien carrée, le goût de l'anormal et de tout ce qui s'éloignait du communément admis n'étaient pas pour effrayer ni même déranger Antoine. Dès que Gontran débarquerait, il isolerait Nani et tenterait d'en savoir plus. Son « autre », avec son ego de potiron gonflé à l'hélium — à condition de le prendre en douceur — finirait bien par cracher le morceau.

Pour la première fois, Antoine se mit à espérer, à attendre qu'un ectoplasme veuille bien se montrer. Un peu plus d'un mois passa. Rien, toujours rien. Il avait résolu de ne plus s'épuiser à attendre, ce qui devait arriver, arriverait bien assez tôt. La pandémie flambait, les vaccins, rares au début, se multipliaient. On en était presque au stade du super marché. Dans les pays riches, on commençait à avoir le choix.

— Et pour monsieur, ce sera ? Pfizer, Moderna, Astra Zeneca, Janssen, Sputnik. Vous préférez un ARN messager, un vecteur viral non réplicatif ?

Et ça faisait la fine bouche. Les trouillomètres à zéro, une espèce largement répandue dans les pays riches, au moindre bruit scientifiquement infondé — et sur ce point les réseaux sociaux excellaient —, oui, les péteux rechignaient, refusaient, s'indignaient. Les labos, habilement, en profitèrent et se chamaillèrent en douce pour arracher le plus de marchés possibles.

Les vaccinodromes, à injections forcées, se multipliaient au détriment des aérodromes en panne, des cynodromes déserts, des vélodromes abandonnés, des gallodromes silencieux. Les gouvernements déclinaient tour à tour tous les modes de confinement. Le troisième du nom, une sorte de confinement dehors (sic), mais à six au maximum, mettait à mal toutes les formes de rassemblements culturels. Marcel le Coro et ses avatars se portaient au mieux, se calmaient un temps en Europe, en Amérique du Nord — on ne peut pas être partout ! — et, en ce début du joli mois de mai 2021, se jetaient allègrement sur l'Inde. Marcel et ses trublions, comme le furet de la chanson, étaient passés par ici, ils repasseront par-là, en déjouant sans cesse les scénarios, les projections mathématiques des spécialistes. En bref, on était loin d'en avoir fini avec la pandémie. Tous les politiques, les spécialistes de la spécialité, racontaient aux peuples terrorisés que les vaccins, développés partout sur la planète, finiraient par éradiquer le (la) Covid19. Mais, et Marcel le lui avait confié par plus tard qu'une nuit récente, au cours d'un de ces rêves plus vrais que la réalité — il se sentait si bien dans les poumons des humains — ses répliqués et lui appréciaient gîte et couvert — que ses clones et himself comptaient bien s'y installer définitivement. Et confidence récente, Marcel, en rigolant doucement, lui avait susurré dans le tuyau de l'oreille que, passés maîtres en matière de cadrage-débordement, sa bande et lui auraient tôt fait de ridiculiser les vaccins humains, bien trop raides du cul pour contrer l'imagination débordante des hordes virales. Cette nuit-là, Marcel le Coro riait à gorge déployée en déroulant le fil de l'histoire à venir, tout en assurant Antoine de l'indéfectible affection qui les liait, assurant de ce fait au seul humain aimé de sa connaissance, allant jusqu'à jurer sur la tête d'Alain le Pangolin, qu'Antoine n'aurait jamais rien à craindre de lui et de ses sbires à géométrie variable. Entre Nani qui le protégeait des mauvaises manières des fils enragés de l'Orage et son pote Marcel, Antoine constata qu'il avait décidément — un paradoxe pour un pessimiste invétéré — le cul bordé d'une bonne couche de nouilles gratinées !

Ratiociner dans un demi-sommeil avait fini par fatiguer Antoine qui s'aperçut que Nani était réapparue et roupillait à son aise sur le divan. Il faisait nuit noire. Il éteignit la télé, bien décidé à se coucher et à dormir d'un bon sommeil bien lourd, sans rêves. Quand il se leva pour regagner sa chambre, Nani le suivit.

CHAPITRE 24

Bercé par le bourdonnement régulier de la petite chatte, il s'endormit rapidement.

— Mais qu'est-ce qu'il m'a fait là, mon petit poussin chéri ? Un petit pipi et un gros caca. Maman est contente, c'est un beau cadeau, ça !

Allongé sur le dos, le bébé riait aux éclats en gigotant sur sa couche sale.

— Non, mais regardez-moi ça. Mais quel vieux dégueulasse, il a encore une fois pissé comme un chameau et chié comme un ours dans sa couche. Non, mais, c'est pas possible. Tu pouvais pas demander avant, non ?

La grosse femme, les bras levés au ciel, hurlait sur un vieillard malingre étendu sur son lit. Nu comme un ver anémié, le vieil homme humilié battait des mains en grommelant des mots mouillés, usés, déformés par les ravages de l'âge. Dix heures du matin, l'aide à domicile venait à peine d'arriver pour la toilette de l'antique et découvrait le chantier puant en rabattant les draps. L'odeur forte des selles liquides était insupportable, elle se pinça le nez d'un air dégoûté. Antoine le décati avait pourtant tout fait pour éviter le naufrage. Cela faisait deux heures qu'il luttait de toutes ses forces. Épuisé, il venait de céder, deux minutes avant l'arrivée de l'employée. Elle avait deux heures de retard ! Ce qui ne l'empêcha pas d'engueuler le vieux qui pleurait en silence. D'impuissance et de rage.

Antoine se réveilla, les yeux mouillés. Nani, pelotonnée contre sa tête, lui lécha les joues. Il lui répondit en la caressant longuement.

— Depuis que ces enfoirés d'orageux m'ont électrocuté, plus une nuit calme, plus un rêve doux et joyeux. Des cauchemars, toujours des cauchemars, c'est de pire en pire. Et ce dernier, là, c'est quoi cette abomination, cette sinistre parabole, la fin qui m'attend ? Grabataire et incontinent ?

Allongé sur le dos, Nani à son côté, Antoine soliloquait à haute voix. Pas besoin de réfléchir des heures, ce rêve était clair, parfaitement compréhensible. La vie humaine est à l'image d'un critérium cycliste, une boucle, départ et arrivée se confondent, mais au bout de la course, quand la force n'est plus là, à l'enthousiasme des débuts succèdent les pestilences de la fin. Il est vrai qu'entre le bébé rose et le vieux sac parcheminé, le temps avait ravagé les chairs. Y'avait pas photo !

Le tonnerre claqua. Cinq fois. Assourdissant. À lui rompre les tympans ! Puis la foudre frappa. Un éclair violet embrasa le ciel cognaçais, creva le toit de la maison et transperça Antoine qui sauta comme un cabri sur son lit. Mais dans la ville, ni orage ni tonnerre. Rien pas un éclair ne troubla les passants. Nani, les poils hérissés, leva le museau vers le ciel et cracha plusieurs fois. Gontran, qui venait de se matérialiser sur le mur face au lit, éclata dans une gerbe d'étincelles multicolores. Antoine se leva en rouspétant à voix basse. Dans le salon, Céleste lisait, elle leva la tête en souriant, elle n'avait rien entendu. L'orage avait éclaté dans le monde juste à côté !

Antoine n'avait rien senti sous la surpuissante foudre, ce qui l'étonna une fois encore. Mieux qu'une voiture électrique, recharge instantanée de la batterie humaine, zéro pollution de surcroît ! Ce qui le fit rire aux éclats. Nani le regarda d'un air qu'il trouva interrogatif, ce qui n'était pas le cas, bien sûr. Venant de la pièce d'à côté, la voix de Céleste lui demanda ce qui l'amusait à ce point. Antoine en déduisit que cette fois, sa femme, Nani et lui, existaient dans le même monde. Il s'esclaffa à nouveau ! Bis repetita ! Même réaction de Céleste. Antoine s'en sortit en expliquant que le roman, sur lequel il était censé travailler, l'enchantait au point de se marrer tout seul. Céleste lui répondit que c'était déjà ça. Nouvelle rigolade. À deux cette fois !

Dans les haut-parleurs de son écran, Laura Cahen, qui n'avait rien entendu ni souffert, continuait à chanter. Antoine avait découvert cette fille par le plus grand des hasards — ce foutu hasard qui n'en est sans doute jamais un —, il avait été séduit par la voix ronde, ouverte, de cette jeune femme, une voix qui montait dans les aigus en gardant sa douceur onctueuse, et qui dansait sur la corde raide, en équilibre au-dessus des chutes du Niagara sans jamais perdre de sa justesse. Antoine avait eu un vrai coup de cœur en écoutant « Mon Loup », un single emballant dont le texte malin suggérait sans dire, en jouant sur le sens des mots. Une pâtisserie, un délice. Dès après la secousse, il était retourné à ses écritures. Laura chantait : « Mon loup aaahouuu, sweet sweet honey I love you mon loup », Antoine reprit le refrain en regardant Nani d'un air amoureux. Elle le fixait sans ciller, imperturbable. Au fond de ses yeux indéchiffrables, il crut discerner, l'espace d'une seconde, dans les reflets de ses iris vert fin de tempête en mer d'Iroise, une lueur de connivence, un sourire fugace, une émotion, une lueur de tendresse partagée. Un mirage sans doute, mais Antoine voulut y croire. Quand Laura se tut, la doucette papillonna, ses paupières battirent en rafale — les chats ne font jamais ça, c'était la première fois ! —, elle posa la tête sur la main d'Antoine, la lécha trois fois en bourdonnant doucement. Il fut fortement ému et lui répondit en lui chantonnant à nouveau le refrain, d'une voix de crème et de miel liquide.

Puis la chatte disparut d'un coup, comme avalée par l'espace-temps. Repartie en balade, à quelques vibrations d'ici, se dit Antoine qui ne s'inquiétait ni ne s'étonnait plus de ses évaporations soudaines. Elle allait et venait, sautait en souplesse d'un monde à l'autre. Aux autres ? En connaissait-elle plusieurs, beaucoup, très beaucoup, jusqu'où pouvait-elle aller, quelles vibrations supportait-elle ? Autant de questions sans réponses. Antoine se creusait les méninges, mais rien ne venait l'éclairer. Une seule solution possible, finit-il par conclure in petto : expérimenter lui-même, patiemment. Par le moyen du soupir indiqué par Gontran. Certes oui, mais si l'éloignement vibratoire des mondes était fonction de la longueur et du temps des soupirs, viendrait bien un moment où il se heurterait à ses limites physiques : à moins d'être un apnéiste de très haut vol, il se voyait mal expirer plus de trente secondes sans reprendre sa respiration. Et encore, il se surestimait ! Il avait eu beau se creuser la citrouille, aucune idée géniale, une de ces idées qui révolutionnent le monde, ne lui était apparu. Pourtant la petite Nani disparaissait subito, elle ne soufflait pas, ne soupirait pas, ni cinq ni vingt secondes, c'était instantané. Quelque chose lui échappait encore, il lui faudrait arracher le mode d'emploi complet à cet empaffé de Gontran. À moins que Fulgor se radine et consente à l'éclairer ? Oui, Fulgor plutôt que Gontran, « son autre ». Trop con ce Gontran ! Fantasque, imprévisible, avec un melon gros comme un zeppelin et son insupportable rire de casserole rouillée. Antoine ne pouvait plus souffrir cet ahuri !

Antoine s'était replongé dans ses écritures. Nani, toujours en vadrouille, quelque part dans un autre monde, n'avait pas reparu depuis un bon moment. Philippe Jaroussky chantait en sourdine le « Cum Dederit » du « Nisi Dominus », cette merveille composée par le divin prêtre roux. La voix, à la fois cristalline et chaude du contre-ténor l'enchantait, au point de le distraire de son travail. Les yeux fermés, il savourait. La musique de Vivaldi, magnifiée par le timbre angélique de l'artiste, l'emportait tout là-haut, au pays rêvé de l'amour désincarné et de la paix de l'âme, bien loin des tracas insignifiants de la vie terrestre. Puis Andreas Scholl, de sa voix pure comme les eaux fraîches des montagnes, modula le même air. Les deux voix se succédèrent jusqu'à presque se confondre. Sandrine Piau prit le relais. « Cum Dederit », encore et encore. Antoine flottait, oubliant tout de qui l'entourait, il se sentait léger comme un duvet d'ange. Sous ses paupières, tout était d'azur, il respirait au rythme de la musique, hors du temps, et vivait un moment de parfait bonheur. Monteverdi et son « Lamento della Ninfa » l'arracha plus encore à la pesanteur. Il resta longtemps les yeux fermés, le cœur dans la soie, après que la musique s'est tue.

Quand il reprit conscience, l'écran étincelant de son PC l'aveugla, son texte avait disparu, la machine crachota bizarrement, et Fulgor l'encapuchonné apparut dans sa pelure de velours rouge sang. Un long silence s'installa. Patient et jouant au vassal soumis et respectueux, Antoine attendit que le Maître des Orages veuille bien prendre la parole. Au lieu de quoi, « La Stravaganza » de Vivaldi résonna dans le bureau d'Antoine. Fulgor, immobile, vibrait sur l'écran. Son long silence — dix pleines minutes — inquiéta Antoine. À la fin du 3e mouvement, il tremblait de frayeur.

— Allons, allons, Enfant de l'Orage, je ne voulais que t'offrir ce chef-d'œuvre de l'art baroque, et non pas t'effrayer. Un juste retour, toi qui m'as enchanté, voilà peu, Vivaldi en réponse aux merveilles que tu m'as offertes lors d'une de nos entrevues. T'en souviens-tu ?

— Ah ça, je m'en souviens Maître, tu as disparu sans répondre à ma question concernant Scarlatti.

Pendant un long moment, le visage invisible sous sa capuche écarlate, Fulgor resta muet, puis il reprit :

— Cela est sans importance. J'ai assisté à tes premiers essais sur ce garçon et cette jeune fille. Le garçon a passé cette épreuve sans difficulté, il est maintenant entre les mains d'un Fils de l'Orage, « son autre », chargé de l'éduquer, tout comme Gontran est le tien.

— Ah non, pas Gontran, pitié, je ne peux plus le piffer ! Bête à manger du foin, ricaneur et désagréable ! Je préfère renoncer plutôt que subir cet imbécile !

— Il est ce que tu as été par le passé.

— Mais, maître Fulgor, je n'ai plus rien de commun avec cet ectoplasme ridicule.

— C'est ainsi que cela se passe, l'éducateur des nouveaux enfants doit être « son autre ». Sois humble, en l'acceptant tel que tu as été, c'est toi que tu acceptes. Constate plutôt tes progrès plutôt que de te lamenter comme un enfant capricieux.

Nani se matérialisa à l'instant dans le bureau, mais n'eut même pas le temps se sauter devant l'écran, Fulgor s'était déjà volatilisé.

Antoine caressa la petite chatte qui le fixa un instant en ronronnant avant de lui lécher la main.

— Ah, te voilà toi, où étais-tu passée ? Si tu pouvais parler, tu m'expliquerais, j'en suis certain.

À peine avait-il fini sa phrase, qu'en une fraction de seconde, elle s'était encore une fois envolée. Antoine ragea, tempêta, appela, rien n'y fit. Il tenta de se remettre au travail, mais ce phénomène inexplicable ne quittait pas son esprit. Bien des questions restaient sans réponses : Où s'en allait-elle et pour quelles raisons ? Comment s'y prenait-elle et à combien de mondes vibratoires différents avait-elle accès ? Cela faisait un moment que ces questions l'obsédaient, il ne cessait de se les poser et peinait à s'en détacher. Puisque ni Gontran ni Fulgor ne semblaient vouloir lui confier le secret des voyages, c'est qu'ils l'incitaient à trouver seul, la ou les réponses. Ils n'ont pas tort, se dit Antoine, rien ne vaut l'expérience personnelle, même durement acquise. Autrement dit : plutôt que d'attendre les réponses que tu n'auras pas, bouge-toi le cul mon gars, « Cherche et tu trouveras ». Dit comme ça, ça paraissait aussi simple qu'évident, sauf qu'Antoine suait de trouille à la pensée de ne pas trouver moyen de revenir d'un de ces séjours en pays inconnus.

CHAPITRE 25

Le 19 mai 2021, le 3e confinement allégé, imposé du 3 avril au 3 mai, s'adoucit un peu plus. Marcel le Coro et ses avatars, malgré les vingt millions de pékins vaccinés en France, continuait d'avancer. Certes, moins rapidement, les hôpitaux n'étaient plus saturés, pour autant, rien n'était gagné. Les bistrots retrouvèrent leurs terrasses, ce fut jour de beuverie. Tout le monde hurlait de joie, encensait la sacro-sainte liberté retrouvée. Antoine s'étonnait. Réduire la liberté à ce summum, pouvoir picoler assis autour d'une table à l'air libre ! Décidément, les valeurs n'étaient plus ce qu'elles avaient été.

Antoine-Mi trouva que le retour à quelques joies simples, c'était plutôt encourageant, c'était bon pour le moral. A contrario, le spectacle de ces hordes de soiffards, agglutinés comme des moules sur bouchots, navra Antoine-Mo. Mi et Mo, deux des facettes d'Antoine, se livraient un combat de tous les instants. Antoine-Mi, positif, optimiste, entreprenant, curieux, ne rêvait que d'aventures, d'explorations, de voyages, les Fils de l'Orage l'intriguaient, il mourait d'envie de poursuivre l'aventure, tandis qu'Antoine-Mo, pessimiste, négatif, casanier, refusait l'action tant qu'il pouvait, et ne rêvait que d'édredons, d'enfermement, d'écritures et de silence. Pour toutes ces raisons, il ne voulait pas entendre parler de ces soi-disant Fils de l'Orage ; de toute façon, il avait presque toujours peur dès qu'il s'agissait de bouger ou d'explorer l'inconnu. Antoine-Mi avait pris l'avantage quand Antoine avait décidé de jouer le jeu que Gontran et Fulgor lui proposaient. Mo se rongeait les ongles en attendant de récupérer les pleins pouvoirs. Fort heureusement, la personnalité d'Antoine n'était pas aussi simple, binaire et tranchée que ça, tout un arc-en-ciel de nuances, plus qu'il ne séparait, raccommodait la plupart du temps Mi et Mo. Pourtant, malgré les aléas de la vie, ces fameux aléas qui finissent par arrondir les angles des caractères les plus marqués, quand Antoine, face à une situation délicate, se trouvait dans l'obligation de choisir, il ne s'escapait pas, il faisait face et prenait de suite position. C'est que dans ces moments-là, Mi et Mo s'affrontaient durement. En quelques secondes l'un terrassait l'autre. C'était selon l'humeur de l'instant. Puis, venait le temps de la réflexion, Antoine ne changeait pas vraiment d'avis, mais l'arc-en-ciel se déployait, Mi et Mo, dans le silence de l'inconscient, négociaient. La nuit surtout, bien au chaud sous le velours du sommeil, ils s'enrichissaient mutuellement. Et l'esprit de finesse arbitrait les débats.

Au soir de ce 19 mai 2021, Nani n'avait pas reparu, Antoine-Mi décida de s'exercer à passer de monde en monde, autant qu'il pourrait soupirer, et de travailler sérieusement la technique dès le lendemain. Après tout, avec un peu d'entraînement, il était parvenu à ne pas trop mal déclencher la foudre, alors, il parviendrait bien à sauter de vibration en vibration. Expulser l'air de ses poumons, le plus lentement possible, il saurait faire, jusqu'à vingt à trente secondes maxi, guère plus, après quoi, il lui faudrait bien reprendre sa respiration. Cette histoire de souffle agaçait Antoine, il devait certainement exister un autre moyen, moins contraignant. Gontran et Fulgor ne lâchaient les informations qu'au compte-goutte. Pourquoi donc ?

— Calmos, lui souffla Mi, tu verras bien, on va y aller mollo, étape après étape, arrête donc d'anticiper, tu me fatigues !

Antoine s'endormit difficilement. Nani réapparut et se posa comme un tanagra précieux au bout du lit en bourdonnant doucement. Antoine s'agitait sous la couette, gémissait, hoquetait puis respirait bruyamment. La chatte s'approcha de lui à pas légers, se glissa sous l'édredon et se lova contre son épaule. Dans son sommeil, il sourit et se calma.

Antoine volait comme on nage le crawl. Le ciel d'azur étincelait. Très bas, une route toute blanche, pas plus large qu'un fil de coton épais, serpentait le long d'un mur de pierres qui s'élevait bien plus haut que tous les murs du monde. À gauche de la route, un précipice, noir tant il plongeait profondément, bordait le chemin immaculé. Antoine était aux anges. Le vent, un pur zéphyr, le portait, un sentiment, plus exaltant que tout ce qu'il avait connu, lui caressait le cœur. Antoine nageait, mais perdait insensiblement de l'altitude. Il avait beau accélérer le rythme de ses bras, le battement de ses pieds, il descendait. L'atterrissage fut si moelleux qu'il n'eut pas besoin de régler son pas. Il se mit à marcher. Autour de lui tout était blanc, un blanc aveuglant que le sol et le haut mur opalin réverbéraient si violemment qu'Antoine dut plisser très fort les yeux. Malgré cela, il pleurait de douleur. La route allait tout droit. Aucune vie alentour. Dans le ciel, pas le moindre nuageon n'altérait la pureté vibrante du bleu, un bleu puissant, dense, saturé comme un azur de haute altitude. La ligne droite n'en finissait plus. Tout était parfait, admirablement parfait, à faire peur. Une sourde inquiétude envahit Antoine qui bientôt se mit à suer d'angoisse. Puis un virage se dessina sur sa droite, un virage encore lointain. Antoine crut à un mirage. Plus il avançait, d'un pas toujours égal, plus le virage se rapprochait. La route et le haut mur semblaient flotter dans le vide. Antoine s'arrêta, le virage était enfin là, à une dizaine de mètres, un virage à angle droit. Parfait lui aussi. Antoine eut l'impression qu'il tomberait dans le vide, dans l'inconnu, s'il n'obéissait pas au virage. Au bout de la route, plus rien, du bleu, ni précipice ni terre, Antoine était prisonnier du ruban de calcaire immaculé. Il ferma les yeux et tourna. Terrorisé, il s'arrêta.

Silence. Total silence que rien ne troublait. Pas le moindre souffle d'air, pas un bruit, pas le moindre chant d'oiseau. Quand il ouvrit les yeux, un homme en habit du 18e siècle lui faisait face. Un homme qui souriait. Antoine l'interrogea, aucun son ne sortit de ses lèvres. Il insista, sans succès. Pourtant il respirait sans effort. Dans l'air ambiant, un ronronnement régulier s'installa. Ce n'était que le ronronnement de Nani, enfouie dans son cou, qu'il entendait dans son rêve. Qui pouvait bien être ce drôle de bonhomme emperruqué qui le regardait ? Encore un Fils de l'Orage ? Ils sont nombreux, ils sont partout ces enfoirés !

— Non monsieur, je n'en suis pas.

Encore un qui lit dans mes pensées et m'empêche de parler ! Antoine rageait en silence. D'où venait ce gus, qui était-il ?

— Je ne viens de nulle part, monsieur, je suis partout, même dans le monde des rêves et des cauchemars, celui dans lequel vous volez. Rien à voir avec les Fils de l'Orage, je suis le comte de Saint-

Germain, j'ai mes entrées dans tous les mondes, c'est le privilège des immortels. Maintenant, vous pouvez parler et me répondre.

— Vous êtes une légende, Monsieur de Saint-Germain, vous avez fait les délices de toutes les cours d'Europe au 18e siècle. Je ne sais si vous avez été un escroc de grande culture et imagination, mais j'ai lu que vous étiez mort en 1784 dans une ville du Schleswig-Holstein, en Allemagne. Alors, épargnez-moi votre baratin sur votre immortalité et vos pouvoirs. C'est mon rêve qui vous invente et non vous qui vous invitez. Tout est possible, quand on rêve.

— À votre guise, Monsieur le descendant du bâtard de Haviland, votre avis, tout comme vos croyances, m'importe moins que peu, mais voyez donc derrière moi, ce paysage. Reconnaissez-vous la ville aux coupoles bleues, telle qu'elle se présentait au 15e siècle sous le règne des Timourides, les descendants du grand Tamerlan ? Je vous offre la vision de la splendide Samarcande…

La ville, éblouissante, s'étalait comme chat persan au soleil. La route et le haut mur avaient disparu, les dômes bleus de la mosquée Bibi-Khanym resplendissaient, les deux minarets vert tendre flanquant la Médersa d'Ulugh Beg dominaient les ruelles qui serpentaient entre les maisons basses. Bien qu'émerveillé par cette vision, Antoine se retint de la commenter, il tourna le dos à l'apparition au jabot et reprit la route en sens inverse. Nani marchait à son côté ! Il décolla sans effort à l'endroit précis où il avait atterri, plana un moment très haut dans le ciel pur et se réveilla lentement. Le jour ne s'était pas encore levé, il n'était que quatre heures du mat, il était seul dans son lit, le cou brûlant. Près de son épaule droite, une touffe de poils. Nani avait dormi près de lui.

— Les rêves, contrairement à ce que prétendent les psys et autres innombrables thérapeutes, ne sont pas faits pour être déchiffrés.

Cette idée lui vint pendant qu'il croquait ses céréales arrosées de lait de soja. C'était la première fois qu'il raisonnait ainsi. Par analogie, l'image de sa chatoune devant son bol de croquettes pulsa sous ses paupières. Nani, dans son rêve aussi, l'avait un moment accompagné. Elle se baladait naturellement, traversait l'empilement des mondes sans effort, et maintenant, la voilà qui visitait les rêves. Antoine eut une illumination : les rêves sont des mondes aux vibrations particulières auxquels il avait accès sans l'avoir décidé, la nuit quand sa conscience endormie le libérait des chaînes du soi-disant réel. Le monde ordinaire, « vrai », n'existe pas, ce n'est qu'une projection de l'esprit, il y a autant de mondes que de regards et de consciences claires, et tout autant quand l'inconscient prend le relais. Sans doute, peut-être, va savoir ? Il était certain d'une seule chose, c'est que la certitude est ennemie de la vie. Le nez au ras de son bol, Antoine n'en revenait pas. Ces idées iconoclastes lui venaient-elles de son nouvel état ? Les centaines de millions de volts qui l'avaient traversé, une bonne dizaine de fois depuis ce soir de l'orage place François 1er, avaient forcément dû laisser des traces. Il savait bien que dans son corps, comme dans son esprit, tout avait été foutrement remué ! De toute façon, c'était fait, il ne pouvait plus revenir en arrière. Alors, autant y aller. Christophe Colomb avait bien, en découvrant l'Amérique, fait basculer le monde occidental du moyen-âge aux temps modernes, Antoine Britougnou — hélas oui ! Britougnou, c'était son affreux nom de famille — serait l'inventeur des expéditions inter-mondes, Elon Musk pouvait aller se rhabiller ! Et why not !? Cette idée extravagante le fit rire, son souffle envoya valser les céréales mouillées de lait dans la cuisine, il s'étouffa à moitié. Céleste, sa femme, suivie de Nani, déboula dans la cuisine et devant le désastre l'engueula copieusement. Rien de tel pour dégonfler l'ego. Il les remercia toutes les deux en silence. La gourmande, à petits coups de langue précis, commença le nettoyage des céréales, il y en avait partout ! Antoine ferma les yeux et soupira deux secondes avant de reprendre son petit-déj. Le sol était propre, la table aussi. Sur le sol, Nani cherchait les céréales, elles avaient disparu. La chatte, les oreilles en arrière, feula en le regardant. Pour elle, la bouffe, fallait pas y toucher !

— Tu n'as pas d'humour ce matin, ma Nani, ricana Antoine.

CHAPITRE 26

Deux-trois jours passèrent. Antoine, avant de se lancer dans des expériences temporelles qu'il jugeait hasardeuses, voire dangereuses, espérait la venue de Fulgor ou de Gontran. Que ferait-il, pensait Antoine-Mo, s'il se retrouvait, faute de ne pas savoir comment s'y prendre, coincé dans un espace-temps sans espoir de retour ? Le 25 mai 2021 au soir, Antoine ne trouva pas le sommeil. Les ectoplasmes ne s'étaient pas montrés. Mo se réjouissait de la situation, Mi s'agaçait et Antoine s'agitait sous sa couette. Nani, bien installée au bout du lit, les griffes en éventail, passa une excellente nuit. Depuis quelques jours, elle ne s'était pas évaporée, elle restait proche d'Antoine, à la façon des chats qui savent être là quand on les croit ailleurs. Le 26 au petit matin, Antoine émergea de sa mauvaise nuit. Il avait dormi comme un sac de noix. Mi en profita, chassa Mo aux enfers, Antoine prit la décision de se lancer à l'assaut des mondes inconnus.

Philibert, surnommé par ses potes de galère Fil de Fer, indemne, mais un peu sonné quand même par la foudre qui l'avait traversé de la tête aux pieds, se laissa embarquer par les pompiers. La petite qu'il avait pécho la veille, allongée sur un brancard, un masque sur le visage, était dans les vapes, grave dans les vapes, pâle comme une des statues de plâtre qu'il avait détesté toute son enfance. Enfant de la DDAS, sa famille d'accueil — une vraie tribu de culs bénis — lui avait infligé la messe tous les dimanches. Dans le village du trou du cul du monde où créchait cette putain de famille de bouffeurs d'hostie, c'était comme ça, fallait s'agenouiller devant ces gonzesses de plâtre qui souriaient comme des connes.

À l'hosto, Philibert n'avait pas fait long feu. Dès que l'occasion s'était présentée, il avait décanillé en douce. La petite s'en était sortie, tant mieux, il s'en tamponnait de cette gonzesse, des pétasses prêtes à se laisser grimper, il y en avait des tas, ça ne manquait pas, et le petit mec savait y faire. Un sacré baratineur, pas très beau pourtant. Malgré sa gueule étroite de musaraigne pâlotte, ses petits yeux gris, son regard par en dessous de faux timide et sa voix de crécelle, il arrivait toujours à ses fins. Sa dégaine d'échalas fragile les émouvait. Un quart de pizza et une bibine plus tard, c'était dans la poche. Le look pauvre mec triste, pas gâté par la vie, ça marchait toujours, la petite tombait dans le panneau et jouait la consolatrice, Fil de fer se laissait faire. Elles finissaient toujours par s'allonger.

Le jour de ses dix-huit ans, il avait fait son sac, deux hardes de rechange, et s'était fait la malle. De squat en squat, de petites magouilles en deals de teuchi, il s'était démerdé, ne roulait pas sur l'or, mais survivait, raide ou à l'aise, c'était variable. Il avait atteint la vingtaine sans se faire choper par les flics, ne se fixant pas, taillant la route de ville en ville. Il évitait les grandes agglomérations et choisissait les localités moyennes, là où ça craint pas trop. Une vraie anguille le Philibert. Ça faisait un petit mois qu'il trainassait à Cognac. À fouiner dans tous les coins, il s'était dégoté un matelas crasseux dans un squat pourri au cœur de la vieille ville du côté de la rue Magdeleine. Très vite, il avait remarqué que les flics avaient à l'œil les deux crétins, camés jusqu'à l'os, chez qui il s'était enkysté. Ces cons-là dealaient de la mauvaise came en plein jour, en se foutant de tout. Philibert les avait suivis une fois, de loin, comme ça, pour voir, jusque dans les taillis du parc François 1er. Ces abrutis vendaient tout ce qu'ils voulaient. À Cognac, y'a de la monnaie. Les petits bobos, genre quadra en costard qui gagnent de la thune en bossant dans les grosses boîtes de spiritueux, ça manque pas. Philibert ne mit pas dix minutes avant de remarquer les guignols en bombers qui observaient le manège.

— Ouais, les poulets leur collent au cul, pensa-t-il, y va pas se passer des jours avant que ces deux betteraves trop cuites se fassent serrer.

Vite fait, il ramassa son sac et sans un mot quitta le taudis. Une nuit à la belle, c'était dans ses cordes. Dans le parc, y'a de l'espace. Il remonta l'Allée des Renards, passa plusieurs bifurcations, s'enfonça bien profond jusqu'au croisement de l'allée des Sablières sans rencontrer un pékin. Sur sa gauche, au bord du chemin, il aperçut un petit tas blanc recroquevillé au pied d'un chêne. Elle s'appelait Saphir, une petite fugueuse de dix-sept ans, une jeune môme qui faisait sa crise, comme il y en avait tant. Elle crevait de trouille dans la nuit noire. Une aubaine. Il lui fila un bon bout de pain, une canette de coca et son épaule pour se réchauffer. La petite grelottait, il la pelota gentiment, pas trop, fallait pas lui faire peur, rien que pour la réchauffer un peu. Elle se calma. Ils s'endormirent.

Le lendemain, il faisait beau, ça chantait dans les arbres, ils avaient bien les fesses un peu humides, mais le soleil arrangerait ça. Les deux paumés quittèrent le parc, bras dessus, bras dessous, bien serrés comme on fait à ces âges-là. Sur le coup des onze heures, le ciel se couvrit, une petite pluie fine mouilla le bitume, mais ils s'en foutaient bien ! Adossés au grand mur blanc de la clinique vétérinaire Caillerad et de Malarre, rue de Paris, ils se roulaient une grosse gamelle quand le tonnerre éclata, un éclair, jaune comme la sclérotique du diable, leur tomba sur la tronche. Planqué dans sa voiture, le dos en sueur, Antoine, l'Enfant de l'Orage, venait de balancer son premier éclair sur ces deux paumés.

Philibert marchait le long de l'avenue Victor Hugo en direction du centre-ville. Depuis qu'il s'était échappé de l'hôpital, il faisait profil bas, se cachait sous sa capuche en espérant ne pas être reconnu. On devait le rechercher, avec sa photo parue en première page du journal et sa tête de mort dans le dos, ça ne tarderait pas. Il se trompait bien sûr, les gens se foutaient bien de cette histoire d'orage, un fait divers comme les autres. Et pas de morts en plus, ni violence ni otage, pas de sirènes hurlantes, pas de quoi frémir en se disant : « je n'aimerais pas que ça m'arrive un truc comme ça ! ». Le garçon pouvait se balader tranquille. Pourtant Philibert balisait grave. Il décida de se planquer quelques jours dans un coin reculé du parc avant de quitter la ville. Suffirait d'un routier sympa — y'en avait, pas des masses, mais y'en avait — et adieu Cognac. Ça lui ferait un mauvais souvenir de plus.

Antoine réfléchissait. Pas question de faire ces expériences à la maison. Trouver un coin tranquille. Espérer que Fulgor, ou l'autre abruti de Gontran, se pointerait avant qu'il s'y mette. Mo l'adjura de renoncer, pour Mi, il n'y avait pas de quoi en faire un plat, s'il n'arrivait pas à revenir, les ectoplasmes le retrouveraient.

— Enfin Antoine, rabâchait Mi, tu fais partie de leur troupe maintenant, tu sais à peu près faire péter un éclair, t'as pas eu besoin de dix ans pour y arriver. Fais pas ton modeste, ne te laisse pas influencer par ton pessimisme habituel. Enfin, merde !

Antoine n'en menait pas large, il hésitait, coincé entre le frisson de la curiosité et le calme plat de la sécurité.

— Bon sang, je n'ai pas subi, enduré les volts à gogo, les gueulantes de ce taré de Gontran et supporté les grands airs de Fulgor, tout ça pour rien. Même si je freine des quatre fers, ils ne vont pas me lâcher et me bombarder sans arrêt. Pas de raison qu'ils se lassent. Au contraire, ça va les amuser de me coincer n'importe où et n'importe quand. Et je ne vois pas comment m'en sortir. Ah, si Nani parlait, elle m'expliquerait ce qui les fait fuir dès qu'elle pointe ses moustaches.

Comme par enchantement, Nani se matérialisa et lui lécha le petit doigt de la main gauche, puis elle le regarda droit dans les yeux. Incroyable, la mistigrette muette — il ne l'avait jamais entendue miauler et en avait conclu qu'elle ne savait pas — lui balança un miaou, certes à peine audible, fragile et délicat, après quoi, elle frotta sa tête contre la main d'un Antoine médusé.

— Qu'est-ce que tu me chantes Nani ? Allez, si je dis non, tu ne bouges pas, si je dis oui, OK, j'ose, je ferme les yeux et je tente l'expérience, miaule un petit coup, lèche-moi la main, et même mords-moi, mais réagis s'il te plaît.

La minette le fixait sans broncher, la queue battante, comme si elle se tenait prête. Antoine, le front moite, envoya un « non ! » bien net et attendit. Rien, pas de réaction. Alors il balança un « oui ! », fort, net et clair en fermant les yeux. Deux secondes passèrent. Il rouvrit les yeux en criant. Nani s'enfuyait, elle venait de lui mordre l'avant-bras à hauteur du supinateur. Quatre gouttes de sang perlaient sur le muscle. Ah, il voulait une réponse nette ? Ben il l'avait, la minette lui avait planté les crocs bien profonds !

Antoine l'appela doucement. Méfiante, elle pointa le bout du museau au ras de la porte, s'approcha à petits pas, sauta souplement sur le bureau et s'assit. Antoine, au bord des larmes, lui murmura, avec du beurre dans la voix, des petits mots bêtes, des mots d'amour. Elle se régala des quatre gouttes de sang qui roulaient sur son bras avant de disparaître d'un coup. Antoine en déduisit qu'elle l'attendait déjà, quelque part dans un ailleurs. À lui de tenter de l'y rejoindre.

CHAPITRE 27

Antoine patienta quelques jours de plus. Nani n'avait pas reparu. Il alignait des phrases mécaniquement. Quand il se relisait, il trouvait ça insipide, plat, ça manquait de nerf, de souffle, alors il supprimait le fruit de ses heures de travail. En vérité, il n'espérait qu'une chose, la venue de Fulgor, que le visage de l'ectoplasme, invisible dans l'ombre, encapuchonné de rouge, éclate sur son écran et veuille bien répondre à ses questions pour calmer ses angoisses. Rien, il patienta plusieurs jours durant, mais l'ectoplasme ne vint pas !

Le 1er juin 2021, toujours pas de Nani, toujours pas de Fils de l'Orage. Sa chatte lui manquait, c'était la première fois qu'elle disparaissait aussi longtemps. Et si ces absences conjuguées n'étaient qu'une façon de le pousser, de l'obliger à se lancer à l'aventure ? Oui, peut-être, c'était une explication plausible, bien suffisante pour franchir le pas.

— Fulgor, on s'en tape, lui suggéra Mi. Bon sang, Nani, disparue comme ça depuis une semaine, répondit Antoine, c'est insupportable ! Mi insista : allez, arrête de geindre, on y va, on tente.

Vers onze heures du matin, plus le temps de chercher un endroit discret, propice à ce genre d'expérience. La maison était vide, Antoine s'installa sur le canapé, les mains posées sur les genoux et s'efforça de faire le vide. Trop inquiet, tendu, il se tortillait, la peur lui mordait le ventre. Les yeux fermés, il inspira autant qu'il le put, retint sa respiration deux secondes, expira lentement en soupirant pendant dix autres secondes, puis se vida les poumons d'un coup. La tête lui tourna, le froid le saisit, il avala de travers et toussa comme un tubard, une toux étrange, grasse, catarrheuse, douloureuse. Sa conscience s'éteignit soudainement. Quand il retrouva ses esprits, il ne lui sembla pas avoir bougé, ses mains reposaient encore sur ses genoux, il n'avait plus froid. Antoine hésitait à ouvrir les yeux, quelque chose avait changé, il avait mal aux fesses, le moelleux du divan avait laissé place à un matériau dur comme de la roche.

Où avait-il bien pu atterrir ? Mo, cet empêcheur de vivre en confiance lui instillait son venin, et Antoine n'osait pas ouvrir les yeux. Il fallut que Mi le secoue pour qu'enfin il décolle un chouïa les paupières.

Entre ses cils, Antoine ne vit que du flou, mais un flou bleu au-dessus d'un paysage indistinct, gris, traversé de flèches vertes qui ondulaient sous la brise tiède. Il décolla la main gauche de son genou, tâtonna le siège inconfortable sur lequel il était assis : de la pierre ! Quelque chose de vivant lui frôla les chevilles au même instant. Se pourrait-il que ce soit Nani ? Les yeux grands ouverts maintenant, Antoine découvrait les lieux où il avait atterri. Sa maison avait disparu, pourtant il reconnut l'impasse derrière son jardin et les habitations mitoyennes qui la bordaient. Autour de lui s'étendait un vaste espace de gravats parsemé de touffes d'herbes folles, une sorte de friche hérissée de fragments de briques et de détritus de chantier. La rue qui longeait l'emplacement de sa future demeure courait toujours tout droit, les petites maisons d'en face avaient un air de jeunesse qu'il ne leur connaissait pas. Un peu plus loin, deux des grands immeubles avaient changé de couleur, à la place du petit jardin, de sa pelouse fleurie et des grands arbres qui chantaient les jours de vent, quelques bosquets rabougris sur une terre nue, le troisième immeuble qui fermait le jardin n'était pas encore sorti de terre. Nani, assise comme seul un chat sait s'asseoir, le regardait ; c'était bien sa voyageuse qui lui faisait face, emmitouflée dans son manteau tigré elle n'avait pas changé d'un iota, ses yeux couleur de mer à l'étale le fixaient sans ciller. Méthodiquement, elle entreprit de faire sa toilette, se passa une dernière fois la langue sur les babines, petit à petit son image pâlit, ses contours se délitèrent, et Antoine se retrouva seul sur son bloc de granit.

— J'ai loupé mon coup, se dit Antoine, j'ai voyagé dans le temps, je n'ai pas changé de monde, j'ai seulement reculé d'une vingtaine d'années, la preuve c'est que je suis au même endroit, mais avant la construction de ma maison, c'est le terrain que j'avais acheté à l'époque dans les années deux mille. Et plus de traces de la morsure de Nani, un indice de plus !

Une chose était certaine, toutes ses théories fumeuses étaient fausses. Pourquoi avait-il réussi à changer de vibration lors de l'épisode de l'hôpital, alors qu'aujourd'hui ça n'avait pas marché ? Seul le Maître de l'Orage pouvait lui enseigner la technique appropriée qui lui permettrait de se promener à sa guise, de monde en monde plutôt que d'époque en époque. Il inspira longuement, les yeux clos, en pensant à sa chatounette. Elle lui lécha la main, il ouvrit les yeux, il était de retour chez lui, assis sur son canapé ! Mi partit d'un grand rire soulagé.

— Tu vois je te l'avais dit, c'est pas parfait, mais c'est quand même un progrès. Si tu avais écouté cet imbécile de Mo, tu serais resté affalé comme une loche dans ton fauteuil !

Onze heures dix, ça n'avait pas duré dix minutes ! Le temps est élastique, il prend l'épaisseur que lui donne l'intensité des évènements vécus. Dix minutes qui lui avaient paru des heures, pendant qu'assis sur sa pierre il avait en détail observé le passé de ce lieu, différent et toujours le même pourtant, vingt ans après. Antoine s'efforçait de penser le temps et ça lui donnait le vertige. Voilà qu'il se surprenait à philosopher. Rien que ça !

— Mon pauvre garçon, tu es pitoyable, vraiment, lui dit Mo. Depuis que tu t'es fait électrocuter, t'as attrapé le melon. Non, mais, tu t'es relu ? T'as perdu le sens commun, tu te prends pour le génie de service. Secoue-toi, t'as pas les moyens de ton ambition, contente-toi d'écrire tes bouquins mort-nés, peinard dans ton bureau, allez, laisse tomber Aladin et sa lampe merveilleuse !

Fatigué par son escapade, Antoine, bercé par la voix de Mo, s'était assoupi. Vexé, Mo hurlait de plus en plus fort, mais ses cris se noyaient dans l'indifférence d'Antoine somnolant. Mi en rajouta en se moquant et riant de Mo, qui, de dépit, finit par la boucler. La voix de Céleste le tira de sa torpeur, elle le sommait de venir déjeuner, cela faisait cinq minutes qu'elle l'appelait ! Pendant le repas, Antoine lui raconta le conte d'Aladin, amoureux de la princesse Badroulboudour, du génie de la lampe et de leurs aventures en Afrique. Céleste l'écouta gentiment, la tête ailleurs. Quand il lui expliqua que Nani était certainement la réincarnation de Badroulboudour, elle ouvrit de grands yeux inquiets, mais ne fit aucun commentaire. Elle but son café debout, et, prétextant une urgence, s'éclipsa en soupirant.

Antoine, qui n'avait jamais fait une seule seconde de sieste de toute sa vie, s'endormit sur le divan sans avoir su résister. Pas longtemps, un gros quart d'heure. Au réveil, écrasé par une fatigue étrange, il resta assis dix minutes de plus. Un peu hébété, la tête lourde et la bouche sèche, il peinait à aligner deux idées. Ce voyage dans le temps l'avait vidé, c'est du moins la conclusion qu'il tira de son état.

Un bruit terrible lui vrilla les tympans, tout devint rouge, ce fut comme si ses yeux, son cœur, sa tête explosaient, comme si son corps se désintégrait, comme une bouillie sanglante jetée sur les murs vacillants de la maison par un Pollock pris de folie subite. La foudre rouge le déchiqueta à plusieurs reprises. Puis, instantanément, tout cessa, rien n'avait bougé, tout était intact. Son image se reflétait dans l'écran de la télé qui lui faisait face. Oui, c'était bien sa tronche d'ahuri qu'il voyait, il était indemne, et les murs étaient propres !

La voix de Fulgor éclata dans la pièce avant que son image n'envahisse l'écran, une voix de basse, profonde, mi-velours, mi-rocaille, qu'il reconnut de suite. La seconde suivante, l'écran noir blanchit à l'aveugler, et l'image tremblante de Fulgor peina à se stabiliser. Une musique un peu planante l'accompagnait. Antoine reconnut « Tabula Rasa » d'Arvo Pärt.

— Ah te voilà, toi ! Le Grand Maître daigne paraître, des jours que je l'attends le Grand Maître ! Toujours planqué sous sa capuche !

Fulgor restait muet, Tabula Rasa finissait sur la longue plainte aigüe des violons.

— Si tu viens pour te taire, tu peux te casser, hurla Antoine plus irascible que jamais. Fils de mes deux, tu me laisses m'empêtrer, entre les voyages dans le temps et dans les mondes, je mélange tout ! Je sais que tu m'as vu, ça t'amuse ? Et en prime, ça m'a foutu un mal de crâne insupportable.

Au moment où il prononça ces mots, Antoine bredouilla, comme par enchantement sa migraine s'était dissipée. Impassible, Fulgor attendait qu'il veuille bien se calmer et retrouver ses esprits. Le « *Cantus in memoriam Benjamin Britten* » résonnait maintenant dans la pièce, Fulgor, enfoui sous sa capuche écarlate, était plongé dans la musique, quant aux criaillements d'Antoine, il s'en tapait et même plus !

— Je suis vraiment un inconditionnel d'Arvo Pärt, il aurait fait un excellent Fils de l'Orage, lui, pas comme toi qui ne sais que te plaindre et brailler. Ta petite expérience t'a vidé mon pauvre Enfant de l'Orage ? J'espérais que tu avais un peu évolué, qu'au moins tu aurais compris que la foudre ne s'use que si l'on ne s'en sert pas. J'ai eu pitié de toi et je suis venu recharger tes accus. Alors je te le dis plus clairement, la foudre, tu dois t'en servir le plus souvent possible et balancer le jus régulièrement pour rester en charge. Pigé ?

— C'est le monde à l'envers chez toi, répondit Antoine : c'est comme si pour être riche, il fallait dépenser le plus possible, comme s'il fallait boire pour avoir soif et bouffer comme un chancre pour avoir faim ! Puisque tu affirmes que les Fils de l'Orage raisonnent à l'envers des humains ordinaires, explique-moi donc pour les voyages vers d'autres mondes vibratoires, comment dois-je m'y prendre ?

Un bruit de ferraille rouillée, après un départ sur un long chuintement grasseyant qui finit par une quinte de toux sèche et tourna à un début d'étouffement, puis un silence entrecoupé de bruits de déglutition. Fulgor, à la question d'Antoine, s'était mis à rire, au point d'en presque perdre la respiration. Puis il répondit d'une voix sépulcrale.

— Mais tu t'en es très bien tiré, jeune orageux, tu as seulement oublié de vouloir ! Tu es parti comme ça, sans but ni désir précis. Antoine, enfin ! Même dans le monde ordinaire, c'est le muscle de la volonté qui dirige l'action et permet la réalisation. Toi, tu as fermé les yeux, tu as inspiré longuement, puis expiré une dizaine de secondes, mais pour aller où ? Tu ne t'es même pas posé la question. Allez, hop, vogue la galère, au hasard Balthazar, la providence pourvoira, etc. ! Tu sais maintenant ce qui te reste à faire, soit tu navigues dans le temps, le passé bien sûr, soit tu explores les mondes vibratoires. À toi de décider, et surtout, à toi de t'entraîner, à multiplier les expéditions, sans oublier de faire souvent péter la foudre. Après ça, on…

Fulgor n'eut pas le temps de poursuivre, Nani, de retour, venait de sauter sur l'écran en crachant, grondant et grognant. L'ectoplasme s'évanouit dans une pluie d'étincelles multicolores. Un coup de tonnerre fit vibrer le sol de la maison, un éclair bleu fendit le toit et zigzagua vers Nani, s'arrêta à quelques centimètres de ses oreilles sans parvenir à la toucher. La queue dressée vers le plafond, elle quitta la pièce sans se presser. Seuls Antoine et Nani avaient entendu la déflagration. Antoine comprit que Fulgor jouait des mondes à la perfection.

CHAPITRE 28

— Fulgor a raison. Depuis que je me fais régulièrement irradier, j'ai l'impression que tous ces volts m'ont cramé le cerveau. C'était quand même évident pourtant, pour agir mieux vaut connaître le mode d'emploi, mais encore faut-il avoir un but précis et vouloir l'atteindre. En d'autres termes, que faire d'une Maserati surpuissante si on a peur de s'en servir et si on n'a pas de GPS ?

Antoine se fustigeait, se traitait de crétin des Alpes, de vieille buse, de consanguin dégénéré, de souteneur albanais, et d'un tas d'autres douceurs et de comparaisons flatteuses. Maintenant qu'il pensait, ou plutôt croyait avoir compris, il fallait qu'il se trouve une destination ou une époque, pour ça pas de problème, il ne manquait ni d'idées ni d'envies. En revanche, pour changer de vibration et donc de monde, alors là c'était foutrement plus compliqué. Antoine se rendit compte qu'il n'avait aucun repère à sa disposition. Comment vouloir quelque chose dont il n'avait aucune idée, aucune représentation mentale possible ? Antoine, découragé, souffla : trop de difficultés, de problèmes insolubles, il n'y parviendrait jamais.

Mo, profitant de l'occasion, venait de lui sauter sur le râble pour lui casser le moral, ce qui, illico, réveilla le toujours vigilant Mi. Les deux « moitiés ennemies », quelque part sous le crâne d'Antoine, engagèrent un bras de fer acharné. Pendant ce temps-là, qui dura quelques jours, Antoine, pensant réfléchir en toute indépendance d'esprit, et selon l'expression usuelle qu'aiment à employer ceux qui ont l'illusion d'être libres, « pesait le pour et le contre ».

Le 15 juin 2021 au réveil, « sa » décision était prise, ce qui le mit — un fait assez rare pour être souligné —, à peine eût-il entrouvert les paupières, d'excellente humeur. Antoine s'était réveillé en sursaut vers trois heures du matin, à ses pieds, tout en boule et en ronron, Nani dormait profondément. Dans la nuit de la chambre, dès qu'Antoine ouvrit les yeux, elle entrouvrit les siens en rabattant ses oreilles vers l'arrière, prête à bondir, puis, soulevant son poitrail, sa petite tête apparut dans le filet de lumière du réverbère, un fin pinceau d'or qui filtrait un peu dans le haut des volets. C'est à ce moment précis qu'Antoine, face au mystère de ses grands yeux marins, décida d'explorer le passé.

Oui, comprendre d'où venait cette petite vie en manteau de fourrure. Où, quand, comment avait-elle acquis le pouvoir de faire fuir les ectoplasmes, tous la craignaient, tandis qu'elle se moquait bien de leur foudre. À deux reprises, Gontran et Fulgor l'avaient attaquée, à chaque fois l'éclair qui aurait dû la foudroyer s'était arrêté à quelques centimètres de son joli museau, tandis que la minouche, gracieuse et insolente, la queue en crosse de prélat dressée vers le ciel, continuait sa déambulation sans se presser.

Deux trois jours à réfléchir, ruminer, échafauder, Antoine écartelé entre Mo qui lui soufflait à l'oreille qu'il n'en reviendrait peut-être pas et Mi qui lui susurrait, en inventant force détails, les merveilles qu'il découvrirait, les secrets qui lui seraient révélés, Antoine passait de la peur bleue à l'enthousiasme délirant. Rien d'extraordinaire à cela, Antoine, quelles que puissent être les circonstances, commençait toujours par fouetter grave, avant de foncer tête baissée en serrant les fesses. Le 18 juin 2021, profitant de l'absence de Céleste, grande randonneuse devant l'éternel, pour toute la journée, Antoine décida de tenter l'aventure. Il chercha Nani dans tous les coins pour qu'elle l'accompagne, mais la minouchette demeura introuvable.

Installé sur sa terrasse, le dos droit, les mains posées à plat sur les genoux (une position qui le rassurait, allez savoir pourquoi), Antoine visualisa le désir qu'il avait de comprendre pourquoi Nani se jouait des Fils de l'Orage, et surtout dans quelles circonstances elle avait su trouver la parade. Il ancra dans son esprit l'image de la chatoune, tortillant du croupion, indifférente à la foudre qui l'attaquait, tout en focalisant sa volonté désirante sur la scène. L'idée, pas sotte du tout, de la féline l'attendant déjà à l'endroit et à l'époque où il atterrirait, lui embrasa l'esprit. Antoine ne s'y attendait pas, il eut l'intuition qu'elle venait de lui être envoyée par cette diablesse de Nani.

Il était temps. Ne plus penser et y aller. Antoine banda tout ce qu'il pouvait encore bander, inspira à se péter les poumons, puis, tous les sphincters au bord de la crampe, il soupira, aussi longtemps qu'il le pût, les yeux clos et les mains crispées sur les genoux. Un grand vent très froid se leva, souffla de plus en plus fort, si tempétueux que ses oreilles gelées faillirent s'envoler. Enfin, c'est ce qu'il ressentit.

Le 10 mai 1752, le soleil se levait, ou du moins tentait de percer l'épaisse menace, noire de nuages boursouflés, qui avait colonisé le ciel. Thomas-François Dalibard, naturaliste reconnu, dressait dans le jardin de sa maison de Marly-la-Ville une grande verge de fer pointue, haute de quarante pieds, reliée à une bouteille de Leyde. Grand admirateur de Benjamin Franklin, il s'apprêtait, un mois avant le maître, à démontrer la présence par temps d'orage d'étincelles électriques qu'il comptait bien capturer à l'aide de son installation. Dans le fond du jardin, une petite chatte tigrée, translucide comme le sont les ectoplasmes ou les hologrammes de Jean-Luc Mélenchon, cachée sous un massif de larges feuilles d'acanthe, observait « son autre », ce maladroit qui se prenait les pieds dans les fils. De grosses gouttes de pluie commençaient à tomber, quand Antoine, cul par-dessus tête, se matérialisa à côté d'elle. Thomas-François courait dans tous les sens, vérifiant la solidité de son installation. La pointe de la verge de fer touchait la base d'un nuage bas, c'était parfait.

— Les orages sont des phénomènes électriques surpuissants, la foudre soulage les cieux de leur trop-plein d'énergie, hurlait-il les bras levés au ciel.

La pluie redoubla, dru, la grêle dure s'invita, fouettant Thomas-François qui tenait son galurin à deux mains, tandis qu'Antoine bien réveillé cherchait un refuge en courant vers un appentis vermoulu. Nani s'y cachait derrière un tas de bois depuis un moment déjà, elle connaissait la scène qu'elle avait jadis, « en personne » vécue, et pour autant qu'un chat puisse sourire, sous sa pelisse elle souriait. La première déflagration fut d'une violence extrême, des éclairs, jaunes, rouges, violets s'abattirent en rafales sur le jardin. L'atmosphère vibrait tellement qu'Antoine eut peur de saigner des oreilles. La nature toute puissante, la nature en majesté, déployait ses forces. Ça puait le soufre et l'ozone, la végétation violemment secouée par les vents hurlants souffrait, feuilles arrachées et branches brisées volaient dans tous les sens. La tête entre les bras, Antoine, terrorisé, se protégeait des projectiles comme il pouvait. La toiture de la grande maison bourgeoise gonfla comme un gâteau au four avant de s'ouvrir comme une grenade trop mûre. Une pluie de pierres, de tuiles et autres débris, arrosèrent le jardin.

Debout au pied de la verge de fer, Thomas-François, les bras en croix tel un supplicié, attendait que la foudre s'abatte sur le mât de fer relié à la bouteille de Leyde. Un, puis deux, puis trois éclairs frappèrent l'engin qui vibra sous les chocs, un quatrième éclair crépita à quelques centimètres du chapeau du naturaliste qu'il épargna en bifurquant vers la tige de fer. Ce fut la première fois dans la longue histoire des Fils de l'Orage qu'ils ne purent atteindre leur cible ! Nani, épargnée par la pluie qui tombait de plus belle, courut vers le courageux — celui que de fait elle fut — et se frotta longuement contre les chevilles de Thomas-François. Mais Nani était invisible pour lui, seul Antoine pouvait la voir, plusieurs éclairs convergèrent vers elle sans jamais la frapper. Thomas-François ne s'aperçut de rien, comment aurait-il pu voir celle qu'il deviendrait bien plus tard ?

Voilà pourquoi les hommes craignent la mort, c'est qu'ils sont incapables d'appréhender l'avenir en général et le leur en particulier ! L'ignorance engendre la peur bleue de l'après-vie, et les supputations fleurissent, et les charlatans de toutes sortes en profitent, les dieux se bousculent, se battent, font la course à l'audimat, les couillons d'humains s'agitent, créent des merveilles, osent des ignominies, cherchent du sens, se perdent parfois dans le non-sens, pour oublier l'atroce trouille que cette garce de mort, qui leur a pourtant donné la vie, leur inspire.

Antoine que la scène épouvantable fascinait ne pouvait s'empêcher de remuer ces pensées que d'aucuns trouveraient étranges, et qui chercheraient en vain le lien entre la rage de l'orage et les idées iconoclastes du voyageur temporel. Thomas-François exultait, son expérience était un vrai succès.

— Nom de Zeus, de Thor, d'Indra, Chac, Raijin, Shango, Tlaloc et tous les autres, ça marche ! — répétait-il comme un mantra, les cheveux trempés et les yeux exorbités. Sa barbe peu soignée dégoulinait, et sa redingote élimée, percée par la pluie, pesait une tonne sur ses épaules maigrichonnes. Mais il s'en contrefoutait, Thomas-François tremblait, plus de joie et d'excitation que de froid. Nani faisait des 888 autour des bottines du naturaliste, l'orage l'avait prise pour cible, la foudre, telle un orgue de Staline, claquait en rafale au ras de son museau, elle n'y prêtait pas attention et accompagnait, en sautant et s'agrippant aux revers de l'habit de son ancêtre, la danse de joie de l'audacieux Thomas-François.

Antoine en avait assez vu pour comprendre, et aussi parce que ça caillait grave, il ferma les yeux, inspira, souffla, serra tous ses orifices en visualisant sa maison, son jardin et tout le toutim. Autant à l'aller il avait crevé de froid, autant le retour fut brûlant, des images en foule de l'enfer, du diable, des succubes et autres créatures maléfiques lui colonisèrent l'esprit pendant qu'un vent desséchant, si violent qu'il faillit lui racornir les oreilles, se déchaînait. C'est du moins ce qu'il ressentit. Quand il rouvrit les yeux, l'air était doux, il regarda sa montre, l'heure n'avait pas pris une seconde.

Quittant le jardin, Antoine, bien décidé à se remettre au travail, regagna son bureau. Assise, bien droite sur le plateau de vieux cuir, face à l'écran noir de l'ordinateur éteint, la queue paisiblement enroulée autour de ses flancs, Nani tourna la tête en l'entendant arriver.

— Mais tu es de retour, toi. Pourquoi n'as-tu pas atterri avec moi dans le jardin ?

Nani, ce qui ne surprendra personne, ne bougea pas d'un poil. Imperturbable, elle le regarda avancer vers elle. Antoine se perdit tendrement dans ses yeux couleur de mer d'Irlande en été, au regard insondable, pendant qu'après s'être léché la patte droite elle entreprenait de se frotter le sommet du crâne. Madame, comme si de rien n'avait été, s'affairait à sa toilette ! Quand il s'assit dans son fauteuil, elle se leva, fit le dos rond, avança d'un pas et posa la tête contre son front. D'ordinaire, Antoine appréciait ce contact spontané, c'était un moment qu'il vivait simplement, un moment plein d'un amour simple et désintéressé. Ce jour-là, il vécut une étrange expérience qui le laissa songeur. Au contact de la tête chaude et douce de la féline, il revécut en accéléré son voyage dans le passé, l'orage, Thomas-François accroché à la verge de fer, Nani tournant autour de lui, et lui, Antoine, à l'abri de l'appentis, assistant à la scène. La dernière image qu'il perçut, une image arrêtée plusieurs longues secondes, fut l'image en gros plan des yeux couleur de mer calmée de la petite chatte qui le regardait intensément.

CHAPITRE 29

Dans la semi-obscurité de sa chambre aux volets clos, Antoine ne trouvait pas le sommeil. Mais comment trouver le repos, quand depuis une semaine il s'échinait à comprendre ce qu'il avait vu pendant son voyage du 18 juin 2021, et quand, d'autre part, il se demandait si sa Nani, sa nouchette, en posant sa tête contre son crâne d'humain buté, avait partagé avec lui le résumé du film : le gros orage et Thomas-François inventant le paratonnerre. Sous l'emprise de son cerveau gauche et de son cortex, de déduction en déduction, il cherchait des explications logiques, là où il n'y en avait pas. L'humain est ainsi constitué qui croit dur comme fer, à l'aide de sa raison encore bien balbutiante et grâce à la science soi-disant toute-puissante, pouvoir expliquer le monde. Comment renoncer à ces illusions aussi puériles que réductrices ? Heureusement, Mi l'optimiste, Mi, le curieux, le créatif, l'aventureux, lui souffla dans le creux de l'oreille qu'il perdait son temps en vaines conjectures, et qu'aucune tempête n'a jamais coulé le petit bouchon de liège emporté par les flots.

— Ne te fatigue donc pas Tonio, tout viendra à point, au juste moment, ne sois pas pressé, laisse-toi porter par l'orage, va de l'avant, pour le moment ne t'épuise pas à tenter de percer l'inexplicable, répétait Mi en riant de bon cœur.

Cela faisait quelques jours qu'il pleuvait par intermittences, l'air était frais et humide. Cette nuit, ça tombait dru. La chanson de la pluie sur le sol valant tous les somnifères, Antoine, vaincu par la légèreté joyeuse de Mi, finit par sombrer dans un sommeil agité. À ses pieds, Nani la mystérieuse ronronnait.

Petit à petit le troisième confinement se relâchait, les vacances d'été approchaient, les frustrés renâclaient, il leur fallait leur transhumance saisonnière à tout prix. Et surtout, avant toute chose, plonger à nouveau dans les délices de la consommation outrancière, inconsciente jusqu'à l'indécence. Ah, « pouvoir à nouveau claquer du fric » ! La pandémie, chaleur aidant (?), se calmait, la vaccination avançait cahin-caha, même si les récalcitrants ralentissaient sa progression, tout le monde savait qu'avec le variant « Delta » on planerait certainement, et pire encore, dès septembre, tandis que pendant ce temps-là, le réchauffement climatique suivait tranquillos son petit bonhomme de chemin : Dôme de chaleur au Canada qui frôlait les 50 °, pluies torrentielles et inondations en d'autres lieux, mais comme tout ce qui ne les touche pas directement n'existe pas, et donc ne les concerne pas, les humains, les autres bien sûr, s'en foutaient, et les maîtres mots qui enverraient à terme l'humanité ad patres résonnaient plus fort encore : consommation, croissance, pouvoir, profit et tutti quanti. Il est vrai qu'en matière de pandémie et de catastrophe climatique, Antoine avait tendance à se répéter, mais là, on peut le comprendre, non ? Sur ces questions, Mi et Mo la fermaient, il y a dans la vie, des moments d'une intense gravité qui ne souffrent pas les discussions stériles. Comme tous ceux dotés d'une once de conscience, jour après jour, il sentait monter une trouille terrible et glaçante qui lui serrait les tripes.

Début juillet 2021, Antoine lut dans la presse que sous le dôme de chaleur qui écrasait une partie du Canada, des orages secs éclataient et des villages s'embrasaient en quelques heures. Cette information le glaça. Était-ce le fait des Fils de l'Orage ? Étaient-ils les maîtres de TOUS les orages, ou se pouvait-il que de tels phénomènes éclatent spontanément du fait de conditions météorologiques spécifiques ? Gontran et/ou Fulgor ne se manifestaient plus depuis un bon moment, et cela ne fit qu'augmenter les soupçons d'Antoine.

— Ah, les sales bâtards ! Si ce sont eux qui déclenchent ces orages mortels, pas question que j'accepte ça. Mais comment sortir de cette histoire, quitter les Fils de l'Orage et rentrer dans les rangs des humains ordinaires ?

D'un bond léger, Nani sauta sur le bureau, la queue enroulée autour de son cul, elle s'assit et lui fit face. En signe de paix, Antoine battit deux fois des paupières, lentement. Elle lui répondit. Certes, le lien était noué, mais pour autant il restait toujours incapable de déchiffrer le regard mer méditerranée sous mistral de la chatoune. Voulait-elle lui dire quelque chose. Si oui, que cherchait-elle à lui faire comprendre ? Un chat ne cille jamais de façon mécanique, il cligne quand il le décide, pour signifier qu'il accepte et reconnaît les intentions pacifiques de l'humain qui l'approche. Nani le regardait droit dans les yeux, et ce jour-là, Antoine eut l'intuition qu'elle tiendrait des heures si nécessaire. Oui, elle était là pour lui dire quelque chose, il en fut immédiatement persuadé. Pour la première fois de sa chienne de vie de con d'humain, il cessa de se poser des questions et lâcha prise, en se contentant d'échanger avec elle ce regard d'une intensité nouvelle. Mais après quelques secondes, comment ne pas cligner mécaniquement des yeux ? Les humains ne sont pas des félins, leurs yeux clignotent à longueur de temps ! Ne pas ciller, non, tenir le regard du chat sans jamais fermer les paupières, ne serait-ce qu'une fraction de seconde. Pourquoi, Antoine n'en savait fichtre rien, mais il devait tenir, il le sentait. Au bout d'une très longue minute, de ses yeux brûlants perlèrent quelques larmes douloureuses, mais il résistait toujours malgré le sable sec qui commençait à gratter l’envers de ses paupières. Chez les bipèdes, ciller, c’est entretenir l’humidité extérieure des globes oculaires, faute de quoi, les yeux brûlent et deviennent douloureux.

Pourtant, il se contenait encore. Soudain, comme une enclume attirée par un aimant surpuissant, il sombra dans les pupilles de la chatte. Elles l’avalèrent sans qu’il n’y puisse rien faire. Une image idiote lui traversa l’esprit, la baleine avalant Jonas. Il n’eut pas le temps d’en sourire, il avait déjà perdu conscience. Dans ses oreilles il entendait, à vitesse folle, les trilles de la Stravaganza de Vivaldi, il ne tombait pas, comme il convient de tomber dans les romans de genre, il flottait, lévitait dans un noir velouté auquel s’accrochaient par instants fugaces quelques lux éphémères. Antoine se sentait au mieux, calme, détendu comme une boule de crème fraîche sur un lit de réglisse tiède. Que lui arrivait-il ? Il s’en battait les broquilles, ne se posait plus de questions, naviguait dans l’éther obscur et pourtant rassurant. « Dans les iris de Nani », un remake de « Dans la peau de John Malkovich » ! Cette idée le fit sourire.

Au-dessus de champs fleuris qui s’étendaient à perte de vue, le soleil de l’été enflammait l’azur. Antoine se redressa, se tourna dans tous les sens en se demandant ce qu’il faisait là. Il se souvint, malgré ses yeux secs et douloureux, avoir soutenu le regard de Nani jusqu’au bout de ses forces, puis il avait eu la sensation d’être avalé par les pupilles de la féline, emporté dans un couloir de velours noir qui l’avait recraché dans ce champ sous un cagnard à incinérer un vivant ! Non loin de lui, il aperçut dans les espaces d'à côté, un champ de blé moissonné parsemé de gros bosquets de petits arbres, une jeune femme blonde, une presque enfant qui traversait en trottinant vivement, quand un jeune homme mal vêtu, jaillit d'une futaie épaisse et entraîna la petite sous le couvert. Antoine l'entendit se débattre et crier. Quelques minutes plus tard, le garçon mal fagoté ressortit du boqueteau et s'éloigna en se reboutonnant et courant à moitié. Antoine n'eut pas le temps de voir le visage du maigrelet qui disparut derrière un pli du terrain.

Il perdit conscience à nouveau et navigua une fois encore dans l'étrange couloir de panne sombre. Mais que lui arrivait-il ? L'air était immobile et tiède, l'image d'une taupe endormie dans sa galerie illumina un instant son esprit engourdi, il tendit les bras de tous côtés sans parvenir à toucher ne serait-ce qu'une paroi. Désorienté, il était complètement déconcerté par ce qu'il croyait vivre. Sans aucun repère auquel se raccrocher, il ne savait plus s'il rêvait ou ?

La lumière l'éblouit une seconde fois, une lumière inquiétante, électrique, orangée. Antoine se trouvait à présent près d'une rivière et ça sentait l'orage, le ciel s'obscurcissait à grande vitesse : « le ciel d'azur disparaissait au fur et à mesure que de lourds nuages aux panses noires distendues se regroupaient au-dessus de leurs têtes », cette phrase qui tournait dans son esprit lui disait quelque chose, il l'avait écrite quelque part sans doute. La chassant de sa raison, il distingua au loin, alors que les premières gouttes de pluie, lourdes comme des pierres chaudes, commençaient à tomber, un couple de jeunes adultes pauvrement vêtus et deux enfants qui trottaient en cherchant un abri. La jeune femme quitta le chemin de halage, elle galopait vers une grange toute proche, quand un éclair rouge sang l'embrocha comme l'est une perdrix sur une rôtissoire. La pauvresse, secouée par le choc, perdit l'équilibre, mais ne tomba pas. Une fois de plus, mais cette fois-ci tout un paragraphe s'imprima dans le cortex d'Antoine : « Thelchilde vacilla, mais ne tomba pas. Non loin d'elle maintenant, ses enfants, protégés par leur père, hurlaient, elle se tourna vers eux qui eurent du mal à la reconnaître. Les vêtements en lambeaux, les cheveux noirs hérissés et dressés sur la tête, les yeux hagards et injectés de sang, les iris couleur lapis, d'un bleu sombre, proche de l'encre des mers profondes. Thelchilde était méconnaissable. Le père et les deux petits s'attendaient à la voir tomber en cendres. Au lieu de quoi, elle leur sourit et les rassura en quelques mots tendres ». Non, mais non, il en était certain, il n'avait jamais écrit ça ! Certes non, mais il l'écrirait un jour. À cette pensée, il crut qu'il devenait fou. Le film des évènements accéléra brutalement, le père, foudroyé à son tour par un éclair violet, fut tué sur le coup.

Nani n'avait pas bougé, son regard, fixe et toujours aussi illisible, ne l'avait pas quitté. Quand Antoine revint de son étrange voyage qui le laissait muscles meurtris, hagard, ne sachant plus où il se trouvait, la petite féline, se pencha vers lui, posa sa tête contre la sienne ce qui l'apaisa et lui fit du bien, ce fut comme une caresse fraîche, comme une eau lustrale, sa panique reflua, il retrouva calme et lucidité.

Difficile pour Antoine de faire le lien entre l'attitude de sa chatte et l'étrange expérience qu'il venait de vivre. Il avait beau avoir l'imagination fertile et peu de ces certitudes qui cristallisent l'esprit, il ne pouvait rien prouver, il ne pouvait que croire. Il se souvenait précisément de cet instant de bascule où il s'était senti littéralement avalé par les pupilles enténébrées de la sorcière en pelisse, de la chute vertigineuse qui l'avait entraîné tour à tour devant cette scène de viol, puis sous l'orage meurtrier.

Croire c'est parier, c'est prendre le risque de se tromper, en suivant l'intuition qui lui titillait l'esprit : Nani ne serait pas une chatte ordinaire, elle s'évertuerait, sans jamais se lasser, à lui faire comprendre, elle qui ne pouvait parler le langage des hommes, qu'elle avait connu, sous d'autres peaux, bien des vies. Celles de Thelchilde, de Thomas-François, des vies brisées par des orages assassins, des orages qu'elle avait fini par dompter. Depuis, de peaux humaines en peaux animales, elle luttait contre Fulgor et ses adeptes. Depuis qu'Antoine l'avait adoptée, elle lui avait prouvé à maintes reprises qu'un seul de ses regards anéantissait les ectoplasmes, mais lui, en cartésien buté, n'y voyait que du feu, sa conscience, étroitement bridée par les diktats de la science, se montrait incapable de quitter les autoroutes de la pensée convenue. Alors, elle l'avait invité dans son passé, jusqu'aux scènes fondatrices qui expliquaient les raisons de son combat.

— Je délire, cette aventure me brouille l'esprit et affecte ma raison. Comment ça, ma petite Nani serait plus qu'une chatte, elle aurait vécu mille vies ?

Antoine refusait d'y adhérer, il se demandait si les millions de volts encaissés en pleine poire ne l'auraient pas plongé dans une sorte de folie délirante. Le monde « réel » ne serait qu'un espace temporel parmi d'autres ? Ou alors, se pourrait-il que Gontran et Fulgor ne soient que des inventions de sa conscience malade ? Pourtant, il était revenu trempé jusqu'aux os de l'épisode chez Thomas-François, quand il avait cru comprendre comment Nani était devenue intouchable, comment depuis lors elle se moquait de la foudre et pourquoi les Fils de l'Orage la fuyaient, elle, la preuve vivante des limites de leurs pouvoirs. Nani serait devenue, en traversant les temps, les époques, en revêtant bien des habits dont la vie pare ou affuble — question de chance, de destin, de hasard, va savoir Gaspard — l'âme selon certains, le marionnettiste pour d'autres, enfin cette force mystérieuse qui meut, et le plus souvent agite les corps de chair, à quelque espèce qu'ils appartiennent, Nani, donc, ne pourrait être qu'une bourlingueuse qui compterait quelques siècles au compteur.

En relisant ce qu'il venait de pixéliser sur l'écran de sa machine, Antoine se mit à rire, à ricaner plutôt. Il y avait là de quoi déclencher des représailles de toutes sortes, de quoi finir au bûcher, de quoi être insulté de tous côtés, enfin de quoi déplaire à coup sûr.

Dans le garage, sur le manche du parapluie, l'étiquette apparut et disparut à toute vitesse pendant un bon bout de temps.

CHAPITRE 30

Cela faisait maintenant quelques heures qu'en fond sonore les requiem se succédaient : Mozart, Verdi, Brahms, Campra, Gilles, Kozlovsky à la queue leu leu. Autrement dit, c'est devant la queue du loup qu'on trouve le loup, et c'était peut-être ces musiques qui lui avaient inspiré son gloubi-boulga mystico-machin. Tant pis, l'histoire qu'il s'était mis à écrire, une sorte de journal romancé de ces étranges moments de sa vie, à défaut de donner dans le consensuel, ne manquait pas de gueule à la relecture. « Les Filles » dormaient sur un disque dur externe, pas un éditeur en avait voulu, il n'avait même pas été foutu de se trouver un bêta-lecteur — quelques-uns n'avaient pas osé lui refuser ce service — aucun ne lui avait retourné quoi que ce soit. Antoine en avait conclu que son travail n'était qu'une daube. C'est pourquoi, un soir d'orage, l'idée lui était venue de cette histoire un peu folle. Et là, coïncidence ou pas, soudainement Gontran l'avait irradié, et les Fils de l'Orage étaient entrés dans la réalité (?) de sa vie, au point que tout se mélangeait maintenant : Vrai monde, faux monde, passage de l'un à l'autre, aux autres, foudroiement de deux gosses paumés Philibert et Saphir, changement de monde sur un soupir, être vu et ne pas être vu dans un même lieu, au même instant, il y avait bien là de quoi perdre la boule !

Antoine termina sa journée au Doliprane, et se coucha en se disant qu'après une bonne nuit de sommeil, ça irait mieux. Nani ne le rejoignit pas, elle devait être quelque part, à barouder dans un monde intermédiaire, peut-être même était-elle allongée au bout de son lit, dans une réalité toute proche, sans que de ce fait il puisse la voir.

Brammmm ! Quatre heures du matin, Antoine, hirsute, collé au dos du lit, terrorisé. Réanimé en sursaut par un éclair puissant, assourdissant, il s'était brutalement réveillé, les muscles tétanisés, trempé de sueur. Sur le rideau occultant de la fenêtre, face au lit, Gontran riait tant que son image tremblait.

— J'ai entendu tes pensées d'hier crétinos ! Fumeux tout ça, tu refuses les réalités multiples dont ton nouveau statut d'Enfant de l'Orage a ouvert les portes. Je veux bien comprendre que ces découvertes récentes puissent bouleverser tes pauvres convictions de petit homme borné, mais, nom d'un volcan jouissant, tu devrais être émerveillé, heureux, d'avoir été choisi parmi la multitude informe et crasse de ces foireux d'humains stupides ! D'autant que tu apprends vite, je t'ai vu voyager dans le temps, tu n'es pas loin de passer Frère. Te reste à fulgurer quelques pékins, et surtout à bien les choisir. Fie-toi à ton intuition, ne frappe pas à tort et à travers. Sache que Philibert se porte bien et commencera bientôt — difficilement, car il n'est pas très malin et ses penchants l'aveuglent encore — sa formation, quant à Saphir, elle a mal digéré la foudre, elle n'a pas les épaules, mais elle est vivante. Tu vois crétinos, pour une première fois, tu ne t'en es pas trop mal tiré, tu n'as tué personne. Ne t'inquiète plus, tu sais maintenant choisir ceux qui n'en mourront pas, même s'ils échouent. Après quoi, comme tous les Frères, il te faudra voyager en compagnie d'autres jeunots et partir en campagne. Enfin, tu sauras tout ça le temps venu. Allez, au travail. Ah, une chose encore, importantissime, méfie-toi de cette salope de garce de N. …

Gontran n'eut même pas le temps de prononcer son nom, Nani était apparue au bout du lit, aussitôt l'ectoplasme avait fondu en grésillant comme graisse de canard dans la poêle de grand-mère. Antoine fut une nouvelle fois stupéfait par l'apparition de la petite chatte, plus exactement par l'instantanéité de sa matérialisation. Comment faisait-elle, comment passait-elle d'une vibration à une autre ? Avec élégance sans doute, comme elle savait l'être au moindre de ses mouvements. Lui pataugeait encore, maîtrisait mal les soupirs et autres techniques, alors que chez Nani, depuis le temps, c'était certainement devenu naturel, elle était le parfait aboutissement de siècles de travail.

Antoine piqua soudain un fou rire qui ne voulut pas s'arrêter. Très vite, il pleura, hoqueta, cracha et bava sans parvenir à reprendre son souffle. Comme souvent, une idée incongrue lui avait traversé l'esprit : Le nœud, le moteur de cette histoire abracadabrante, c'était le viol de Thelchilde, ben oui ! Comme dans les romans contemporains à la mode, voyons ! La jeune femme avait été si profondément traumatisée par le jeune Fulgence que le souvenir douloureux de l'agression, puis de la mort de son époux sous la foudre, l'avait marquée au fer incandescent de la haine. Une haine si forte qu'elle l'avait accompagnée au cours de toutes ses incarnations sans jamais faiblir. Une haine bien plus forte que tous les orages. Ce coup-ci, putain de merde, le coup du viol, pour une fois il était dans la vibe[1] littéraire !

Août 2021, plus de nouvelles de Gontran et de Fulgor, les vacances d'été avançaient doucement, les transhumants transhumaient, aspiraient à retrouver leurs habitudes d'enfants gâtés. Pourtant, Marcel le Coro, à force de répliques avait accouché du petit Delta. Dans toutes les portées, humaines ou animales, il y a toujours un agité, plus agressif, qui fout le souk à longueur de temps. Delta était de ceux-là, un petit dur, un combattif,

---

[1] *Terme argotique signifiant « dans le mouvement », « à la mode »*

un teigneux, plus, bien plus contagieux que les autres variants de son âge. Alors Delta profitait des vacances des humains pour infecter à tour de spykes avides tous les quidams qu'il croisait. Faut dire que les irréductibles, les gus épris de liberté qui refusaient le vaccin, lui facilitaient grandement la tâche. Et quand on voulut imposer le passe-sanitaire, ça ne fit qu'empirer. Et que j'te manifeste tous les samedis, et que j'te hurle en rangs serrés à la dictature, et pire encore. Parler de dictature en France, Antoine n'en croyait pas ses oreilles. Au pays de la sécurité sociale et des protections tous azimuts, c'était pour le moins indécent.

Pendant qu'il pleuvait sur la France, de gigantesques incendies éclataient en Turquie, en Grèce, en Californie. On parlait même d'orages déclenchés par la chaleur extrême qui régnait dans ces pays. En Europe, a contrario, des épisodes de pluies diluviennes avaient fait de nombreuses victimes en Allemagne comme en Belgique.

Deux clochards, Abel l'agité et Caïn le silencieux — c'est ainsi qu'Antoine les avait surnommés — s'étaient installés rue d'Angoulême sous une boite aux lettres accrochée à mi-hauteur du mur, juste à côté de la vitrine de la boulangerie « La Scie Mâline », entre une poubelle de rue, une jolie poubelle bardée de bois, et un tonneau de récupération ; à Cognac, les barriques, ça ne manque pas. Cela faisait quelques jours qu'Antoine les avait remarqués, tandis qu'attablé avec ses potes il buvait son café du matin. Abel arrivait le premier, pliait et posait soigneusement sa veste ou son manteau de pouilleux sur le couvercle de la poubelle. Ensuite il tournait en rond dans la rue piétonne, nerveusement, sans jamais s'éloigner, agitant ses grands bras, discourant à voix moyenne. Une dizaine de minutes plus tard, Caïn — à la mine taciturne, coiffé d'un chapeau de récupération, genre bitos de mafieux à la Al Pacino, teint mat, et barbe noire de trois jours qui ajoutait à son air sombre — le rejoignait. Sans un mot, il posait son sac sous la boite aux lettres, s'asseyait sur les pavés, s'adossait au tonneau, entourait à deux bras ses genoux repliés et ne bougeait plus. Abel, nerveux comme un camé en manque, continuait son manège en prenant Caïn à témoin. L'autre ne mouftait pas, laissait dire et restait impassible. C'était lui le patron, ça se voyait.

Le 12 août 2021, depuis quelques jours, après une longue période de temps frais, la grosse chaleur s'était installée. Quand Antoine arriva sur la place, la doublette était au boulot et sollicitait les passants qui entraient et sortaient de la boulangerie. Abel le nerveux déjeunait au vin rouge et tourbillonnait comme un lombric sur un poêle à charbon, haussait régulièrement le ton jusqu'à ce que Caïn, qui comptait les sous, agacé par son énervé de partenaire, lui balance deux mots secs qu'Antoine n'entendit pas. Le grand flandrin stoppa ses gesticulations et continua à soliloquer, mais à voix basse.

C'est ce jour-là, à 10 heures 29 précises, qu'Antoine décida de les foudroyer sous peu. Si ça marchait, s'ils en réchappaient, ça en ferait quatre à son tableau de chasse. Et qui sait, les deux clodos, ça les remettrait peut-être d'équerre ?

CHAPITRE 31

Lorsqu'en octobre 2019 Antoine et Céleste avaient recueilli Nani, elle n'était pas très fringante. Maigre, peureuse, le poil terne et la peau pustuleuse, il avait fallu la « remettre en état ». La clinique vétérinaire « Caillerad et de Malarre » se trouvant à portée de flèche de sa maison, Antoine y avait emmené Nani et fait la connaissance de Flore une jeune véto de l'équipe qui avait, en douceur et avec beaucoup de tendresse, vacciné et soigné les petites misères de la pauvrette. Très vite, Nani, bien nourrie, avait retrouvé la santé, le poil luisant, l'œil vif et la griffe prompte. Mais il avait bien fallu une année pour qu'elle fasse entière confiance à Céleste et Antoine.

Trop occupé par ses relations tumultueuses avec les Fils de l'Orage, Antoine n'y prêta pas attention : Nani depuis fin juin 2021 maigrissait beaucoup, mais elle était tellement importante dans sa vie, tellement extraordinaire, il l'aimait tant qu'il l'avait crue immortelle. Jour après jour, elle se dévoilait, guidait Antoine dans les mystérieux entrelacs des espaces-temps, et devenait, comme dans un monde à l'envers, sa protectrice, son initiatrice ; tout cela faisait qu'il n'avait pas remarqué son affaiblissement progressif. Quand il s'en aperçut, il l'emmena chez les vétos, Flore l'ausculta, s'inquiéta, procéda à une série d'analyses et le diagnostic tomba : Nani souffrait d'une MICI, une maladie inflammatoire dont les formes sévères sont associées à un amaigrissement et à une entéropathie exsudative, conduisant à une hypoprotéinémie puis à des épanchements cavitaires. Flore, le regard triste, expliqua cette horreur avec ménagement, elle garda la jeune chatte quelques jours pour la soigner énergiquement et tenter de stabiliser son état. La petite fit plusieurs autres séjours à la clinique. Entre temps, Antoine et Céleste suivirent à la lettre ce que Flore leur conseilla. En vain, la santé de sa chérie se dégradait, elle était maigre à pleurer. Le soir du 15 août, elle se hissa péniblement à l'étage et s'allongea au bout du lit de Céleste ; vers deux heures du matin, sans un bruit, elle descendit et passa le reste de la nuit aux pieds d'Antoine qui ne dormait pas. De bon matin, Céleste découvrit dans la salle de séjour des vomissures sanguinolentes et des flaques de diarrhées. Nani fut transportée avec précaution à la clinique. En accord avec Céleste et Antoine, Flore l'euthanasia peu après. Tous les trois pleurèrent.

Une semaine plus tard, dans la nuit du 22 au 23 août, Antoine, les yeux grands ouverts dans l'obscurité de sa chambre, parlait à voix basse à sa chatoune disparue en sanglotant. Épuisé par les insomnies successives, il finit par sombrer un peu dans l'entre-deux, cet état comateux qui n'est ni éveil ni sommeil. Quelque chose bougea au bout du lit, une succession de petits pas légers qui semblèrent s'arrêter à ses pieds. Le cœur à cent à l'heure, il se releva très doucement et ne vit rien. Il était pourtant certain d'avoir reconnu les trottinements légers de Nani, les petits rebonds de ses pattes de velours, mille fois ressentis quand elle venait s'installer près de lui pour la nuit. Le chagrin l'envahit une fois de plus, il fondit en larmes chaudes. La nuit suivante, à la même heure, il vécut le même phénomène et la même torture. Elle était là, toute proche, dans un autre espace-temps, à quelques vibrations, elle l'appelait, il en était certain !

Et cela se reproduisit, chaque soir à la même heure. Le troisième jour, Antoine décida de « faire un bond », avec en tête et au cœur le désir de « rejoindre » Nani, où qu'elle se puisse trouver. À minuit douze, exactement, assis en tailleur sur son lit, il se concentra et soupira brièvement, il eut très froid quelques secondes, une lueur blanche fusa sous ses paupières closes, il se sentit rebondir légèrement sur son matelas, comme s'il atterrissait en douceur. Il entrouvrit prudemment les paupières. Face à lui, assise comme un chat, la queue enroulée autour de son joli cul, Nani le regardait. Belle, les yeux brillants, la fourrure intacte, rondouillette comme aux plus beaux jours. Elle cligna des paupières à plusieurs reprises, il lui répondit malgré les eaux chaudes qui dévalaient sur ses joues et brouillaient sa vue sans qu'il puisse les arrêter. Nani dont l'image tremblait par instant s'approcha de lui et posa sa tête contre la sienne comme elle le faisait souvent. Elle lui parlait à sa façon de chat, sans un mot, sa pensée pénétrait le crâne d'Antoine.

— Je suis avec toi, toujours, mais je ne suis plus à tes côtés. Écoute-moi, le soir avant de t'endormir, je t'enverrai des mots, des idées, je continuerai à t'aider. Allez, inspire et retourne dans ton monde.

Quelques secondes plus tard, après une chaleur furtive, un léger tremblement et un petit courant d'air, Antoine était à nouveau seul sur son lit. Heureux et désespéré à la fois.

— Hahahahaaa ! Enfin débarrassés de cette saleté de fourrure miteuse, nous sommes ! Elle ne viendra plus nous emmerder !

Avant même de voir sa gueule antipathique trembler sur l'écran de son ordinateur, Antoine avait reconnu la voix désagréable de Gontran. Une seconde après qu'il eut soupiré en visualisant Nani, son image un peu tremblante sauta sur le cuir vert bronze du bureau et Gontran disparut de l'écran dans un crépitement de pixels désintégrés. La petite se retourna vers Antoine, cligna des yeux et se désagrégea aussitôt. Antoine soupira à nouveau, deux secondes, les yeux clos et se retrouva au même endroit chez lui. Il était seul dans la maison, il se leva et se dirigea vers la cuisine. Nani penchée sur son bol de croquettes dégustait tranquillement. Certes, sa silhouette était un peu floue, mais sa gamelle, rangée dans le garage depuis sa mort, était là, bien nette. Un peu plus loin, sa fontaine d'eau ruisselait comme avant. Antoine comprit qu'il n'avait fait qu'un petit bond d'une semaine dans le temps. Et pourquoi ne pas faire mieux, remonter plus avant quand Nani était encore en pleine santé ? Il le désira si fort qu'après une expiration de quelques secondes, un petit coup de froid au passage, il retrouva la chatoune ronronnant, le poil luisant, allongée sur son bureau. Bien sûr l'image était un peu plus terne que la réalité et manquait de relief, mais il était tellement heureux ! Spontanément il avança la main vers elle pour la caresser, mais ses doigts ne rencontrèrent que le cuir de son bureau.

Depuis quelques jours le ciel était d'azur pur sous un vent de nord-ouest modéré. Les matins étaient frais pour la saison. Antoine, encore sous le choc de la mort de Nani, n'avait pas renouvelé l'expérience. L'avoir vue sans pouvoir la caresser, sentir sa chaleur sous sa main, ne l'avait pas réconforté, au contraire il ne s'en trouvait que plus triste encore. Antoine se trainait. Le 30 décembre 2021 au matin, sous l'archet de Yo-yo Ma, les notes graves de la suite n° 4 de J.S Bach rebondissaient sur les murs du bureau d'Antoine qui regardait d'un œil éteint l'écran de son ordinateur. Cela faisait un bon bout de temps qu'il n'avait pas aligné deux mots à la suite. Les Filles n'avançaient plus : « Xéresse referma la porte », il se répétait cette phrase mécaniquement depuis pas loin d'une heure quand son écran s'embrasa et Fulgor brasilla en noir et rouge.

— Alors, Enfant de l'Orage, ne devais-tu pas fulgurer les deux clodos, Abel et Caïn ? Ça fait bien une paie, un bon paquet de quinzaines que j'attends, oui, j'attends que tu veuilles bien te bouger les fesses. Tu ne vas pas nous faire une déprime parce que cette foutue sale chatte a crevé ? Bon débarras ! Elle ne viendra plus se foutre dans nos pattes.

Ces mots réveillèrent brutalement Antoine qui rétorqua en hurlant :

— Mais, bon sang, tu vas la boucler Maître de mes deux ! Cette petite Nani était bien plus puissante que toi ! Il lui suffisait d'apparaître pour que tu disparaisses comme le dernier des bons à rien. Je connais maintenant les raisons de tes fuites, la queue entre les jambes, espèce de sale violeur ! Depuis que sous les traits de François-Thomas Dalibard elle a inventé le paratonnerre, tu ne peux plus rien contre elle ! Je l'ai vue se promener tranquillement sous tes salves d'éclairs meurtriers, tu ne pouvais pas l'atteindre, pauvre impuissant ! Elle reviendra te narguer, elle ne te lâchera jamais, j'en suis certain. N'oublie pas que grâce à toi, elle est immortelle.

L'écran clignota plusieurs fois, l'image de Fulgor vacilla à plusieurs reprises, ses couleurs ternirent, mais il ne répliqua pas, le coup de sang d'Antoine lui avait cloué le bec.

— Pas si maître que ça de ses émotions, le Maître, ironisa Antoine à voix haute.

Silence, Fulgor se taisait. Machinalement, Antoine soupira, à peine, mais cela suffit. Nani se matérialisa dans la pièce et sauta sur le bureau. L'image de Fulgor explosa et l'écran de l'ordinateur vira au noir intense. Antoine réfléchit à ce qui venait de se produire et comprit qu'en soupirant furtivement, à peine une demi-seconde, cela suffisait pour que sa minouche apparaisse et terrasse Fulgor. Il en déduisit qu'en faisant très peu varier les vibrations, il pouvait à la fois chevaucher et agir dans les deux mondes, apercevoir la minette qui pouvait intervenir, elle aussi, en sa présence. Puis Nani s'évaporait aussitôt. C'était fugace, mais si bon de l'avoir revue un instant. Antoine, qui se faisait rarement confiance, se demanda si son intuition était la bonne, si ce qui venait de se passer était le fait du hasard ou s'il avait, par chance, découvert le moyen de revoir sa chatoune ? Les yeux fermés, il réfléchissait. Mo le pessimiste lui susurrait à l'oreille de ne surtout pas tenter à nouveau l'expérience, il serait forcément déçu, il avait dû rêver, son envie de revoir sa féline était si forte que son imagination avait inventé la scène, malheureux comme il l'était, il y avait cru. Mi tempêta, envoya Mo aux enfers, bouscula Antoine, le traita de trouillard et même de couille molle ! Il braillait si fort qu'Antoine, excédé, soupira, s'en aperçut, s'arrêta aussitôt et rouvrit prudemment les yeux.

Nani, assise sur le cuir de son bureau, ronde comme à ses plus beaux jours, le museau à 20 centimètres de son visage le regardait en clignant des yeux. Il lui répondit deux fois, elle posa sa tête contre la sienne, il ne sentit pas la douceur de sa fourrure, elle disparut subitement. Dix secondes, pas plus, elle était revenue dix secondes, pas une de plus, le temps de lui coller un message dans le crâne.

— C'est bien, tu vois, tu as compris tout seul cette fois, désormais tu sais comment me retrouver.

CHAPITRE 32

En ce tout début de janvier 2022, le temps, d'humeur changeante, était incertain. Le vent de nord-est avait faibli, la masse d'air, réchauffée par le vent du sud, avait poussé, venant d'Espagne, un épais tapis de nuages gris, ça crachotait par intermittence, l'air était chaud et humide. La météo annonçait de possibles orages. Un décor idéal pour Antoine.

Fidèles à leur poste, Caïn et Abel entamaient leur journée de travail. Sirotant son café, non loin de l'entrée de la rue piétonne, Antoine les observait. Abel, plein comme une barrique, tournait sur lui-même en poussant de petits cris inarticulés. Fataliste, Caïn, adossé à son tonneau, le regardait en silence. La situation l'arrangeait, le manège de son acolyte attirait l'œil des passants qui ralentissaient pour éviter Abel la toupie folle. Le spectacle prêtait à sourire. Les pièces tombaient dans la coupelle de Caïn qui remerciait d'un signe de tête en se fendant d'une ébauche de sourire. La journée commençait bien.

À 10 h 45, le 3 janvier 2022, Antoine, les yeux fixés sur les deux compères, soupira de la pointe du nez, un petit souffle puissant et bref, banda ses abdominaux, serra violemment son sphincter du bas, et l'orage éclata. Un seul coup de tonnerre assourdissant résonna, deux éclairs violets frappèrent les deux hommes. Caïn ne bougea pas sous le choc, ses yeux s'agrandirent, son nez et ses oreilles se mirent à saigner. Il leva la main droite et s'écroula sur le côté. Abel vacilla, mais ne tomba pas, il fit deux pas hésitants et s'adossa au mur de la boulangerie, secoua plusieurs fois la tête en se laissa glisser sur ses talons.

Dans la rue piétonne et sur la place François 1er, personne n'avait bougé. Le petit soupir préalable au déclenchement de la foudre avait parfaitement fonctionné. L'orage, les éclairs, la foudre avaient éclaté dans l'espace-temps juste à côté, à quelques vibrations du monde dit réel, celui de l'instant présent. Tout cela en une fraction de seconde. Ni vu ni connu ! Les deux clochards affalés sur le sol n'inquiétèrent pas les passants, deux clodos bourrés endormis cela n'avait rien d'extraordinaire.

Seul Antoine, le trouillomètre à zéro, attendait que les deux gonzes reviennent à eux. Vers midi trente, Abel bougea le premier, s'ébroua et complètement dégrisé se prit la tête à deux mains puis se releva péniblement. Il était indemne. Certes, avec ses cheveux en pétard, ses yeux injectés de sang et son teint rougeâtre, il avait la tronche caractéristique du fulguré qu'Antoine connaissait bien, mais il avait, sans le savoir, réussi son examen ! Dans peu de temps, il n'y paraîtrait plus. Caïn ne remuait toujours pas. Un peu de sang, pas grand-chose, avait coagulé au bord de ses oreilles et de son nez. Rien de grave se dit Antoine, ça se voyait à peine. Il ne rouvrit les yeux qu'un quart d'heure plus tard. Abel s'accroupit devant lui et fut surpris par le regard de son complice.

— Putain t'as des yeux de fou ! On dirait un lapin qu'a chopé la myxomatose !

Cette phrase, tout en riant comme un cinglé, il la gueula d'une voix suraigüe, comme un putois coincé dans un piège à loups. Caïn, sans s'émouvoir, continuait à le fixer. Toujours silencieux, il haussa les épaules en se redressant. Antoine soupira, par la bouche cette fois. Soulagé. Il était soulagé, les deux bonshommes étaient bien vivants. Jusqu'à présent, il s'en sortait, ses quatre premiers irradiés avaient survécu sans trop de dégâts. Ces deux-là ne se poseraient pas de questions existentielles, n'auraient ni remords ni états d'âme, il en était certain, ils feraient à coup sûr d'excellents Fils de l'Orage. Sur la façade, au-dessus de « La Scie Mâline », Gontran dansait la carmagnole en tapant des mains. Antoine souffla très vite, quelques dixièmes de secondes, Nani se dressa contre le mur, Gontran disparut. Antoine n'eut pas le temps de tendre la main, le spectre de la chatte avait déjà fondu dans la pierre.

Toutes les heures, comme un camé en manque, où qu'il se trouve, Antoine soupirait discrètement. Quelques dixièmes de secondes. Cela suffisait pour que Nani apparaisse, certes, toujours un peu floue, parfois légèrement déformée, mais il s'en fichait, lui seul l'apercevait. Autour de lui, la vie continuait, les gens lui parlaient. Un pied dans chaque monde, il hochait la tête d'un air entendu, mais il n'écoutait pas. Entre eux et lui, assise, toute belle comme à ses plus beaux jours, la jeunette clignait des yeux. De temps à autre, elle posait fugacement sa tête contre la sienne et lui confiait des secrets. Le jour, la nuit, il l'appelait.

La pluie froide était de retour, une pluie continue, glaçante. Dans la nuit du 5 au 6 janvier 2022, Antoine ne dormait pas. Pour la sixième fois, il soupira. Nani apparut. Son image pâle, tremblante, peinait à se matérialiser. Sous son crâne en surchauffe, une phrase s'imprima. Antoine gémit et se laissa tomber sur son lit.

— C'est la dernière fois Antoine, je ne peux plus rester dans le monde tout à côté, le temps est dépassé. Mon chemin n'est pas terminé, je dois le suivre, c'est ainsi. Je ne t'oublierai jamais, qui ou quoi que je devienne. Je t'aime.

Antoine songea à se tuer pour la rejoindre. Chez les hommes, les lâches sont majoritaires et Antoine était de ceux-là. Il se convainquit qu'il avait une famille, des devoirs et de multiples responsabilités morales et décida qu'il ne pouvait pas mourir comme un lâche (sic).

Sur le mur du salon étaient accrochés plusieurs tableaux, Antoine chérissait particulièrement l'un d'eux, une très belle reproduction de la Schwarzen Madonna von Tschenstochau. Il la couvait souvent du regard. Immobile dans son cadre d'ébène et d'or fin, elle paraissait éternelle. Ce matin-là, désespéré d'avoir été aussi pleutre la nuit précédente, Antoine admirait sa Madone en pleurnichant sur son nombril. Madonna qui s'en foutait comme de son premier petit jésus ne bronchait pas plus qu'à son habitude, quand elle mit à frissonner, puis ses traits se déformèrent et Fulgor la remplaça.

— Bravo, hip hip hip hourra ! Et de quatre irradiés. Tu es sans doute le plus doué de mes disciples, très cher Antoine. Nul besoin d'attendre que tu convertisses dix pékins, dès aujourd'hui je te fais très officiellement Fils de l'Orage.

La foudre éclata, si puissante qu'Antoine crut que ses tympans avaient explosé, des salves ininterrompues d'éclairs surpuissants le traversèrent pendant plusieurs minutes. Il pensa que cette fois-ci sa maison ne résisterait pas et s'écroulerait sur sa tête. Les bras autour du crâne, il se recroquevilla en fermant les yeux. Le silence revint, qui lui parut encore plus assourdissant que le tonnerre. Jamais il n'avait ressenti aussi clairement le sens du mot oxymore. Rien n'avait bougé, la maison était intacte, Fulgor était toujours là, à faire sa madone !

— Tu vois Antoine, tu viens de recevoir ce qui se fait de plus puissant au monde, plusieurs milliards de volts, de quoi pulvériser une armée, et tu n'es même pas décoiffé. Tu es prêt et chargé à mort. Non, ne me remercie pas, tu l'as bien mérité. Bientôt, je ferai de toi mon second.

— J'ai compris tu sais, espèce de boursouflure à capuche. Tu détestes Scarlatti qui aurait, dis-tu, « démissionné ». C'est faux, sale chancre mou, Scarlatti n'était qu'une des incarnations de Thelchilde, de François-Thomas Dalibard, de mon amour de Nani et de nombreuses autres avatars encore que j'ignore hélas. Alors tes félicitations et tout ton baratin foireux, tu peux te les prendre en lavement !

Hors de lui, il visualisa sa féline disparue jusqu'à ce que son image lui mette les larmes aux yeux. Fulgor éclata comme un pétard de fête foraine et disparut dans une gerbe d'étincelles multicolores. La journée se traina comme une limace sur une laitue. La disparition brutale du Maître des Orages avait laissé Antoine perplexe.

— Ce n'est pas mon coup de gueule qui l'a fait fuir. Impossible, il doit y avoir une autre explication bien plus pertinente.

Antoine se creusa les méninges jusqu'au soir, à se déclencher un mal de tête digne des cloches de Saint Léger sonnant les Vêpres, et qu'aucune aspirine ne parvint à juguler. Difficile de trouver le sommeil. Une heure, deux heures du matin, Antoine tournait comme un enfant dans son lit, il avait chaud, il avait froid, il ne parvenait pas à se calmer, son mal de crâne ne le lâchait pas, le battant du bourdon tapait sur le bronze fêlé de sa vieille cloche de crâne. Il n'avait pas supporté et n'acceptait toujours pas l'idée de ne plus jamais revoir sa minouche, l'idée qu'elle ait pu cette fois disparaître pour de bon le navrait. Plus rien, il ne lui restait plus rien, pas même son fantôme ! À cet instant, il la visualisa, difficilement certes, compte tenu de son état son image était très instable, elle s'effaçait, revenait, repartait, il n'arrivait à se fixer sur un souvenir précis, le torrent rapide de ses pensées informes le perturbait et gommait pendant de longues secondes les scènes anciennes qu'il s'acharnait à peindre sous ses paupières douloureuses. Antoine murmura son nom de longues minutes comme un mantra dérisoire. Sa migraine reflua lentement, il se calma doucement. Alors que le sommeil était sur le point de gagner la partie, Antoine sursauta et se retrouva assis, les yeux écarquillés, il venait de comprendre : Fulgor avait explosé à l'instant où il avait pensé à sa chatoune. Mais oui, c'était pourtant évident, Fulgor lisait en lui, l'image de Nani avait suffi à le renvoyer à ses orages ! Antoine se promit de se mettre en mémoire toutes les photos qu'il avait prises de sa féline, il en avait plus d'une centaine. Il les apprendrait une à une comme on apprend un texte. Si Fulgor repointait le bout de sa capuche pour lui donner la leçon, Antoine vérifierait son hypothèse. La perspective de lui fermer le clapet et de lui exploser la tronche l'apaisa et l'envoya au pays des rêves.

Depuis des années, Antoine, chaque nuit, plongeait au cœur des enfers, dans le maelstrom angoissant des cauchemars. Les rêves agréables, c'était fini depuis longtemps. Plus de ciel d'azur, pas plus de nuages roses, de paysages veloutés aux herbes tendres. Au lieu de quoi, sous toutes ses formes, la terreur le prenait au ventre, lui serrait les mâchoires, lui gorgeait les muscles jusqu'à la contracture. Sous une pluie battante à la Blade Runner, c'était des courses folles sur les pavés glissants de villes étranges, des rencontres terrifiantes sur des parkings déserts, des couloirs sans fin qui ne mènent nulle part, la peur au ventre toute la nuit, des réveils brutaux, le corps en douleur et l'âme effrayée.

Le sommeil finit par gagner la partie, Antoine se rendormit. Non, ce ne fut pas un rêve qui l'avala, pas un cauchemar non plus, mais un voyage intermédiaire entre les deux, dans l'espace inexistant, qui, dans un verre, sépare l'huile de l'eau. Toutes les images d'un diaporama défilèrent à vitesse variable, tous les souvenirs figés et colorés de Nani dans tous ses états — du 5 octobre 2019 au 16 août 2021 inondèrent sa conscience rêveuse, autant de scènes que sa mémoire fixa à jamais. Vers six heures du matin, il émergea, les yeux mouillés et la bouche sèche.

CHAPITRE 33

Abel et Caïn, à la différence d'Antoine, n'étaient pas les descendants de Fils de l'Orage intronisés bien avant l'apparition sur terre des deux poivrots. Ils étaient les premiers de leur lignée. Ce fut donc Fulgor lui-même qui se matérialisa sur le tronc d'un arbre pendant qu'ils cuvaient les litrons de picrate avalés à glotte rabattue juste après leur mésaventure. Adossés à un vieux chêne au profond du parc François 1er, les deux clodos sursautèrent puis se mirent à rire, persuadés que l'encapuchonné de rouge qui vibrait en face d'eux n'était que le produit de leur imagination imbibée. Quand le Maître des Orages les engueula en les traitant d'ivrognes invétérés, ils l'écoutèrent un instant, se regardèrent, ce qui les énerva encore plus. L'incompréhension d'Abel décuplant la colère de Caïn, ils se mirent alors à criailler comme deux canards en manque de maïs en lui balançant toutes les bouteilles vides qu'ils avaient entassées entre leurs jambes. Surpris par les injures variées et la soudaine pluie de verre qu'il recevait, Fulgor se désintégra aussitôt. Deux éclairs noirs griffèrent le ciel d'azur et clouèrent au sol les deux pochards. Ces deux-là ne feraient pas l'affaire, autant les trucider de suite. C'est du moins ce que Fulgor décida. L'affaire fut classée sans suite : morts par électrocution. Difficile d'inculper un orage et de le mettre en cage, fut-elle de Faraday. Antoine ne saurait jamais ce qui était arrivé aux deux clochards, et Fulgor se garderait bien de l'en informer. À moins que, soucieux de jouer cartes sur table avec les plus prometteurs de ses nouvelles recrues, Fulgor réfléchisse et se ravise. Difficile de trouver de futurs Fils de l'Orage de qualité, Antoine était de ceux-là. Pas question de le perdre en lui mentant, même par omission. Fulgor changea donc d'avis. Toutes ces cogitations l'avaient énervé, pour se détendre, pendant plusieurs heures, il arrosa l'océan atlantique. Les marins, pourtant aguerris et expérimentés, ne comprirent pas la raison de ces orages de beau temps. Prudents, ils s'abritèrent en espérant passer au travers.

Depuis qu'il avait été officiellement élevé au grade de Fils de l'Orage, Antoine était nerveux, agité, l'agressivité à fleur de peau, tout l'agaçait, le moindre prétexte et c'était la dispute assurée. Il comprit très vite qu'il devait se décharger un peu. En le bombardant comme il l'avait fait, Fulgor l'avait transformé en centrale nucléaire. Plusieurs fois par jour, il soupirait deux dixièmes de secondes, ce qui lui permettait d'avoir un pied dans le présent des humains et l'autre dans l'espace-temps le plus proche où il balançait des éclairs dans la nature, ce qui le soulageait grandement. Personne ne s'en apercevait, il continuait à vivre mine de rien. Parfois, pendant qu'il relâchait des volts à gogo tout en discutant, il se mettait à ricaner sans raison, ce qui ne laissait pas d'étonner ses proches. À chaque fois qu'il déclenchait la foudre, Fulgor tentait d'apparaître, mais Antoine visualisait aussitôt une des photos mémorisées de Nani et le Grand Maître n'avait même pas le temps de prononcer un mot avant de se dissoudre en crépitant de rage dans une gerbe d'étincelles.

Pendant qu'Antoine jouait à cache-cache avec Fulgor, cela faisait un bon bout de temps que Philibert « fil de fer » avait quitté Cognac. Prenant son temps, zonant sur la route, de ville en ville, de village en bourg, vivant de petits larcins, montant des plans foireux avec les petits voyous de rencontre, il avançait à son rythme vers la capitale, vers Paris dont il rêvait depuis longtemps.

En parallèle, c'est le cas de le dire, par le truchement d'un sien ancêtre, le très célèbre contrebandier Louis Mandrin, mort sur la roue à Valence, le 26 mai 1755, Philibert s'apprêtait à faire son apprentissage. À la différence de l'antipathique Gontran, Mandrin, devenu Fils de l'Orage peu avant sa mort sur la roue, bras et jambes brisés par le bourreau, apparut à Philibert un soir que celui-ci s'était réfugié dans une ruine du côté de Niort. Alors qu'il déchiquetait voracement le peu qui lui restait, le mur de pierre, raviné par le temps, face auquel il rongeait sa miche de pain dur donné par un boulanger compatissant, un quignon rassis accompagné d'œufs crus dérobés au passage dans un poulailler du coin, ce mur au bord de l'écroulement s'illumina, et la silhouette en pied d'un homme d'une trentaine d'années, vêtu de blanc, coiffé d'un couvre-chef à larges bords, en suspension dans la lumière aveuglante, se dessina et prit du relief. Philibert avala de travers et toussa, s'étouffant à moitié.

— Bonjour mon autre, je suis toi, tel que tu étais dans les années 1755, tu t'appelais Mandrin, tu étais à la tête d'une trentaine de contrebandiers, et tu dépouillais ces voleurs de Fermiers généraux qui rançonnaient le peuple plus qu'ils ne prélevaient les taxes royales. La veille de mon exécution, Fulgor m'a irradié à plusieurs reprises, le dernier éclair, je l'ai reçu pendant que les bourreaux m'attachaient à la roue. Je suis mort peu après, chargé à bloc.

Sur ces mots, d'une voix douce, l'apparition poursuivit :

— À moi de t'éduquer maintenant.

Puis il lui expliqua tout ce que, vous lecteurs, savez déjà, et bombarda Philibert à plusieurs reprises. Celui-ci se tortilla comme un asticot au bout d'un hameçon et saigna du nez et des oreilles, puis il se mit à insulter l'ectoplasme.

— J'ai rien demandé, fous moi la paix, les riches, les pauvres, pour moi c'est du pareil au même, j'veux d'la thune et d'la meuf, le plus possible, c'est tout ! Je ne suis pas comme toi, moi, j'ai pas de morale ! Et merci ! Avec c'te foutue foudre, je vais en ramasser un bon paquet. Je n'aurais plus qu'à m'servir à mort et à filer la route, ni vu ni connu !

Stupéfait par la surprenante profession de foi du jeunot, Mandrin ne répondit pas. Fulgor avait entendu la réponse du garçon — il percevait tout ce qui se disait en temps réel. Mandrin, dans l'attente d'une possible inter vention du Maître, se dit qu'un peu de musique, en arrière-plan sonore, contribuerait peut-être à calmer Philibert. Celui-ci réagit aussitôt et se mit à rire de bon cœur. La complainte de Mandrin chantée par Yves Montand, ça ne lui plaisait vraiment pas.

— Mais c'est quoi c'te musique de vieux naze ? Dis donc « mon moi » tu dates un peu ! Balance-moi plutôt un bon rap saignant. T'as pas du Bouba, du Damso ou du Kaaris, une zik de jeune quoi, d'la dégueu bien pourrie ?

Tout en parlant, Philibert s'essaya, il avait vite compris, mais fort heureusement, il ne maîtrisait encore que peu la technique. Il ne réussit qu'à générer un éclair translucide de faible intensité qui foudroya en plein vol une innocente piéride du chou, voletant au-dessus de quelques fleurs fragiles, au pied du mur de la masure. Mandrin, choqué par la scène, patientait, espérant que Fulgor interviendrait, mais celui-ci se contenta de murmurer à l'oreille de Mandrin.

— Non, ce Philibert n'est pas digne de nous, ce n'est qu'une mauvaise petite crapule sans envergure, Antoine s'est trompé. Mais il est bien jeune, laisse-lui une chance, désarme-le avant qu'il ne fasse des dégâts.

— Maître, c'est une opération à rebours, elle est dangereuse, ne pouvons-nous tenter de l'éduquer ?

— Non, cet individu est dangereux ! Fais ce je t'ordonne, c'est la seule solution possible, nous ne sommes pas de gentilles assistantes sociales, désarme-le !

Sous les fesses de Philibert, la terre trembla, sous l'effet d'une succion irrépressible il s'enfonça dans le sol jusqu'au nombril et se mit à brailler comme un porc qu'on égorge. Autour de lui, les murs vacillaient, de lourdes pierres se détachaient et roulaient sur le sol. Philibert beuglait de plus en plus fort, persuadé que des griffes géantes lui arrachaient les entrailles. Non, ce n'était que la terre qui se nourrissait en le vidant des millions de volts qu'il avait reçus de Mandrin. Fidèle, elle accomplissait la part du pacte qu'elle avait passé avec les éléments depuis l'aube des temps.

Mandrin soupira et disparut dans les ténèbres. Le jeunot avait perdu connaissance. Dans quelques heures il se réveillerait et ne se souviendrait de rien.

Pendant ce temps, il fallait bien qu'Antoine reprenne ses esprits et s'occupe de ce sale crabe qui lui grignotait le bas ventre depuis plusieurs mois déjà. En septembre 2021 la propagation du virus Delta ralentissait en prenant son temps, au fur et à mesure que le nombre de vaccinés de plus de douze ans d'âge augmentait. Les irréductibles opposants, occupés à se gaver de foutaises « complotistes » (un petit job peinard qui rapportait gros), de simples trouillards en fait, continuaient tous les samedis à manifester dans les rues. Mais ils étaient de moins en moins nombreux. Pendant un temps, Antoine s'était évertué, puis s'était fatigué à tenter de discuter calmement avec quelques-uns de ceux qui inondaient les réseaux sociaux de rumeurs infondées. En vain, peine perdue, désespérant. Tout ça renforçait son sentiment de frustration. Nani lui manquait toujours autant.

Éviter Fulgor, s'épuiser à échanger avec ces enfants gâtés par cette brave société exagérément protectrice — enfants irascibles parce qu'incohérents — ça ne pouvait pas durer.

Antoine forma le projet de partir à la recherche de son angelette ou de celui ou celle qu'elle avait peut-être été. Fallait-il s'en aller explorer le passé ou visiter les mondes parallèles ?

— Les deux mon général !

Mi répétait sans cesse cette phase en rigolant.

— Allez, putain de petite vérole, on y va, on y va, on y va ! Après ça tu pourras ouvrir une agence de voyages. Au choix, mesdames, messieurs, voyages temporels ou balade dans les mondes d'à-côté ? T'imagines un peu la révolution, Elon Musk et tous ces connards de milliardaires qui rêvent de saloper l'espace et coloniser la galaxie, tu les enfonceras, ils pourront aller se faire foutre avec leurs voyages de luxe dans leurs fusées préhistoriques.

Cette dernière réplique enchanta Antoine qui détestait tous ces gros boursouflés. Mais par quoi commencer ? Cela suffit, bien sûr, pour que Mo rapplique.

— Non, mais, t'as vu l'âge que t'as ? C'est fini le temps des folies, le temps des risques inconsidérés, t'as plus les épaules. Profite plutôt de tes dernières années. Tu sais bien que t'en as plus pour longtemps, ta prostate est en compote et les traitements n'y pourront rien. Profite de ta famille, bois ton café peinard avec tes potes, écris tes histoires à la con et reste un peu tranquille. Tu as pensé à tes proches, si tu ne revenais pas ? Espèce de vieil égoïste à moitié sénile !

— Trop tard, trouillard de Mo ! C'est décidé. Casse-toi, briseur de rêve, mou de la couille, le vieux crouton sec, c'est toi. Fous le camp, retourne à ton tricot et à tes pantoufles.

CHAPITRE 34

Il y avait donc trois mois de ça, en septembre 2021, le ciel était tombé sur la tête d'Antoine. À l'occasion d'une banale prise de sang annuelle, on lui avait découvert un possible cancer de la prostate. Rien de plus ordinaire à son âge. Quelque chose pourtant chiffonnait l'urologue qui lui avait prescrit une IRM suivie d'une biopsie. Un pur moment de bonheur cette biopsie. Voilà qu'il saignait du cul et éjaculait du jus de boudin maintenant. Étranges impressions. Pour suivre, il eut droit à une scintigraphie. Antoine qui n'avait jamais posé le pied dans un hôpital, si ce n'était pour visiter des amis malades, fit connaissance de l'établissement de Saintes puis de celui d'Angoulême.

Le 22 octobre 2021, il avait à nouveau rencontré l'urologue pour faire le bilan de ses examens et sans doute pour s'entendre prescrire un traitement plus ou moins invalidant. Dans la salle d'attente du service d'urologie, Antoine serrait les fesses. La trouille, il pétait de trouille en attendant le verdict à venir. S'entendre condamner à la prostatectomie radicale lui gelait les génitoires. Il était au bord de la contracture du rectum quand l'infirmière l'appela. Antoine fit son flambard, plaisanta. Le chirurgien qui connaissait maintenant son humour, aussi noir que grinçant, sourit une fois ou deux, comme se forcent souvent à le faire les humains qui compatissent aux malheurs des autres. Non, pas d'exérèse, il garderait sa prostate et ses précieuses séminales. Hormono six mois et radiothérapie huit semaines.

« On n'opère pas les vieux » lui avait affirmé le chirurgien d'un air entendu.

Soulagé, Antoine, sans réfléchir, avait soupiré.

Un silence épais, une bonne brassée de secondes, longues, épaisses, poisseuses, avait rafraîchi l'atmosphère. Assise à côté d'Antoine, Céleste lui jetait des regards en coin, esquissait un sourire. Plongé dans ses pensées, il ne voyait rien. Son soupir l'avait décalé dans le passé, quelque chose comme cinq minutes avant que le médecin le reçoive. Antoine était présent dans les deux espaces à la fois, ça ne le surprenait plus, il se souvint avoir soupiré machinalement. L'urologue était seul dans son bureau, Antoine était présent, bien sûr, mais le médecin ne le voyait pas et parlait à voix haute.

— Bizarre ce cancer, il a une drôle de gueule, comme s'il avait mangé des rayons et picolé du napalm, il est recroquevillé sur lui-même, on le dirait arrêté, empêché de croître, il n'a pas l'air bien en forme. Pourtant il est là, le taux de PSA a triplé en huit mois. Jamais vu ça ! Les analyses après biopsie sont formelles, c'est bien d'un cancer qu'il s'agit, on le croirait en régression alors qu'il n'a subi aucun traitement.

Pensif, le chirurgien se grattait la tête, Antoine l'entendait réfléchir à voix haute. Antoine souffla et regagna le présent. Dans la salle d'attente, les gens le regardaient étrangement.

Remettez vous, lui avait lancé le chirurgien, y'a bien plus grave vous savez. Vous serez un peu gêné, mais pas très longtemps comparé à ce que d'autres endurent. Puis vous êtes en forme, même très en forme pour un trois quarts de siècle ! À condition de ne pas faire d'excès à table, d'avoir la bouteille légère, tout se passera bien vous verrez. Quelques petites bouffées de chaleur, un peu de fatigue, sans doute un peu plus irascible par instant. Rien de plus. Répondez-moi : ça va ? Vous avez eu l'air absent et sourd à mes questions pendant quelques minutes. Parlez-moi, souriez, levez le bras droit, répétez : bateau, cheval, automne…

Antoine éclata de rire et répondit :

— Tout va bien, je vais très bien, ni AVC ni ICT, un simple moment de distraction.

L'infirmière qui s'apprêtait à ouvrir la porte du bureau se détendit, le chirurgien aussi. Céleste, elle, n'eut pas l'air surprise, depuis quelque temps elle avait pris l'habitude de ses étranges absences.

À l'idée de ces six mois de castration chimique assortis d'une gentille poignée de semaines en radiothérapie, Antoine, silencieux sur la route du retour, s'efforçait de positiver tout en faisant de gros efforts pour ne pas soupirer et se retrouver projeté quelque part dans le passé. Il se demandait aussi si la gueule bizarre de son cancer était le fait des bombardements successifs qu'il avait endurés, si les millions de volts qui l'avaient traversé à maintes reprises n'en étaient pas la cause. Si c'était le cas, il lui suffirait de se faire irradier par Gontran ou Fulgor pour dézinguer cette saloperie d'adénocarcinome sans avoir à souffrir d'hormono-radiothérapie pendant six mois ou plus. Suffirait de faire semblant, enfin bon, il trouverait bien moyen de se débrouiller.

Les jours passaient, Antoine avait reçu sa première piqure à diffusion lente qui lui desséchait la bouche et lui pinçait les os. Pas encore de bouffées de chaleur, mais ça viendrait sans doute, et toujours pas de Fulgor, et pas même de Gontran !

Un soir qu'il regardait les infos à la télé, il eut une révélation. Outre l'éruption de La Palma, de l'Etna, du Stromboli, il y avait en ce moment une recrudescence d'activités volcaniques, une trentaine dans le monde entier, et l'on remarquait un peu partout de fortes décharges de foudre dans les colonnes de fumée qui obscurcissaient le ciel. Fulgor et ses disciples étaient au boulot, ça lui parut évident. Le feu de la terre et le feu du ciel, la lave et la foudre s'en donnaient à cœur joie. C'était bien la première fois qu'il espérait la venue des Fils de l'Orage ! Le soir, sous sa couette, il les appelait, leur parlait, implorait la foudre, mais ni Gontran ni Fulgor ne lui répondaient.

Ce matin-là, il dormait à moitié, fixait l'écran de son ordi d'un œil absent, Céleste, comme à son habitude s'affairait dans la maison, quand un éclair, noir comme la mort, déflagra sur le toit, le traversa et fut avalé par le sol. Bien entendu personne n'entendit rien, les murs ne bronchèrent pas, pas un grain de poussière ne salit le sol. Puis un second, un troisième, toute une batterie d'éclairs de plus en plus violents le transpercèrent de la tête aux pieds. Le fantôme pâle et clignotant de Nani se matérialisa à la porte de son bureau, sauta, se frotta contre sa tête tandis qu'une petite voix qui semblait venir de très loin murmurait à son oreille :

— Te voilà requinqué, Fils de l'Orage ! Rechargé plus qu'à ras bord. Ton « adéno » sent le cramé, il se demande ce qui lui brûle les fesses comme ça, il fait la gueule crois-moi. Je ne pourrai pas le supprimer totalement, mais il est calmé pour un moment. Tes médocs feront le reste, ne t'inquiète plus, tu n'en mourras pas. Pense plutôt à poursuivre ta route, et n'oublie pas d'irradier des pékins régulièrement. Laisse-toi guider par ton instinct, surtout n'arrête pas, il faut te vider régulièrement. Je te rechargerai si besoin.

— Mais qui me parle ? C'est toi Nani ?

— Non, c'est Fulgor, ta Nani n'existe plus. Ma voix est faible, je suis très occupé à l'autre bout du globe. Je sais que tu as compris que la terre et le ciel sont alliés et travaillent ensemble.

— Mais pour quoi faire ? demanda Antoine.

— Pas le temps, tu verras plus tard.

Et la voix crachota puis se tut. Nani s'était diluée elle aussi. Antoine se retrouva seul, sans plus de réponses, un peu hébété, devant son écran. Voilà qui se compliquait encore. Antoine n'y comprenait plus rien. Qu'était donc venu faire, dire, suggérer, l'ectoplasme de Nani ? En même temps que la voix affaiblie de Fulgor ? Elle devait être bien loin maintenant, dans un ailleurs qu'il ignorait. Peut-être avait-elle fait un dernier effort pour le rasséréner ? Ou alors ? Mystère, encore et encore.

La revoir ! Elle lui manquait la fourrure de sa petite chatte jolie. Lui restait une solution, s'en aller voyager dans le passé pour la retrouver sous une des peaux qui l'avaient habillée ? Mais comment faire ? Il n'avait aucune idée des identités qu'elle avait traversées. Antoine se creusa les méninges, sans trouver de réponse.

Une seule solution, lui sembla-t-il, soupirer assez longtemps en la visualisant dans son manteau de chatte et désirer très fort retrouver un des anciens avatars.

La nuit suivante, une forte suée froide le réveilla, la chimie était-elle à l'œuvre ? Il s'assit dans son lit et patienta jusqu'à que son corps s'apaise, puis il se leva, s'entoura d'un drap de bain et s'essuya vivement, ça le réchauffa. Dans sa salle d'eau, adossé à sa baignoire, il laissa son pouls se calmer en respirant profondément plusieurs fois, ferma les yeux, visualisa Nani, assise, la queue enroulée autour du fondement. Quand l'image fut nette et dense, il soupira longuement, le froid le gagna. Sous ses paupières, l'image de la chatte changea d'apparence à toute vitesse jusqu'à ce que le kaléidoscope s'arrête brutalement sur une silhouette humaine indistincte.

CHAPITRE 35

La mitraille crépitait, des blessés pleuraient quand Antoine ouvrit les yeux. En ce 23 mai 1871, la barricade de la chaussée Clignancourt résistait encore aux assauts des Versaillais. Assis contre un mur de pierres disjointes, Antoine, pris de peur, se recroquevilla en se bouchant les oreilles. Il n'y comprenait rien et se demandait où il avait atterri, il tressaillit quand une main de femme se posa sur son épaule en murmurant des mots apaisants qu'il n'entendit pas tant le vacarme était intense. Il leva les yeux sur une silhouette en uniforme, agenouillée à son côté. C'était elle, le visage noirci par la poussière, qui le réconfortait d'une voix chaude.

— Où suis-je et qui êtes-vous, madame ?

L'image tremblante et floue de Nani apparut au pied de la soldate bizarrement accoutrée, elle se frotta contre la jambe de la femme en regardant Antoine, mais très vite son apparence se délita et l'ectoplasme de Nani implosa. Cela suffit pour qu'Antoine comprenne. La chatte venait de lui désigner celle qu'elle avait été.

— Je suis Louise Michel, et je me bats aux côtés des Fédérés qui défendent la Commune de Paris. Mais vous, monsieur à l'allure étrange, qui êtes-vous ? Un espion Versaillais ? Louise avait froncé les sourcils et le dévisageait d'un air terrible.

— Non, non, rassurez-vous madame, je viens du futur et je débarque en cet affreux mardi du mois de mai, du simple fait de ma maladresse !

En d'autres temps, cette réponse farfelue aurait amusé Louise, elle aurait même ri aux éclats, mais en ce jour funeste qui voyait la réaction proche de terrasser les forces généreuses de la Commune, Louise n'avait pas le cœur à plaisanter.

— Je vais vous faire arrêter et passer par les armes, sale espion ennemi du peuple !

— Non, non, s'il vous plaît, par pitié, écoutez-moi un instant.

En quelques mots — la peur est sœur de la synthèse — Antoine lui raconta l'histoire. Persuadé qu'elle n'y comprendrait rien et qu'il vivait les derniers instants de sa vie, Antoine se tut et attendit. Il en était certain, elle allait appeler à l'aide ses compagnons qui tenaient encore la barricade, ceux-ci le cribleraient de plomb sans même l'écouter.

— Nani, aide-moi, je t'en supplie.

Le fantôme grésillant de la chatte se matérialisa sur l'épaule de Louise et lui miaula longuement à l'oreille, puis à bout d'énergie elle éclata en mille fragments. Louise, l'air effaré, le regarda longuement. Cela ne dura pas plus de dix secondes qui lui parurent des heures. Le bruit de la bataille, les cris des blessés et même les balles qui ricochaient sur les pavés de granit firent silence. Louise serra son crâne à deux mains en grimaçant, ouvrit grand sa bouche et disparut d'un coup en lançant un cri silencieux, un cri qu'Antoine devina terrible. Persuadé que les Fédérés le trucideraient, il ferma les yeux et attendit la mort.

Louise, le visage apaisé, revint quelques instants plus tard, tendit la main pour aider Antoine à se relever.

— Vous l'avez échappé belle, monsieur, je ne sais pas pourquoi, mais j'ai changé d'avis. Une voix, la voix de ma conscience sans doute, m'a suggéré de vous épargner, elle m'a également dit, cette étrange voix miaulante, que vous vouliez connaître qui j'avais été avant de devenir cette autre que vous avez rencontrée dans l'avenir dont vous arrivez. Je vous avoue que je ne comprends rien à cet obscur discours, pourtant cette voix me susurre que je n'ai pas besoin de comprendre, qu'il me suffit, au point où j'en suis, de croire à ce que je ressens en face vous. Quelque chose d'indicible me pousse vers vous, comme si nous étions de vieux amis. Je sais que les Versaillais me tueront sous peu, vous êtes, nous sommes, en ce 23 mai, sur l'une des dernières barricades de la Commune de Paris. Elle ne tardera pas à tomber vous savez et je mourrai avec elle.

— Nous nous reverrons plus tard, madame, dans les années 2020, vous serez Nani, ma nanichette chérie, une boule de poils aux grands yeux couleur de marée. Je n'ai pas le temps de tout vous expliquer, c'est assez long et vous ne me croiriez sans doute pas, ce que je comprendrais, car j'ai du mal moi-même à y croire !

— Ce que je pense monsieur, c'est que vous êtes un fou échappé d'un asile, mais cela m'importe peu, car je suis moi-même assez folle pour croire que l'homme est bon, c'est vous dire ! Vouloir instaurer un régime républicain par la démocratie directe est une chimère en ce siècle monarchique, je l'ai compris maintenant. Ils ne feront pas de quartier, ils nous extermineront tous, nous qui avons tenté de changer le monde. Alors, à quelques heures de la mort, je suis prête à croire qu'un jour lointain je renaîtrai sous la peau d'une féline au poil doux, c'est une idée hautement poético-farfelue, et il se trouve que je pratique et aime la poésie.

Sur ces mots, Louise se mit à rire, un rire enfantin qu'étouffa la mitraille assourdissante. Autour d'eux, les Fédérés n'en finissaient pas de tomber, les cadavres ensanglantés s'entassaient autour d'eux, les blessés geignaient, la poussière tournait à la boue rouge.

— Partez si vous le pouvez, monsieur, il est grand temps, moi je demeure, mon destin est ici. J'essaierai de juguler ma peur et de me montrer digne jusqu'au bout. Vive la Commune libre !

Antoine visualisa son bureau, inspira et soupira. Louise et la barricade disparurent, des images indéchiffrables tournèrent à vive allure sous ses paupières, une chaleur intense l'enveloppa, il cria de douleur et perdit connaissance.

Fulgor et son manteau rouge brasillaient sur l'écran de la télé. Antoine, le front moite, venait à peine de se matérialiser sur son divan. Entre le choc du voyage de retour et le spectacle de Fulgor scintillant sur l'écran plat, la tête lui tournait, il avait du mal à reprendre ses esprits.

— Alors, jeune frère, tu voyages comme un grand maintenant.

Cette voix de rogomme, oui c'était bien le maître qui s'adressait à lui.

— Manquait plus que lui !

Antoine eut envie de soupirer, mais il se retint. La fatigue lui écrasait les épaules, il lui semblait que ses atomes souffraient mille morts, qu'ils tâtonnaient encore et avaient du mal à se réorganiser, à reconstruire son corps de chair. Il referma les yeux, l'encapuchonné écarlate continuait à pérorer, Antoine ne l'écoutait plus et s'efforçait de retrouver ses esprits. Le tonnerre éclata soudain, une pluie d'éclairs noirs s'abattit sur sa pauvre carcasse disloquée, pénétra jusqu'au dernier de ses neutrons, et la force lui revint. Toutes les membrures de son corps craquèrent, ses muscles frémirent sous la charge irradiante, ses voyants virèrent au vert, il rouvrit les yeux. Fulgor, sous sa capuche le regardait, il se taisait, Antoine crut apercevoir l'ébauche d'un sourire dans l'ombre du visage. Il pétait le feu (sic), dans son corps rechargé le sang courait, ses muscles frémissaient, le désir de tout connaître de ces mondes ignorés du grand nombre renaissait. Le souvenir de Nani, cette vieille âme, lui mouilla les yeux. Comme son absence lui pesait. Reviendrait-elle ? Sous quels habits ? Innocemment, il posa la question au maître des orages qui entra aussitôt dans une colère folle, si violente qu'il en bafouilla.

— Ne me parle pas de cette ordure de chatte, elle n'existe plus pour moi, je ne veux plus jamais, ne serait-ce qu'entendre ce nom, tu as compris cette fois ?

— Maître, fallait pas la violer quand elle s'appelait Thelchilde, voici bien longtemps. Serais-tu honteux de ce vieil épisode de ta vie, quand tu n'étais qu'un jeune boutonneux chaud de la braguette ? C'est qu'elle n'a jamais pardonné, elle te hait comme personne, et jamais plus tu ne pourras la bombarder à coups d'éclairs meurtriers, tu sais qu'elle les esquive en souplesse. Elle se moque de ta dégaine et de ta foudre. Moi, tu vois, je l'aime d'amitié tendre, elle me le rend au centuple, me protège et me guide. Elle pourrait, si je le décidais, me tirer de tes sales pattes et je redeviendrais le simple mortel que j'étais avant que tu me prennes dans tes rets.

Fulgor éclata de rire, un rire orageux, tout autour de la ville de Cognac le ciel se couvrit, le vent se leva et roula vers le nord une horde de nuages menaçants, quelques éclairs les illuminèrent de l'intérieur en zigzaguant et traçant dans les cieux une résille de lumière aveuglante.

— Je ne te crois pas Antoine, tu es Fils de l'Orage désormais, bien trop curieux pour retourner dans le troupeau informe des bêlants, avec leurs egos ridicules, leurs misérables ambitions, leur soif illusoire de pouvoir, leurs multiples aliénations, leur misérable goût pour l'argent, leur mépris du vivant. Tu ne retomberas pas dans le monde de ces infâmes vermisseaux inconscients, de ces prédateurs sans pitié ! Veux-tu rejoindre ces abrutis qui pillent la planète et bouleversent son climat ? Un jour prochain, elle secouera son manteau de roche et les minuscules nabots-bipèdes disparaîtront de sa surface. N'as-tu pas compris que nous sommes à son service, partout nous œuvrons pour elle, nous nettoyons, nous brûlons, nous activons les forces telluriques, nous déclenchons les gigantesques incendies qui ravagent ces temps-ci tous les continents.

Les glaces fondent sous nos coups, le permafrost ramollit, les sols bougent, les montagnes tremblent, les plaques tectoniques se heurtent, les catastrophes climatiques se multiplient. Partout ! Et ce n'est que le début. Réfléchis mon jeune frère. Ne cherche pas à nous quitter, si la terre s'ébroue demain, tu mourras à jamais, alors que les Fils de l'Orage, certes disparaîtront eux aussi, mais pour me rejoindre, éternellement, moi et tous les autres, dans l'autre univers, celui des Orages.

Antoine ne répondit pas, visualisa brièvement sa disparue. Fulgor se désagrégea et s'effaça de l'écran.

CHAPITRE 36

Mais c'est qu'il aurait une conscience le Fulgor, moi qui le croyais détaché des choses terrestres, uniquement occupé à renforcer sa tribu de Fils de l'Orage pour envenimer plus encore le grand foutoir qui règne sur cette pauvre terre, en déclenchant, incendies, éruptions volcaniques et autres douceurs destructrices, moi qui le croyais monolithique, retors et démoniaque.

Allongé sur son lit, parfaitement réveillé — il était trois heures du matin — Antoine se parlait à voix haute. La bouche rendue pâteuse par l'hormono et la fatigue accumulée, il peinait à saliver. Un grand verre d'eau et s'endormir enfin. Il se leva, la maison était froide comme une chambre mortuaire. Il eut la chair de poule. Pieds nus dans la cuisine, il se remplit un verre d'eau à l'évier et but une petite gorgée qui lui humidifia les papilles sans étancher sa soif. Il se dirigea vers sa cave à vin, piqua une bouteille au hasard. De retour dans la cuisine, il la déboucha vite fait, s'en versa un grand verre qu'il but cul sec, se décida à regarder l'étiquette, le hasard avait eu bon goût. Le beaujolais vieilles vignes de Jacques Boulon, un vrai délice, du corps, du fruit, un vin glissant, « addictif », de la bonne came. Il s'en régala et vida la moitié de la bouteille en deux grands verres et quatre généreuses gorgées. Puis il se recoucha en faisant le fœtus sous sa couette. Il aimait bien ça faire le fœtus, il oubliait la vie et ses emmerdes et baignait dans la chaleur réinventée de l'utérus maternel. Bien à l'abri des mondes.

L'image tremblante de Fulgor se dessina sur l'écran rose de ses paupières.

— Mais merde, jusqu'ici, au cœur de mon refuge, tu viens me les briser (sic) Fulgor. Lâche-moi un peu la grappe bordel, va-t'en visiter d'autres Fils de l'Orage. Là, putain, tu vois pas, je me repose, suis en stand-by. Je peux couper l'image et le son un moment papy capuchon ?

— Fils de l'Orage, tu n'as pas été choisi pour te les rouler sous la couette ! Lève-toi et marche ! Le travail t'attend, tu t'es engagé à éclairer d'autres bipèdes susceptibles de rejoindre la confrérie. Tiens parole !

Un éclair surpuissant troua les ténèbres, transperça sans un bruit le toit de la maison et déflagra dans la tête d'Antoine. Un bruit assourdissant dont il fut le seul à souffrir. Puis un second éclair, plus puissant encore, l'atteignit en plein cœur. Son corps vibra sous le choc. La seconde d'après, Antoine bondit de son lit. Dans la salle de bain attenante, il affronta dans le miroir son visage intact, pas même décoiffé et l'envie de tout fracasser lui traversa l'esprit tant il se sentait bourré d'énergie. Fulgor continuait à flamboyer derrière ses paupières. Sans savoir pourquoi, il visualisa le souvenir de Nani comme il avait aimé qu'elle soit, assise, la queue enroulée autour de l'arrière-train. Fulgor éclata, une pluie d'étincelles qui s'éteignirent aussitôt. À ce moment précis, Antoine vérifia qu'il lui suffirait désormais de visualiser Nani pour que les ectoplasmes implosent. Mais pourquoi ne l'avait-il pas compris plus tôt ? Mais quel crétin il faisait. Fulgor lisait en lui, il le lui avait pourtant expliqué à plusieurs reprises ! Par extension, il devina qu'en la visualisant très régulièrement, il pourrait à sa guise penser ce qu'il voudrait sans que l'autre maître à la gomme ne puisse ni le lire ni l'entendre.

Bien engoncé sous sa couette, le corps et le cœur au chaud, il tenta l'expérience et se mit à penser à la chatoune toutes les cinq secondes jusqu'à presque réussir à imprimer son image dans son cerveau. Pas de Fulgor à l'horizon ! Encouragé, Antoine travailla à penser par bribes, tout en rafraîchissant régulièrement la photo de Nani qui avait encore tendance à se déliter trop rapidement encore. Il tint bon toute la nuit. L'obscurité, la tiédeur du lit et le silence favorisaient sa concentration. Sur son ordinateur, sa miaouche trônait en fond d'écran, pourquoi ne réussirait-il pas à se l'imprimer dans sa caboche ?

Cette nuit-là, la nuit du 10 au 11 janvier 2022, Antoine frissonna, les jours, les mois cavalaient à toute vitesse. Près de trois mois déjà sous hormonothérapie et son cortège de petits désagréments physiques, surtout cette fatigue éreintante, ces étranges douleurs nomades, ces insomnies qui n'arrangeaient rien. Pourtant, à chaque fois que Fulgor le bombardait sauvagement, ça le régénérait. Chargé comme une batterie neuve, il pétait le feu et s'imaginait gravissant l'Everest à pieds nus.

En ce début d'année 2022, l'hiver était coupant, janvier, glacial, avait une gueule de banquise. Vent du nord, ciel clair ou nuages et pluies froides, mais toujours ce temps humide qui lui serrait les os du cœur. Entre la soif de découvrir les indicibles, de s'aventurer dans les vastes plaines infinies des inconnus et la quiétude des jours sans surprises, il tergiversait. En bref, comme à l'ordinaire, Mi et Mo se chamaillaient pour prendre le contrôle d'Antoine. Les énormes irradiations dont Fulgor le gratifiait régulièrement se montreraient-elles plus puissantes que les coups de pinces du crabe ? Lui perceraient-elles sa saloperie de carapace ? Le tourteau silencieux cramerait-il en silence ? Antoine imaginait la tronche de l'urologue, il n'y comprendrait rien. À cette idée, Antoine se marra tout seul. Et si du même coup la foudre à hautes doses ratiboisait Mo, cet empêcheur de vivre, alors là, ce serait coup double ! Cette nuit-là, Mi gagna la partie, Antoine finit par se résoudre à poursuivre l'expérience, et même s'il en mourrait, au moins le crabe perdrait la bataille. Pour renforcer encore sa décision, il ferma le poing gauche, pointa le majeur vers le ciel et insulta grassement la mort.

La journée suivante son choix nocturne le tracassa, ses certitudes vacillèrent, Mo contrattaquait en douce. Peur, Antoine eut peur de se tromper dans ses choix et de tuer « par mégarde » quelqu'un dont il n'aurait pas décelé la faiblesse. Mo lui insuffla dans le creux du cortex qu'il ne supporterait pas une telle erreur, si cela se produisait il ne s'en relèverait jamais. Toute la journée, des sueurs froides à répétition l'accablèrent. D'où venaient-elles ? De la castration chimique à l'œuvre, de la trouille qui lui serrait les tripes à l'idée de devenir un assassin, de Mo le défaitiste qui lui manipulait les émonctoires ? La nuit tomba. Noir dehors, noir dedans. Antoine se réfugia sous sa couette et s'endormit aussitôt.

Les tambours du requiem de Gilles lui fracassaient les tympans, il souffrait et serrait les dents ce qui n'arrangeait rien. Les mille vitraux de la Sainte-Chapelle haute, sous les rayons du soleil qui brillait en pleine nuit, projetaient une résille changeante, une suite de variations colorées sur l'étrange scène qu'Antoine découvrit en ouvrant les yeux. Il était assis sur une banquette de bois dur, au milieu d'une foule de vieillards flageolant, toussotant et expectorant, vêtus de guenilles moyenâgeuses. Effrayé par le spectacle, Antoine tournait la tête de tous côtés, cherchant en vain quelques faciès juvéniles. Non, ni jeunes gens, pas même une seule femme autour de lui. Sur les bancs, ce n'était que calvities, bonnets flapis ou cheveux de neige sur autant de têtes chenues ployées sous le poids du grand âge. Entre les travées, la camarde ricanante, grinçant comme une porte rouillée, pesait et soupesait les âmes. Elle courait comme une folle en faisant son marché. Épouvanté, Antoine leva les yeux vers les voûtains bleus, rehaussés d'étoiles dorées pour échapper à l'angoisse qui l'étreignait. L'anachronisme entre le requiem de Gilles composé en 1697 et l'assemblée de vieillards habillés de hardes du 13e siècle lui échappa. Après les tambours de Gilles, l'introït funèbre de Fauré lui succéda, puis très vite les voix angéliques de Daniël de Lange résonnèrent sous la nef, s'ensuivirent de plus en plus rapidement quelques portées de tous les requiem du monde, du passé comme de l'avenir. Antoine en reconnut quelques-uns. Tous ces fragments issus d'œuvres multiples, et cela l'étonna, se mariaient harmonieusement. Quand le Dies irae de Verdi éclata, les vitraux tremblèrent. Les vieillards pleurnichaient de plus belle, Antoine comprit enfin qu'encore une fois il cauche-rêvait. Au fond de la Chapelle, au pied de la tribune, un curé noir bafouillait à voix haute dans une langue étrange. Antoine crut reconnaître des bribes de grec, d'anglais, de latin, d'allemand, de russe, de suédois, etc., comme si toutes les langues du monde, séparées depuis Babel, s'étaient à nouveau fondues pour chanter l'universel. La camarde s'approcha du prêtre, d'un large coup de sa faux d'acier luisant elle le décapita. Le sang jaillit et monta jusqu'aux voûtains, puis, retombant en fontaine, le sang aspergea les vieillards qui s'enfuyaient lentement en grouinant comme des gorets à l'abattoir.

La Sainte-Chapelle se vida, Antoine se retrouva avec pour seule compagnie le cadavre exsangue du prêtre décapité et l'ineffable musique du Requiem pour le père Kolbe de Wojciech Kilar. Les notes de ce requiem, doux et implacable dans sa première partie, coulaient entre les colonnes, caressaient les voûtains, redescendaient en glissant sur les vitraux. Antoine resta bouche bée. Lentement, la flaque de sang noir luisant, étalée devant la tribune, se dissolvait. Soudain, le cadavre du prêtre décapité s'illumina, puis les coups de marteau du dernier tiers du requiem finirent d'avaler sa dépouille. Le sol réapparut, intact, le corps avait disparu.

Antoine eut un réveil difficile. Pour se remettre de cette nuit cauchemardesque à laquelle il n'avait rien compris, malgré le froid et le petit vent du nord cinglant, emmitouflé dans une grosse polaire tel un bibendum luttant contre le vent, il sortit dans le jardin et balança, après s'être déplacé dans le monde vibratoire le plus proche, quelques salves de foudre que la terre avala. Personne n'entendit le moindre bruit, et les mésanges méfiantes occupées à picorer les boules de graisse chargées de graines qui pendaient aux branches noires et nues ne bronchèrent même pas. Une fois encore, se décharger lui fit le plus grand bien.

Des lits dédiés aux soins palliatifs en Charente, il en repéra un peu partout. Après réflexion, il se décida pour Châteauneuf-sur-Charente. Il choisirait sur place les malades les plus mal en point. Ceux dont la vie ne tenait plus qu'à un souffle, il les foudroierait abondamment en espérant que les millions de volts, au mieux les sauveraient, au pire ils trépasseraient sans souffrir. À quelques heures ou jours près, ça ne changerait pas grand-chose pour eux.

CHAPITRE 37

Un plan bien ficelé, pas de foudroiements bâclés et surtout veiller à ne pas être surpris en plein bombardement. Antoine réfléchit plusieurs jours, échafauda plusieurs scenarios, les rejeta, les reprit, les affina jusqu'à ce qu'il choisisse le plus abouti.

De nuit, ça ne pouvait se faire que de nuit. En cas de problème, pas de témoins, enfin peu de témoins, la nuit les personnels sont réduits à peau de chagrin, il trouverait toujours le temps de s'échapper. La nuit du 12 au 13 janvier 2022, incognito, il se balada dans l'hôpital après avoir pris un faux rendez-vous la veille sous un nom différent du sien à deux lettres près. Ce jour-là, il avait attendu que ça se bouscule à l'entrée, histoire que le vérificateur ne s'attarde pas trop sur les passes sanitaires. Antoine avait eu de la chance, le vigile au regard fatigué s'en foutait un peu, il ne jeta qu'un coup d'œil éteint sur son smartphone.

L'unité de soins palliatifs : un cocon, dix chambres sur jardin lovées au cœur de l'hôpital. Immobile, assis dans un coin désert, Antoine avait mémorisé les lieux tout en rafraîchissant fréquemment l'image de Nani derrière ses paupières closes. Calme, la respiration régulière, il y avait bien consacré deux bonnes heures. De retour chez lui, il se repassa en boucle les scènes discrètement enregistrées sur son téléphone portable. Il s'entraîna à voyager de nuit en visualisant l'hôpital et en réglant son soupir à la seconde près pour atterrir dans le monde vibratoire le plus proche possible, histoire de voir sans être vu. Quand il se sentit rassuré et réglé au millimètre, il décida de passer à l'action dans la nuit du 14 au 15 janvier 2022.

Quand l'infirmière de garde s'approcha à le frôler, le trouillomètre à zéro il bloqua sa respiration. La jeune femme le croisa en pleine lumière dans le couloir où il venait de poser pied en souplesse. Antoine vit à son regard qu'elle voyait à travers lui et continuait d'un même pas son chemin. Ouf, tout allait bien, il maîtrisait la technique à présent. Ne lui restait qu'à visiter toutes les chambres, choisir un malade, un, pas plus, c'était la première fois et lâcher la foudre en espérant ne pas faire de dégâts. Antoine inspecta les chambres une à une. Beaucoup de vieillards, presque tous sous perfusion, ronflaient. Malades ou pas, tous paraissaient au bout du rouleau. Cela peut paraître inhumain, mais Antoine comprit que ça ne valait pas la peine, aucun d'entre ces êtres, hélas trop affaiblis, ne résisterait à la foudre. Dans une unité de soins palliatifs, il trouverait surtout du vieillard hors d'âge à bout de force. Il s'en voulut de n'y avoir pas pensé. Ou alors, ce n'était pas le bon moment, il tâcherait de revenir régulièrement, jusqu'à se dégoter des malades plus jeunes.

Quand il entrebâilla la porte de la dernière chambre, l'infirmière penchée sur le lit lui tournait le dos. La scène, éclairée par une lampe de chevet recouverte d'un voile rouge, l'émut aux larmes et lui remit en mémoire « La fillette au brasier » du peintre lorrain Georges de la Tour. Certain de n'être pas vu, il s'approcha. La jeune femme silencieuse tenait la main d'un adolescent qui ne devait pas dépasser les dix-sept ans, presque un enfant. Le garçon, aux joues creusées sous une épaisse touffe de cheveux noirs bouclés, avait le teint mat, olivâtre, les lèvres pâles et pincées, les paupières violettes et le souffle court. L'infirmière lui caressait la main, doucement, psalmodiait à voix basse une petite mélodie tendre. L'entendait-il ? Peut-être pas, mais il avait l'air apaisé d'un gisant. La soignante remplaça la perfusion, posa une main légère sur les boucles noires de l'adolescent qu'elle entortilla avec tendresse entre ses doigts et sortit de la chambre sur la pointe des pieds.

Antoine se retrouva seul avec le malade immobile. Il hésitait, l'irradier ou fuir comme un trouillard ? La peur lui griffait le ventre, il ferma les yeux, chercha sous ses paupières l'image de sa chatoune, parvint à lui redonner le plus qu'il put épaisseur et netteté. À l'étonnement d'Antoine, elle tourna la tête et cligna subrepticement des yeux, comme si elle l'encourageait. Antoine lâcha la foudre, une fois, deux fois, trois fois dans un silence absolu. Sébastien, il se prénommait Sébastien, ce qu'Antoine ignorait bien sûr, se cambra sous chacun des éclairs jaunes qui le traversèrent de la tête aux pieds. Ses pommettes rosirent, un soupçon de carmin colora ses lèvres, il soupira longuement, entrouvrit les yeux, sourit en regardant Antoine et se rendormit.

— Mais ce n'est pas possible, il m'a vu !

Antoine, sidéré, ne bougeait plus.

— Ça ne se peut pas, nous ne sommes pas dans le même monde !

La trouille au ventre, il soupira en visualisant sa maison.

Tout le monde dormait chez lui quand il atterrit sans encombre dans son garage. Machinalement, il jeta un œil dans le fond à droite près de la porte du jardin. Le parapluie tout neuf avec son étiquette accrochée à la poignée était toujours là. Zut, il avait loupé « son » présent, ce qui le fit rire en silence. Il soupira à nouveau, deux secondes plus tard il rouvrit les yeux, le parapluie n'avait pas bougé, déglingué et la toile roussie.

La voix de basse de Fulgor, assourdie par la distance sans doute, lui susurra à l'oreille :

— Tu es distrait mon pauvre vieux, tu manques d'exercice, alors tu te plantes, tu oublies de changer de vibration et tu te trompes de deux ans. Travaille, bon sang, travaille ! Tu n'es pas là pour te reposer, mais pour convertir des humains à notre cause. Nous sommes à la tâche, au service de la terre pour la débarrasser de ces imbéciles d'humains aveugles qui ne pensent qu'à leurs petites personnes !

Antoine ne répondit pas, se projeta l'image de Nani en majesté sur le rebord de la fenêtre, en se promettant dc nc pas sc laisscr cmportcr par l'émotion ct d'êtrc plus vigilant la prochaine fois.

Impossible de s'endormir, il était trois heures du matin. Il tournait et se retournait nerveusement dans son lit comme une sole du jour dans une poêle brûlante. Pour se calmer et trouver enfin le sommeil, il entreprit de consolider l'image de Nani, c'était, il l'avait bien compris, le seul moyen de se protéger en empêchant Fulgor d'avoir accès à ses pensées. Quand il la visualisa, l'image de la chatte, et c'était la première fois, s'anima. Elle s'étira de tout son long, ainsi que le font tous les chats au réveil, tourna la tête vers lui, cligna des yeux à plusieurs reprises, sa gueule s'entrouvrit. Antoine, stupéfait, l'entendit miauler. Jusqu'à cette nuit, son image renforcée était fixe, aussi figée et muette que l'écran de veille de son PC, et voilà que cette nuit elle s'animait. Nani, la queue dressée le regardait de face, marchait en souplesse vers lui tout en mraouchant sur divers tons, un vrai discours de chat ! Elle lui parlait, mais que voulait-elle lui dire ?

— Nani, ma Nani, ma jolie je ne pige pas, qu'est-ce que tu me racontes, que veux-tu me faire comprendre ? Aide-moi, je t'en prie, tu sais bien que je ne parle pas le minou couramment !

La féline miaula encore et encore et toujours, en le regardant droit dans les yeux. Une chanson, non, un air de musique, mieux, une mélodie, oui, c'était ça, un message musical. Antoine venait de réaliser qu'elle recommençait à l'identique une série de miaous, sur des notes différentes. Lui-même miaula la Marseillaise, pour voir. C'était possible, il fredonna à coup de miaous patriotiques un hymne tout à fait acceptable.

— Encore faudrait-il que je reconnaisse l'air qu'elle miaou-chante et ce qu'il signifie.

Sur cette dernière phrase qu'il prononça à voix haute, Nani se tut et cligna des yeux. Oui, ces battements de paupières approuvaient son interprétation, il avait déchiffré le message. Quant à la mélodie, elle ne lui disait rien. Il recommença l'expérience trois fois de suite, Nani refit son manège et remiaula le même air. En vain. La fatigue le terrassa avant qu'il eût compris. Puis il s'enfonça au profond d'un rêve. Depuis quelque temps, c'était de plus en plus fréquent, ses nuits étaient agitées, rêve ou cauchemar, voire un savant mélange des deux.

Les yeux à peine clos, Antoine, par une nuit de réglisse épaisse, agrippé au volant d'une grosse berline de luxe en mauvais état, à la carrosserie noire bien cabossée, au volant de cuir luxueux en partie arraché, un genre de Porsche Cayenne, une bagnole de dealer ou de parvenu, roulait au pas sur une route de terre. Il ne voyait pas à deux mètres, les phares étaient crevés, seuls les feux de brouillard éclairaient chichement. Que faisait-il là ? Il n'en savait rien. Mais quelque chose le poussait. Vers où, pourquoi ? Mystère. Il freinait de tout son poids, la voiture ne ralentissait pas, il avait de plus en plus de mal à tourner le volant. La façade de l'autoradio, un modèle sophistiqué, s'éclaira. La voix de Jacques Brel chuchota en boucle :

« La pendule d'argent qui ronronne au salon, qui dit oui qui dit non, qui leur dit je t'attends. La pendule d'argent qui ronronne au salon, qui dit oui qui dit non, qui leur dit je t'attends. La pendule d'argent qui ronronne au salon… ».

Petit à petit, le son enfla jusqu'à devenir assourdissant. Brel ne chantait plus, il hurlait à se rompre les cordes vocales. Antoine, paralysé par la peur, les tympans douloureux, fut collé au siège par l'accélération brutale de la voiture. Il lâcha le volant, se boucha les oreilles en attendant le choc. Mais la voiture stoppa net, la ceinture de sécurité lui brûla les flancs, il ferma un instant les yeux en grinçant des dents. Brel chantonnait à présent à voix basse tout autour d'Antoine. L'ado à la tignasse noire bouclée, toujours allongé dans sa chambre de l'unité de soins palliatifs de l'hôpital de Châteauneuf-sur-Charente, le regardait droit dans les yeux. Regard brillant et pommettes roses, il avait certes le teint pâle, mais il lui souriait. La mélodie et l'enfant irradié !

Antoine se réveilla comme un ressort se détend. Il venait de comprendre ce que Nani lui susurrait de façon insistante.

— Ne frappe que les malades encore jeunes, ignore les vieillards, ils succomberaient à coup sûr. Tu sais combien je déteste ce violeur de Fulgor, je ne déteste pas les autres Fils de l'Orage, ils ne m'ont rien fait, mais toi je t'aime, tu le sais bien. Écoute-moi bien, sers-toi de ce pouvoir fulgurant pour faire le bien, pour guérir quand c'est possible. Fie-toi à ton intuition, je ne serai jamais loin, même si je ne me manifeste pas. Use de la foudre avec discernement. Propage le plus possible ce message dans le monde des orageux. Et pour l'amour de moi, ne confonds plus s'il te plaît les foudroyés qui ne se relèvent pas et les fulgurés qui survivent !

Et sous l'os de son crâne, Nani se tut. Antoine projeta à nouveau son image derrière ses paupières, il ne généra que la forme fixe de sa Pythie. Brel s'effaça et sa chanson se tut.

CHAPITRE 38

Encore sous le choc, Antoine traina au lit plus qu'à l'habitude. Au-dehors, il pleuvait sans discontinuer, la journée s'annonçait triste et froide. Vers midi le ciel se dégagea, le bleu lumineux de l'hiver revint. Le cauchemar de la nuit et le message de Nani l'obsédaient. Il ne voyait pas comment il pourrait propager ses conseils. Les Fils de l'Orage prêchaient un tout autre discours, guérir les malades, ils s'en foutaient bien. Eux travaillaient à détruire, à déclencher des catastrophes. À les écouter, ils étaient les chevaliers blancs au service de la planète maltraitée par les bipèdes, les paladins chargés de sauver la puissance du vivant ignorée des hommes confits sur leur bitume.

Pendant la deuxième quinzaine de janvier 2022, Antoine se transporta à trois reprises jusqu'à Châteauneuf-sur-Charente. À chacune de ses deux premières visites nocturnes, il fulgura à puissance progressive le jeune Sébastien. La seconde fois, l'adolescent entrouvrit les yeux et lui sourit franchement. Comment cela se pouvait-il ? Antoine prenait pourtant la précaution de se déplacer dans un espace-temps tout proche, d'où il pouvait voir et agir sur Sébastien, mais il aurait dû demeurer invisible du jeune malade. Antoine ne comprenait pas, ou alors ce garçon était un surdoué ! À sa troisième visite, la nuit du 30 janvier 2022, l'adolescent ne dormait pas. Assis, jambes croisées dans son lit, l'œil vif et le teint clair, il jouait sur une tablette. Antoine lui administra une puissante bordée de surpuissants éclairs noirs, mais Sébastien ne s'en aperçut même pas. Le matin du 31 janvier 2022, frais comme un gardon, il quittait les soins palliatifs de l'hôpital. Un groupe de jeunes infirmières, des larmes de joie aux yeux, lui firent de grands signes amicaux. Il était guéri, la leucémie galopante qui le tuait, sans qu'aucun médecin ne puisse expliquer ce « miracle », avait lâché prise ! Cela arrivait parfois disait-on. Il est vrai que de tout temps, l'homme, selon qu'il est croyant ou pas, face aux mystères que même la science ne peut expliquer, en désespoir de cause, invoque l'inexplicable hasard ou le providentiel miracle.

Antoine se fichait bien des mystères, ce qui le contrariait, parce qu'il détestait ne pas comprendre, c'est que Sébastien l'avait vu. Jusqu'à présent, quand il se baladait dans le monde vibratoire qui jouxtait celui où il se déplaçait, ça n'était jamais arrivé. Il visualisa sa beauté et l'interrogea, mais l'image fixe qui brilla sous ses paupières ne s'anima pas. Il s'acharna plusieurs jours, passa en revue toutes les photos de sa chatoune qu'il s'était entraîné à mémoriser, sans plus de résultat. Mo lui suggéra d'être modeste, d'accepter et d'attendre.

— N'oublie pas que c'est Nani qui a pris l'initiative. Souviens-toi, c'est elle qui est venue vers toi, c'est elle qui t'a chanté sa chanson, celle de Brel pour que tu foutes la paix aux vieillards mourants !

Et Mi s'y colla aussi et lui tint le même discours, c'était surprenant, il était d'accord avec Mo !

Sébastien, fatigué par l'épreuve et l'accueil chaleureux de ses parents et amis, tombait de fatigue le soir du 31 janvier. Il monta très tôt dans sa chambre et s'écroula tout habillé sur son lit comme un sac de farine. Une lumière vive et changeante le réveilla vers trois heures du matin. La silhouette humaine, par instant transparente, qui venait de se matérialiser en vibrant au pied de son lit, ne l'impressionna pas. Il sut à l'instant, intuitivement, que cette surprenante apparition ne présentait aucun danger pour lui, mieux, elle lui parut, malgré son étrange accoutrement, plutôt familière. L'homme aux cheveux dégarnis portait une moustache magnum assortie d'une barbe mouche sous la lèvre inférieure, une paire de rouflaquettes descendait assez bas sur ses joues. Bien portant, sans l'être trop, il paraissait d’âge mûr. Le teint pâle, le regard impérieux, il regardait Sébastien sans sourire.

— Je suis ton autre, je suis celui que tu fus, jeune homme. Je suis Hippolyte Léon Denizard Rivail, mais c’est sous mon nom d’emprunt, celui d’un ancien druide, Allan Kardec, que je suis devenu célèbre. Juste après que mon ouvrage « Le livre des Esprits » fut publié, en 1857, j’ai subi l’initiation de la fulguration et suis devenu Fils de l’Orage quelques années plus tard, la veille du jour où la camarde m’a serré la gorge, le 31 mars 1869. Entre temps, j’ai codifié la philosophie spirite. De grands artistes, Victor Hugo, Théophile Gautier, Arthur Conan Doyle et bien d’autres encore, m’ont souvent accompagné dans mes recherches nécromanciennes. Je me doutais déjà que la mort ne serait qu’un passage ! Les Fils de l’Orage l’ont confirmé. Allez, ne me regarde pas de cet air effaré. Je veux bien comprendre que tu sois surpris, tu es jeune, mais bon sang, ressaisis-toi. Sache enfin que « Naître, mourir, renaître encore et progresser sans cesse, telle est la Loi ». Souviens-toi de la foudre qui t’a frappé à plusieurs reprises. Ce sont ces fulgurations qui t’ont guéri, tu es devenu un Enfant de l’Orage et j’ai la charge de t’enseigner les arts de la foudre, car te voici devenu immortel. Après ta mort physique, tu continueras ton existence avec tes frères de l’Orage.

C’est peu de dire combien Sébastien fut conquis par les paroles d’Allan. Depuis sa petite enfance, à la différence des marmots de son âge qui aimaient à jouer ensemble à des jeux qui lui ne l'attiraient pas, il préférait se tenir à distance, se taire, et, le sourire aux lèvres, observer le comportement des êtres vivants, autant ceux des animaux de toutes sortes que les mimiques et conversations des humains de tous âges. Il convient de préciser qu'il affectionnait surtout les oiseaux et les chats. À la puberté, il s'éloigna plus encore. Il se cloîtrait volontiers dans sa chambre et adorait les vieux grimoires, particulièrement ceux qui traitaient de Théosophie, de sciences traditionnelles et autres recherches anciennes considérées comme farfelues par les gens raisonnables. Élève de terminale littéraire au lycée Jean Monet, il n'était pas liant et ne traînait pas en bande avec les jeunes de sa classe, mais ceux-ci ne s'en étonnaient pas, Sébastien était « comme ça » et ses copains aimaient son sourire, sa gentillesse et sa douceur. Tout ce qui n'était pas académique, conventionnel ou consensuel, voire étrange et rejeté par la masse des gens de peu d'imagination, l'ennuyait.

Rêveur, il se promenait volontiers dans les cimetières fleuris dont le silence n'était troublé que par les chants des oiseaux. Au Père-Lachaise, pendant le temps des vacances chez ses grands-parents maternels, il adorait s'asseoir au bord des pierres tombales sous lesquelles reposaient de célèbres ossements. Les yeux clos, bercé par le chant éclatant des merles noirs, le babil rapide des mésanges voletant entre arbres et bosquets, il questionnait Apollinaire, Balzac, et bien d'autres aussi.

Parfois, quand il rouvrait les yeux, à l'heure où le soleil décline, il surprenait, le temps d'une seconde, un renard, une fouine, filant entre les sépultures. L'été de ses dix-sept ans, une fatigue inhabituelle l'accabla. On lui découvrit une leucémie qui menaçait d'être foudroyante. Cette année-là, au tout début de juillet, il découvrit le mausolée d'Allan Kardec dont il avait lu la biographie sur l'incontournable Wikipédia. Un édifice de pierres brutes, couvert de bouquets de fleurs multicolores.

— Je vous avais reconnu, monsieur Kardec. Je me suis souvent assis au bord de votre mausolée fleuri. À chacune de mes visites, j'ai cherché à vous contacter en fixant longuement, sans ciller — à en avoir les yeux brûlants — votre statue. Sans succès, bien sûr. Jamais je n'aurais osé, ne serait-ce que penser rencontrer un jour votre fantôme ! Enseignez-moi, initiez-moi au monde mystérieux des Fils de l'Orage.

À l'autre bout du monde, tout en s'affairant au large des Îles Tonga, Fulgor suivait Antoine de près, du moins lorsque celui-ci oubliait quelques instants de protéger ses actes et ses pensées en régénérant l'image de Nani derrière l'écran de ses paupières. Fulgor était particulièrement fier des dégâts causés par la remontée au-dessus des eaux du Pacifique du volcan Hunga Tonga-Hunga Ma'Ha'apay. Vue du ciel, une énorme tache de crème fraîche bouillonnante avait jailli du fond des eaux et dévasté les îles. Pour Fulgor, cette éruption cent fois plus puissante qu'Hiroshima était son chef-d'œuvre ! Plus il initiait de nouveaux Fils de l'Orage, plus sa puissance de feu augmentait.

CHAPITRE 39

— Très bien Antoine ta nouvelle recrue, ce jeune Sébastien. Sous la férule d'Alan Kardec, avec les prédispositions qui sont les siennes, il fera un excellent Fils de l'Orage !

Cela faisait plus de trois semaines que Fulgor ne s'était pas manifesté, au point qu'Antoine avait relâché sa garde et négligeait trop souvent de réactiver l'image de Nani. Et le voilà de retour profitant d'une brèche dans le bouclier Naniesque mis en place par Antoine.

— Vous revoici maître Fulgor ! Finis les travaux d'Hercule ? Et ça ne te dérange pas, vieil ectoplasme, de massacrer les gens ? Tu relèves du tribunal réservé aux assassins de masse !

— Hou ! Mais comme il s'énerve, le Fils de l'Orage ! Allons bon, tu devrais savoir que seul compte le but, qu'importe les moyens. Il est temps de faire le ménage, la Terre n'en peut plus de porter ces grappes de nuisibles, ces egos bouffis, gonflés à l'hélium qui massacrent tout ce qu'ils approchent. Tu le sais bien pourtant Antoine, bon sang ! Oublie les bons sentiments, tes larmoiements de midinette, l'amour universel et toutes ces fadaises fades.

Antoine lui balança une image de Nani dans les dents. Fulgor disparut dans une pluie d'étincelles rouges et noires. Pas envie de discuter avec ce jeanfoutre. Antoine, sous hormonothérapie depuis quelque temps — il venait de recevoir une deuxième injection — avait peu à peu perdu le goût des choses, de l'action et de la plupart des êtres.

— Soignez-vous, lui avait dit l'urologue, visage jeune et cheveux blancs. Vous êtes certes touché, mais la tumeur se comporte étrangement, elle semble peiner à se développer et c'est la première fois que je rencontre un tel phénomène, mais cela ne signifie pas qu'elle ne reparte pas de plus belle, sans prévenir, un jour. Alors, finissons le travail ensemble !

Antoine avait accepté. Six mois d'hormonothérapie en deux injections à diffusion lente et, en parallèle, depuis le 7 février 2022, trente-huit séances de radiothérapie à l'hôpital de Saintes, histoire d'avoir la peau de l'adéno. Mo avait bien tenté de lui foutre la trouille pour qu'il refuse et se réfugie dans une fausse indifférence frileuse, mais Mi eut tôt fait de lui coller une telle pétoche qu'il céda sans combattre.

— Allons-y claironna-t-il gaiement aux oreilles d'Antoine, ça te fera une expérience de plus, ça te fera sortir de ton petit milieu, de ton petit confort, de tes trois petites idées fausses sur le sujet. Allez hop, tu vas voir ça va te passionner !

Tanourt, Fabienne de son prénom, l'une des médecins du service de radiothérapie, l'avait reçu début janvier 2022. Céleste, muette, assistait à l'entretien. La visite s'était terminée par un toucher rectal. Antoine avait bien eu envie de lui proposer la réciproque, mais il n'avait pas osé. Pendant qu'elle rédigeait les ordonnances, le temps sembla se figer. Céleste, le regard fixe, n'avait pas bronché. La plume de Mme Tanourt cessa de courir sur le papier tandis que sa main gauche qui tentait de remonter une mèche de cheveux indisciplinés s'arrêtait à mi-mouvement.

Ce qu'il restait de l'ectoplasme de Nani sauta sur le bureau du toubib. La pauvrette était pâle et son image tressautait. Elle le regarda en clignant des yeux, s'approcha et colla son crâne contre le sien. Quelques secondes, pas plus, puis elle disparut en faisant un bruit de pétard mouillé. Aussitôt le temps reprit son cours, Mme Tanourt remit sa mèche en place, céleste, réanimée, soupira doucement.

Antoine ne s'inquiéta pas, ce n'était pas la première fois, il comprendrait le message plus tard. Sur la route du retour, il eut beau se creuser le cigare, mais non, il ne déchiffrait pas ce que Nani lui avait collé dans le crâne. La nuit suivante, alors qu'il attendait « le rêve », un de ces rêves paraboliques qui l'aiderait à déchiffrer le message de la chatoune, il eut beaucoup de mal à s'endormir. Antoine avait beau faire le flambard, à l'idée de se faire irradier huit semaines d'affilée, il n'était pas rassuré et sentait son cœur qui battait trop vite. La peur de l'inconnu lui chatouillait désagréablement le bas ventre. Sa carcasse tremblait et sa prostate se faisait toute petite. Au petit matin, il céda enfin à la fatigue et s'endormit comme une bûche.

À la première séance, prévue à huit heures dix précises, il poireauta sagement en salle d'attente, mais pas longtemps. Une jeune femme en blouse blanche l'appela gentiment, en écorchant son nom.

— M. Britougne, c'est à vous, allons-y, tout ira bien vous verrez.

Impressionné, Antoine n'osa pas la corriger et lui dire qu'il se nommait M. BritougnOU, il se leva et, docile comme un vieux caniche, il la suivit dans la cabine. La brunette aux yeux rieurs et aux boucles indisciplinées, le photographia, masque baissé.

— C'est pour vous reconnaître, ne pas faire d'erreur et vous administrer la dose prévue, la vôtre !

Puis, elle lui demanda de se déshabiller et sortit. Antoine se retrouva en pull, caleçon et chaussettes, de superbes chaussettes chlorophylle à rayures, qu'il étrennait pour l'occasion, de la belle qualité, en parfaite harmonie avec le vert chiné de son pull. La jeune femme revint et le conduisit dans la salle de soins. Une grosse machine inerte, qui lui sembla reprendre son souffle, occupait une bonne partie de la pièce. La grosse bête à quatre têtes, les bras ouverts, l'attendait. Antoine, submergé par la peur qu'il cherchait à masquer, regardait l'engin immobile qui allait l'irradier cinq fois par semaine pendant huit semaines. Trente-huit séances à se farcir, allongé sur la table, entre les bras de cette foutue pieuvre, la galère ! C'est alors qu'il prit conscience que Mi profitait de l'occasion pour distiller son venin. Mo vint à sa rescousse et balança une bonne giclée d'endorphines dans la tronche du sinistre Mi. Pendant ce temps, les deux manipulatrices en radiothérapie l'installaient sur la table entre les bras du monstre calme, sur un plateau plutôt dur et inconfortable qu'elles réglèrent à ses mesures. Il dut, son intimité préservée par une grande feuille de papier, baisser lui-même le joli calbar à rayures enfilé pour l'occasion. Il fallait, pour des raisons de précision, qu'il soit exactement dans la position qu'il avait tenue pendant le scanner dosimétrique préparatoire, trois semaines plus tôt. Les deux fées en blouse blanche lui manipulèrent les hanches à plusieurs reprises pour modifier la position de son corps. La fille de gauche avait les mains chaudes, ses mouvements étaient doux, celle de droite, a contrario, quand elle posa ses mains froides et plus autoritaires sur sa peau, le fit sursauter. De fins rayons rouges sortaient des murs de la pièce et convergeaient vers le bas de son corps. Sans doute des aides aux réglages ? La table recula entre les bras de la chose aux bras bleus, la table remonta, Antoine se retrouva au ras de la machine et constata qu'il n'en menait pas large.

— À toute suite, monsieur, chantèrent d'une voix rassurante les deux jeunes femmes en sortant de la pièce. Vous ne sentirez rien, c'est parfaitement indolore, ne vous inquiétez pas.

Quelques secondes plus tard, la machine grinça, les bras avancèrent et se mirent à tourner autour de son corps. Antoine, les mains repliées sur la poitrine, ne bougeait pas et fixait la branche de palmier sur fond de ciel bleu qu'il entrapercevait, une photo lumineuse, collée au plafond, qui lui fit le plus grand bien. Les tentacules au nombre de quatre firent un tour complet, deux d'entre eux se déplièrent et s'écartèrent comme deux aliens prêts à le mordre. La machine s'arrêta, les deux têtes articulées se recroquevillèrent et ronronnèrent une vingtaine de secondes. Au-dessus de sa tête glissant le long du plus gros des modules carrés, il fut hypnotisé par le rayon rouge qui descendait sans doute vers le point de tatouage, un peu à droite sur son pubis, un petit point bleu dessiné à la fin du scanner dosimétrique, par une infirmière un peu grognonne.

— Ha ben, ça ne va pas, vous allez devoir sortir, votre vessie n'est pas assez pleine et votre rectum est encombré.

— Mais, mademoiselle, j'ai pourtant respecté à la lettre les consignes, régime alimentaire strict, j'ai bu la quantité d'eau prescrite une heure avant la séance et j'ai subi le suppositoire au « Destop », en forme de fusée spatiale qui m'a fait courir aux toilettes cinq minutes après son décollage en direction du fond de mon rectum !

— Ce n'est pas grave vous savez, le corps humain n'en fait qu'à sa tête, allez-y, on revient vous chercher dans un moment.

Antoine sortit en bougonnant à voix basse. Aussitôt, Mi en profita pour lui saper le moral.

— Tu vois, ça commence mal, je te l'avais bien dit.

Antoine s'enferma dans les toilettes. Après avoir sué et poussé comme un âne tout en buvant péniblement un demi-litre d'eau, il patienta en salle d'attente, quelques minutes au bout desquelles on revint le chercher. Nouveau tour de manège. Tout se passa bien. La machine tourna trois fois autour de son bassin, dans un sens puis deux fois dans l'autre. À la fin de la première révolution, fébrile, il ferma les yeux un instant. Pourvu que la jeune manipulatrice ne revienne pas lui annoncer que : « trop plein derrière, pas assez devant » ! Soudain, sous lui, la table bougea par saccades tandis que le Varian Clinac iX tressautait brièvement. Des réglages sans doute pensa-t-il ? Toujours sur le qui-vive, Antoine soupira doucement, le manège venait de repartir ! Deux rotations plus tard, une des deux fées blanches entrait dans la salle.

— Et voilà, c'est fini pour aujourd'hui ! Je vous l'avais dit, c'est indolore.

Antoine sauta de la table. On lui fit remarquer qu'il fallait attendre que le plateau soit au plus bas.

— Non ça va, c'est bon, c'est pas haut.

— Mais si, il ne faut pas descendre avant que je vous le dise. Vous devez respecter les consignes.

Vexé, Antoine se tut. On le traitait comme un vieil enfant. Pendant le trajet du retour, il réfléchit. Les Manips avaient raison. Tous les cancers de la prostate qu'il rencontrait en salle d'attente étaient plutôt âgés, fragiles, voire mal en point, pas le genre à sauter du plateau avant qu'il ne soit au plus bas. Les fées en blanc jouaient la carte de la prudence. Antoine se promit de ne pas recommencer. Le 8 février 2022, deuxième séance. La bougonne du scanner dosimétrique était de service. Antoine fit son gentil toutou, il se jura de l'amadouer avant la fin des séances d'arrosage quotidien. Il avait huit semaines devant lui.

Au bout d'une semaine, tout allait pour le mieux, pas de douleurs. Le régime alimentaire imposé ne le gênait pas, mieux, il retrouvait le vrai goût des aliments. Les pâtes sans sel, avec une noix de beurre, le ramenaient en enfance. Les souvenirs remontaient. Il se régalait à revisiter son très lointain passé. Au petit déjeuner, céréales, fruits secs et lait de soja : forbidden ! Pain grillé, noix de beurre, confiture de poire, thé, yaourt de brebis/chèvre, il s'y fit très vite. C'était très bon, ça bousculait ses habitudes. Antoine aimait le changement.

Le taxi VSL était toujours bien en avance, ce qui arrangeait tout à fait Antoine. Pendant un bon quart d'heure, à la différence de ses compagnons d'infortune qui attendaient leur tour en silence, il se baladait dans le service, parlait aimablement aux malades, s'intéressait aux soignants, au personnel en général. Les deux secrétaires qui se relayaient à l'entrée du service de radiothérapie le reconnurent très vite, il les avait poliment questionnées dès le premier jour — il n'était pas rassuré, leur avait-il avoué à voix basse. Chaque matin, derrière leur masque, le sourire aux yeux, ils échangeaient un grand bonjour amical, puis un au-revoir-à-demain en repartant. Elles avaient toutes deux de beaux yeux aux iris dorés qu'Antoine remarqua de suite.

— Rien de plus chaleureux que des yeux d'or et de miel mêlés. Croiser de tels regards avant de passer au grille-pain, ça me donne du courage.

La pointe d'humour les fit sourire et le compliment, un peu trop osé, comme ça dès le premier jour, passa comme une lettre à la poste.

CHAPITRE 40

Les séances journalières, le régime alimentaire, la préparation du terrain à chaque moment de la journée, particulièrement le matin dès l'aube, l'absorbaient totalement. Le message de Nani, l'absence prolongée des Fils de l'Orage, il n'y pensait plus guère. Les élections du président de la République occupaient les médias, les candidats flinguaient le sortant à longueur d'interviews, sur la scène internationale, Poutine menaçait, amassait des troupes à la frontière ukrainienne, mais personne n'y croyait vraiment. Le 24 février 2022, les troupes russes envahissaient l'Ukraine.

Antoine redescendit sur terre quand il apprit la nouvelle en revenant de Saintes. Tout ce qu'il avait entendu sans écouter depuis le début de son marathon médical lui revint en mémoire. Nani surtout, et ce qu'elle avait tenté de lui dire à sa façon de chat.

Antoine, très énervé, se coucha tôt ce soir-là. Cela faisait deux semaines qu'il ne rêvait plus, il dormait peu, il dormait mal, se levait plusieurs fois par nuit, les « rayons », jour après jour, lui agaçaient la vessie. Une fois par semaine, Mme Tanourt le recevait et répondait à ses multiples questions. Antoine voulait tout savoir, tout connaître de ce qu'il subissait. Elle lui expliqua qu'entre le scanner dosimétrique et la première séance de radiothérapie, il fallait compter une quinzaine de jours pour que les physiciens terminent leurs calculs et mettent en forme la réparation des « gray » sur l'ensemble des zones à irradier. « Un gray représente l'énergie d'un rayonnement ionisant apportant une énergie d'un joule à un milieu homogène d'une masse d'un kilogramme », Wikipédia dixit. Antoine n'y comprit absolument rien ! Le jour suivant, il expliqua à la petite brunette aux yeux rieurs qu'il aurait aimé rencontrer les mystérieux « physiciens ». Elle ouvrit grandes ses escarboucles, Antoine, malgré le masque qu'elle portait, vit ses lèvres s'arrondirent et former un « O » d'étonnement muet. Il lui sourit, ses yeux couleur tête de nègre brillèrent plus encore, puis elle murmura :

— Vous êtes bien le premier patient à faire une telle demande !

L'après-midi du même jour, Antoine écrivait ses petites choses, peinard dans son bureau. Anne-Sophie Mutter distillait en sourdine l'intégrale des concertos de J.S. Bach quand le téléphone sonna.

— M. Britougne ? C'est au sujet de votre demande de ce matin. Un physicien viendra vous chercher demain à l'issue de votre séance.

Surpris, et même interloqué, Antoine bredouilla quelques mots de remerciement. L'après-midi s'étira, interminable, la fatigue lui calaminait les neurones, ses paupières se fermaient par moment. Le temps de quelques secondes, ses doigts patinaient sur le clavier, il eut bien de la peine à aligner une dizaine de phrases bancales. Ce soir-là, il se coucha tôt et sombra aussitôt dans les tréfonds d'un redoutable caucherêve.

Le ventilateur barométrique s'arrêta, sa fenêtre s'illumina dans le noir total de la chambre. Le silence se fit. Définitif.

Il faisait très froid dans cette chambre, il aimait à dormir fenêtre entrouverte, même au cœur glacé de l'hiver. À trois heures et quarante-deux minutes de cette nuit de février deux mille ce qu'on voudra, à l'heure exacte du véritable milieu de la nuit, à l'heure où les tardifs enfin se glissent comme des morts sous leur linceul nocturne, à l'heure où les matinaux ne sont pas loin de s'agiter comme des pantins dérisoires, à l'heure des équilibres furtifs, quand les regards aveugles des maisons effraient les chats errants, quand les vitres ternes ne reflètent plus les ombres floues des vies fragiles en mouvement, quand la ville, l'espace d'un court moment, semble gélifier le temps, Antoine, terrorisé, passa de l'ici à l'ailleurs. Comme ça. Abruptement. Pour lui le coucou de la pendule s'étrangla, bec ouvert, son tic-tac se figea, il venait de quitter le présent de sa vie. Dégagé de l'implacable tyrannie du temps, il sut qu'il ne vieillirait plus, comme s'il avait préféré la putréfaction de ses chairs à l'érosion lente de son être.

Des années durant, l'air sous pression lui avait fouetté le visage toutes les nuits. Sous le masque de silicone qui lui irritait l'arête du nez et l'emprisonnait jusqu'au ras du menton, au plus fort de ses apnées, la machine lui balançait quinze bars en pleine face. C'était à ce prix qu'il respirait correctement, c'était grâce à cette terrible machine que ses apnées avaient quasiment disparu. L'air violent qui lui déformait la bouche, lui desséchait les muqueuses, il s'y était habitué, il n'entendait même plus le bruit irritant du long tuyau reliant le masque à la machine qui frottait contre le bois du lit au moindre de ses sursauts. Les bouchons d'oreille qu'il s'enfonçait tous les soirs au plus profond des conduits auditifs l'isolaient du monde, il n'entendait plus rien, ne voyait plus rien, sa chambre baignait dans le noir absolu. Antoine aimait ça. Couché en boule, il se centrait sur lui-même, rien ne le distrayait. Il n'était pas du genre à s'endormir comme un plomb dès la tête posée sur l'oreiller, bien au contraire le sommeil mettait bien une heure pleine, voire plus, à lui voiler la conscience pour le projeter dans un ailleurs toujours différent.

Pendant ce long moment avant qu'il ne s'endorme, dans cet entre deux états, il se laissait aller aux extravagances de son imagination, ça fusait dans tous les sens dans la matière molle de son cerveau. Antoine était un pur visuel, sous sa boîte crânienne les images défilaient à vive allure, si vite qu'il avait des difficultés à se suivre ! Mais ça commençait toujours de la même façon, il se voyait se regardant. Le dos collé au plafond de sa chambre il observait la scène, sa scène : un grand lit recouvert d'une couette fleurie, sous la couette, un corps immobile couché sur le côté droit, un visage blanc sous des cheveux sel et poivre, équipé comme un pilote de chasse. Lui. Et pendant que sous la paroi sonore de son crâne, cette scène étrange, chaque soir rejouée, immuable, comme un rituel profane, bercé par le ronronnement modulé de la machine, plongé dans un état de plaisir et de bien-être, il respirait profondément. Dans ces moments-là, les phrases affluaient, se bousculaient, impatientes de naître, les poèmes éclataient comme des corolles qui s'ouvrent, ces instants-là, juste avant le basculement, la chute ou l'ascension dans les volutes incolores de l'ensommeillement, il écrivait sur le voile mouvant de la nuit noire des pages entières, belles, émouvantes à faire sangloter les plus endurcis des cœurs, les mots jaillissaient en geysers incandescents, en gerbes multicolores, en bouquets magnifiques. La beauté devenait son amante, sa muse, sa complice et son amie, il lui était totalement enchainé comme un esclave. Pour rien au monde il n'aurait aimé être affranchi du joug délicieux que sa superbe maîtresse lui infligeait.

Antoine aurait bien voulu garder mémoire intacte de ces merveilles, mais étonnamment à la moindre inattention la source tarissait. Il avait bien, posé sur le drap, près de sa main, un dictaphone numérique de la dernière génération, mais avec ce domino de plastique qui lui couvrait la bouche et le nez, impossible de murmurer à l'oreille de l'enregistreur les somptuosités que son esprit engendrait. Au moindre mouvement du petit bout du bout de son petit doigt, le miracle s'évanouissait. Le lendemain, il se brisait la tête à retrouver un peu de ces perfections, alors il besognait, butait, assemblait, souffrait de ne pas se souvenir. Le jour, le lien avec la source était rompu, il avait beau fermer les yeux, faire silence, remettre cent fois l'ouvrage sur le métier. Foutre de Boileau ! Rien n'y faisait !

Une fois encore, il se retrouva le dos collé au plafond, il revit la même scène, exactement crut-il un instant, puis la lumière qui baignait la chambre ordinairement sombre, une lumière à la fois douce, puissante, dont il ne distinguait pas la source, une lumière qui ne faisait pas d'ombre, comme si les objets, le corps inerte allongé sous la couette, étaient illuminés de l'intérieur, lui parut étrange, différente, presque vivante, palpable. Et la chambre semblait animée, les contours du lit, de l'armoire, tremblaient légèrement, se déformaient, les objets baignaient dans un halo de lumière rosâtre, passaient du bleu électrique au vert smaragdin, au jaune safran puis à d'autres étranges couleurs inconnues. Antoine, mort au sens où l'entendent les humains, voulut instinctivement regagner son sac de chair inerte, mais il ne le put pas. Il se sentait déchiré entre cette impossibilité nouvelle et l'étrange langueur qui le prenait, entre la tristesse et la plus totale indifférence pour ce qui apparaissait n'être plus qu'un théâtre. Puis le spectacle se figea un court instant avant que les images du lieu ne se mettent à défiler à toute vitesse et à rebours. Jour et nuit, lit fait, défait, les couettes se succédèrent comme les pages d'un livre giflé par le vent, puis les murs de béton brut apparurent, le plancher s'évanouit. Très vite il ne vit plus qu'un sol de terre parsemé de détritus et de gravats.

Et la nuit totale tomba. Fondu au noir.

Alors le mouvement s'inversa. Vertigineusement. Quand il s'arrêta, la maison avait à nouveau disparu, désagrégée, dissoute par le temps, enfouie dans le sol. À sa place s'élevait très haut un gigantesque amas de tôles épaisses, de canons tordus, de chenilles d'acier brisées, de ferrailles diverses. Tout cela sans qu'il ressente la moindre émotion. Puis tout cela s'effaça comme un papier que l'on gomme rageusement.

Antoine comprit qu'il n'existait plus, n'appartenait plus au monde des vivants, il n'était plus qu'une vague clarté palpitante. Plus d'empathie, de détestation, d'émotion, de sentiment, insensiblement il devenait autre, il se sentait étranger, libéré des chaînes propres à l'humanité, il était en voie de transformation. Coupé de ce qu'il avait été, il flottait, complètement insensible, mais il voyait, non plus avec des yeux, mais avec tout son nouvel être. Comme s'il était en pleine néoparthénogénèse, il se développait, découvrait. Il percevait à 360 °, entendait les bruits du vivant dont il ne faisait plus partie. Il fut étonné par tant de stridences, de souffrances, d'abominations suggérées par les souffles à la raucité douloureuse, par les cris suraigus qui n'en finissaient pas de résonner. Plus étrange encore, l'atmosphère donnait l'impression d'être épaisse, alors qu'elle ne l'était pas, ce n'était pas de l'air, mais une sorte de chair aux atomes distendus, une luminescence plutôt qu'une lumière.

Tout à la fois, alors qu'il se vivait immobile dans la lueur ambiante, il eut la sensation de s'élever dans cette ouate diffuse qui n'était ni air, ni chair, ni lumière. Aucun repère ne lui permettait d'être sûr de ce qu'il ressentait, non pas dans son être, son corps, mais dans sa nouvelle inqualifiable existence. Dans ce hic et nunc dont il subissait l'intensité par tous les pores de son nouvel état, il lui semblait insensiblement s'élever, du moins en avait-il l'intuition. Ses modes de perception changeaient, pourtant il continuait à savoir, à ressentir, comme s'il y était encore, absolument tout de l'ancien monde qu'il venait de quitter. Il s'aperçut aussi qu'il ne pensait plus, au sens humain du terme, c'était autre chose, il avait la connaissance immédiate, sans commencement ni fin. Oui c'était ça, le temps, l'espace, les limites avaient disparu, toutes sans exception !

L'ailleurs était autre, il devenait cet ailleurs et cet autre à la fois. Qu'était-il en train de vivre ? Le temps aussi s'était dissous, l'avait quitté comme il avait abandonné le monde. De quoi noircir, verdir, blêmir de terreur. Mais rien de son ancien ordinaire ne l'habitait plus. Il ne baignait pas non plus dans le bonheur, le ravissement, la félicité, l'extase ou tout autre émerveillement dont lui avait, toute sa vie humaine durant, parlé les livres. Non les espérances humaines avaient fondu comme Jeanne au bûcher. Un sentiment de plénitude paisible, lentement le pénétrait, enfin façon de parler, car en ce lieu plus rien ne pénétrait l'impénétrable qu'il était devenu. Et le jour total fut. Fondu au blanc.

Tout autour de lui flottaient une infinité de formes géométriques d'un blanc translucide, parfaites et parfaitement invisibles dans cet univers lactescent aux pulsations irrégulières. En termes humains, on aurait pu penser qu'il naviguait dans un organisme sans limites. Ce n'était que lorsque sa nouvelle conscience frôlait ces objets étranges qu'il percevait leurs contours délicats.

Les innombrables étaient partout, il les traversait sans que jamais, bien que cet adverbe soit à proprement parler inapproprié en la circonstance, l'ordonnancement de leurs mouvements en fût affecté.

Alors il sut et vécut ce qu'est l'ineffable quand il berça dans une musique cristalline, une musique parfaite d'une douceur violente, inaudible et tonitruante, qui lui parvenait de partout à la fois et de lui-même tel qu'il était devenu. Au fur et à mesure qu'il se transformait en l'autre le blanc pâlissait encore, quelques éclairs d'albe aigus et lents jaillissaient de nulle part. Puis ils disparurent tandis que toutes couleurs s'évanouissaient, laissant place à ce que l'absence de mots ne permet pas de décrire.

Alors le silence bruyant se fit, Antoine sut qu'il était mort à la vie et qu'il était la vie. Dans son ancien monde mille ans venaient de s'écouler. Une voix sourde murmura :

— Le carnet vert, retrouve le carnet vert.

La silhouette crépitante de Nani se matérialisa un dixième de seconde, puis il se réveilla en sursaut.

. . .

CHAPITRE 41

Son oreiller était trempé, ses yeux rougis par les larmes le brûlaient. Quel horrible cauchemar. Les images de cet étrange voyage au pays des impossibles lui revinrent en mémoire. Nettes. Pas une ne manquait ! C'était bien la première fois. D'ordinaire il n'avait que de vagues souvenirs qui s'estompaient rapidement.

Le carnet vert ? Il avait bien tenu de temps à autre un vague journal qu'il avait, les années passant, abandonné. Un carnet vert, ça lui disait quelque chose, mais sans plus.

La nuit suivante, il revit ce carnet vert posé sur une table ancienne dont il se rapprochait puis s'éloignait dans un mouvement sans fin. Cela dura longtemps, jusqu'à le faire pleurer. Puis l'image se stabilisa sur un gros plan. Le format de ce carnet était inhabituel, ce n'était pas un calepin ni un cahier, pas un registre pas plus qu'un agenda, mais ce n'était pas vraiment un de ces carnets modernes dont il se servait pour prendre des notes. Il s'agissait d'un objet sans nom précis. Par certaines de ses caractéristiques, il ressemblait un peu à chacun de ces formats, mais imparfaitement, ce qui lui conférait une sorte de mystère. Sa couverture en peau de chagrin de couleur vert sinople, usée à mi-hauteur, patinée par le service, tournait au Véronèse sur la tranche et sur les quelques endroits fatigués à force d'être frottés ou pincés par les mains de son propriétaire. Le cuir épais l'avait protégé de l'usure du temps. Antoine se pencha sur cette « chose », le saisit, la douceur de sa couverture de cuir d'un toucher soyeux le surprit. Il le posa sur la tranche au creux de sa main droite repliée pour l'ouvrir et le feuilleter, mais il eut beau y mettre toute la force possible, la « chose » lui résista. La couverture ne bougea pas d'un millimètre, la « chose » tenait bon comme une mâchoire de boxer crispée sur un os. Il força tant et plus, insista à suer de fatigue, puis reposa le carnet devenu brûlant sur la table. La paume de sa main droite était rouge et chaude, irritée par le feu du carnet elle le faisait souffrir. Il aurait aimé pouvoir la plonger dans l'eau froide. Antoine chercha en vain une porte dans cette pièce nue qu'aucun meuble n'habillait à l'exception de cette table ronde de bois sombre. Aucune sortie possible, seule une fenêtre sans rideaux donnait sur un jardin laissé aux mains vertes de la nature. Antoine regarda à droite et ne vit qu'herbes folles, fleurs sauvages et bosquet de noisetiers. Sur la gauche près de la façade de la maison, il distingua une tour métallique en cours de montage, surmontée d'une longue tige de métal reliée à ce qu'il prit pour une bonbonne.

Sans savoir comment ni pourquoi, sans qu'il eût pu décider quoi que ce fût — comme souvent dans les rêves — il se retrouva soudain debout dans le jardin de cette étrange maison au pied de la tour métallique. Intrigué, il se toucha machinalement le visage. Ses doigts s'enfoncèrent dans une barbe épaisse mal taillée, il sursauta de frayeur. Était-il devenu fou ? La surprise lui coupa le souffle lorsque, tandis que ses mains continuaient leur exploration, il sentit sous ses doigts le feutre d'un grand chapeau qui lui recouvrait la tête ! Antoine baissa le regard vers le sol. Il était chaussé de bottines noires usées, son corps était boudiné dans une vieille redingote grisâtre aux poignets élimés. Dans le ciel, d'azur l'instant d'avant, de gros cumulonimbus s'accumulaient en charbonnant sous le vent qui montait. Le soleil disparut sous la masse menaçante. L'atmosphère orangée électrique lui hérissa la barbe, son chapeau vacilla sous les bourrasques. L'orage, d'une rare violence éclata en rafales, une pluie drue le trempa jusqu'aux os et le tonnerre gronda en roulant jusqu'à déchaîner le feu du ciel tout autour de lui. Les éclairs convergeaient comme une horde furieuse sur la tige de métal qui coiffait la tour miraculeusement achevée. L'orage effrayant s'intensifia, mais aucun éclair ne l'atteignit. À ses pieds qui baignaient dans la boue, gisait le carnet vert dont les pages à demi arrachées battaient sous les coups de vent. Derrière lui, la maison flambait, mais il s'en fichait.

Antoine se pencha, l'orage, découragé par la tige de métal qui l'épuisait, se calma. Sur les pages épargnées, Antoine découvrit de multiples croquis annotés de formules mathématiques auxquelles il ne comprit rien ! La silhouette fluctuante de Nani se matérialisa un instant à ses pieds, fit mine de se frotter à ses chevilles puis éclata dans une gerbe d'étincelles multicolores. Une voix lointaine entrecoupée de petits miaulements doux résonna sous l'os épais de son crâne.

— As-tu compris, Antoine ? C'est fini, tout comme moi tu es sauvé, vacciné contre la foudre, délivré du joug des Fils de l'Orage. Adieu, je suis trop loin et trop faible, tu ne me reverras plus jusqu'à que la vie te quitte. Après, je ne sais pas encore, car c'est une autre histoire.

Le ciel avait retrouvé son azur, le vent s'était calmé, les oiseaux gazouillaient dans les bosquets de noisetiers.

Ce matin-là, Antoine se réveilla lentement et, cela ne lui était plus arrivé depuis un bon bout de temps, joyeusement. Il se souvenait de tous les détails, les odeurs, les sensations de son rêve libérateur. L'image de sa chatoune flottait sous ses paupières closes. Les bruits familiers de Céleste vaquant à ses occupations et la lumière dorée qui filtrait de sa fenêtre entrouverte le ramenèrent doucement à la réalité.

Il n'eut pas le temps de poser le pied à terre. Le ricanement détestable de Gontran claqua dans l'air, les murs vibrèrent, un faisceau d'éclairs rouge sang de taureau s'abattit sur lui, mais aucun ne put le toucher. Ils s'arrêtèrent en crépitant au ras de sa tête. Fou de rage, Gontran le mitrailla de plus belle, sans plus de résultat. Antoine rit à son tour, cette fois il était libre de vivre ordinairement le reste de ses jours, puis il revit Nani, splendide, à contrejour sur l'écran rose de ses paupières et pleura de joie et de tristesse mêlées.

Jordi Savall, à la viole de gambe, égrenait *Les Folies d'Espagne* de Marin Marais. Antoine, totalement absent, absorbé qu'il était par le son grave et tendre de la viole de Savall, fixait sans le voir depuis un bon quart d'heure le texte des Filles. Yeux mi-clos et cœur grand ouvert il voyageait au pays merveilleux de la musique. Nani jouait avec les grappes de notes qui flottaient dans la lumière. Antoine, un léger sourire aux lèvres, regardait sa gracieuse sautiller dans l'espace en bondissant de tous côtés. Céleste qui passait devant la porte ouverte de son bureau lui demanda si tout allait bien. Il ne l'entendit pas. Céleste ne s'inquiéta pas, ce sourire béat, cet air d'être ailleurs, elle en avait l'habitude.

Fulgor et ses disciples ne revinrent jamais.

Antoine mourut pendant la nuit du 2 au 3 juin 2042, la veille de son anniversaire.

« Les Filles », malgré tous les efforts d'Antoine,
ne furent jamais publiées.

Table des matières

DU MÊME AUTEUR

SUR LA BRANCHE DROITE DE L'ÉTOILE
Éditions LE LYS BLEU
Parution 12/2018

LE BLOG DE L'AUTEUR

http://littinerairesviniques.fr/

ET SUR FACEBOOK

https://www.facebook.com/christian.betourne

WebLim Editions

www.weblim.fr

SCAN ME

163 rue de Solignac 87000 Limoges
Dépôt légal : 3° T 2022
ISBN : 978-2-9583958-1-0
Couverture : Marie BRIEND

Printed by Amazon Italia Logistica S.r.l.
Torrazza Piemonte (TO), Italy

36664461R00241